新潮文庫

ふたつめの庭

大崎梢著

新潮社版

10369

目次

ふたつめの庭

第一話　絵本の時間

どんな絵本が好きでした？

先生にそう尋ねられたとき、世界が反転するような気持ちになりました。自分にも小さいときがあったんですね。忘れていました。そして、思い出しました。

時計の針が六時五十分を指しているのを見て、美南《みなみ》は椅子《いす》を引いた。ペンを置いて立ち上がる。さっきまで明るかった空はすっかり翳《かげ》り、暗幕を引いたような黒一色に塗り替えられていた。

そのせいで、窓ガラスに貼《は》られた動物の絵が色鮮やかに浮き上がって見える。きりん、ぞう、カバ、ライオン、シマウマ、チンパンジー。どれにも愛着がある。自分で描いたのだから。

自画自賛は承知の上で、ゆるみかけた髪留めのゴムを引っぱりながら、美南は素直に微笑《ほほえ》んだ。同僚の丸石沙耶《まるいしさや》にはもっとしゃれっ気を出せ、化粧をしろと言われ、そのたびに「私はナチュラルメイク派」と言い返しているけれど、じっさい自分の顔にチークやマスカラを塗るよりも画用紙にゴリラを描いていた方がずっと楽しい。

部屋の飾り付けは月ごとにテーマを決めて変えている。五月は動物、六月は梅雨にちなんで雨の日グッズとかたつむり、あじさい。七月は夏の花と虫の予定だ。日中は大勢の子どもたちが行ったり来たり、笑ったりケンカしたり泣いたりと、絵を眺めるどころではない。

つかの間くつろいだ気分になり、はっと我に返った。広げていた業務日誌を手早く片付け、ポロシャツの襟元を直す。ジャージを見下ろし、白い汚れをはたいて落とした。今日は早番だったので、本来ならば退勤時間がもう少し早い。けれど人に任せられない用事があった。

受け持ちである「もり組」の部屋を出て、となりの「やま組」の扉を開けた。お迎えを待っている子は六人いる。ひとり遊びのできる四、五歳児は、今の時間、年長さんの部屋に集められている。

美南に気づいて、やま組の金子先生が寄ってきた。

「大丈夫よ。大した怪我《けが》じゃないから。男の子だし。相手は女の子でしょ。やった方ではなくてよかったわよ」

事情を知る金子先生は声を落とすタイミングも絶妙で、最後の方はほとんど耳打ちだった。立ち話をしている間にもお迎えのお母さんがやってくる。

この時間に来るのはフルタイムで働いている保護者が多く、勤め先が東京という人も珍しくない。今現れた女性は近所の歯科医院に勤める歯科衛生士で、一歳半の女の子と四歳の男の子を預けている。駆け込んできて挨拶《あいさつ》もそこそこに、「めばえ組」の先生から下の子を受け取り、部屋から出てきた上の子に靴を履かせる。

「ゆうやくん、また明日ね」

「ゆうちゃん、先生にバイバイして。やだ、みいちゃん、おんりはあとあと。ぶーぶに乗るのよ、ぶーぶ」

ずり落ちかかった娘を逞《たくま》しく抱え直し、息子の手首を摑《つか》んで引き寄せ、あわただしく園庭を横切る。事故にはくれぐれも気をつけてと祈らずにいられない。

それと入れ替わるようにして、すらりとした長身の男性が現れた。煌々《こうこう》と光る街路灯が暗い色調のスーツを照らし出す。ワイシャツの襟元をきりりと引きしめるネクタイ、質の良さそうな書類バッグ、黒い革靴。すっかり見慣れた姿だ。というより今日は早番だったので朝も会っている。

「旬太《しゅんた》くん、お父さんよ」

すかさず金子先生が部屋に入った。美南はそのまま園庭に面した廊下から会釈《えしゃく》を送った。

男性の足取りがにわかに鈍くなる。いつもだったら担任の美南が旬太を迎えに行っている。何かあったのだろうかと訝《いぶか》しそうな顔になり、肩に力が入るのが離れた場所にいてもわかった。切れ長の一重まぶたがやたら冷たくてきつい印象を与え、通った鼻梁《びりょう》や口元は一片の隙《すき》も見せない。いかにも上から目線でものを言いそうな、話しかけづらいタイプの男だ。

「どうかしましたか？　また何か」

開口一番の言葉に、やんわり首を振った。

「いいえ、今日はお詫《わ》びしなくてはならないことがありまして」

「お詫び？」

反芻《はんすう》しながら目を見開く。そうするといくらか人間くさい表情になる。

「旬太くんがちょっと額のところに怪我をしまして。幸い、かすり傷くらいだったので手当をして、大事には至ってないのですが。私がついていながら申し訳ありません」

「ああ、怪我ですか」

「おでこに絆創膏《ばんそうこう》を貼ってありますが、顔を洗ったりお風呂《ふろ》に入ったりが不自由になると思います。傷口にしみるでしょうし」

子どもの怪我に対する親の反応は千差万別だ。笑ってすませてくれる人もいれば、激高する人もいる。その都度、異なる人もいる。謝り方も重要で、言葉遣いや表情ひとつでこじれる場合もある。

それゆえ細心の注意が必要なのに、たった今「幸い」と口にしてしまい、言ったそばから、しまったと思う。前に、怪我をさせといて幸いとは何だと、怒鳴りつける親がいた。あれ以来、封印していた言葉だったのに。

「大したことないならいいですよ。かすり傷くらい、なんでもないです。もっと他に何かあったのかと……」

焦《あせ》りました、だろうか。語尾をにごして口元をゆるめる。やわらかな表情になると、顔立ちのそこかしこが旬太に重なる。やっぱり親子だ。似ている。

「園庭で転んだとか？」

「いえそれが、子ども同士の、ちょっとした諍《いさか》いがありまして。ケンカというほどでもないのですが、同じクラスの子と、絵本の取り合いになったようです。もめているうちに旬太くんがひっくり返り、たまたま近くにあったおもちゃに額をぶつけてしまいました」

「うちの——旬太が？」

今度は不思議そうに訊《き》き返す。気持ちはじゅうぶん察せられた。旬太は物わかりのいいおとなしい子どもで、これまで誰かと争ったことがほとんどない。持って生まれた性格ならばいいけれど、自分を出せずにいるのではないかと美南はこれまで密《ひそ》かに案じてきた。

「友だちと、取り合いですか」

「はい。ただその、あとから訊いてみますと、旬太くんが読んでいた本をその子がいきなり取り上げようとしたみたいで、さすがにムッとしたんだと思います」

旬太の父親、志賀隆平《しがりゅうへい》が苦笑いを浮かべた。今の「さすがに」という言葉のせいだ。またしてもうかつなことを言ってしまった。

「相手の子はどうしました？　怪我は？」

「それは大丈夫です。旬太くんが怪我をして血まで出たもので、お互いに泣いてしまって、みんな興奮してちょっとした騒ぎになりました。もしかしたら、今晩は悪い夢でも見るかもしれません」

そこにやっと旬太本人が現れた。年長さんが読んでくれた紙芝居がちょうどいいところだったのと、金子先生が取りなすように言った。絆創膏姿を見られたくないのかと、よけいな気を回してしまったが、旬太は園庭に立つ父親にためらうことなく「お父さん」と呼びかけた。

「どうした、怪我したんだって?」

「うん。すごく痛かった」

「ほんとだ。大きな絆創膏だ」

隆平は長身を折り曲げ、いくらか腰を落とし、息子の顔をのぞきこんだ。

何気ない仕草だが、はじめて会った頃、こんなふうに子どもの身長に合わせて話しかけることはなかった。小さな頭の上に手のひらを置く動作も、今ではすっかりなめらかだ。

「これ、チナちゃんだよ。チナちゃんがやったんだ」

「え? ときどき遊んでいる女の子だろ。千夏《ちなつ》ちゃんだっけ。シュンがいやがるようなことをしたんじゃないのか？」

「ちがうよ。してない。いきなり本をとったんだ。よんでたのに」

そのときの口惜《くや》しさを思い出したのか、父親にあらぬ疑いをかけられたからか、旬太はべそをかきそうになり、美南は横から「志賀さん」と呼びかけた。

「今日の場合はほんとうに、旬太くんは本を読んでいただけのようです。私はその場を見ていないので、そばにいた子どもたちから聞いた話になってしまうのですが……。明日からまたじゅうぶん気をつけて見て参ります。申し訳ありませんでした」

「いえ、相手が女の子なら怪我をさせた方でなくてよかった。こちらこそ、すみません。先生は今日、早番だったのでは？　もしかして、このために今まで残ってくれたんですか？」

「直接、お話しした方がいいと思いまして」

腰を伸ばした隆平が小首をかしげるように言った。

「保育園の先生も大変ですね」

素朴な労《ねぎら》いの言葉をもらい、美南は肩の力が抜けるような思いで、ささやかな笑みを返した。

最後の子どもが帰ったのは九時近かった。遅番の先生たちと一緒に掃除と点検をして、戸締まりを手伝う。やま組の金子先生が「よかったわね」と話しかけてきた。

「あっさりすんで。大丈夫だとは思ったけど、親の反応って読みづらいから。額の怪我は目立つし」

美南はありがとうございますと頭を下げた。

「あのお父さん、春から部署が変わったそうね。それで、毎日お迎えに来られるようになったんでしょ？」

「そうみたいです。定時退社しやすい部署があるらしくて」

「でもねえ」

否定的な声音と含みのある目配せに、自然と身構える。

旬太のところは父子家庭だ。もとはといえば母親が仕事に出るのを機に、かえで保育園に入ってきた。けれど一年が過ぎるころから休みがちになり、離婚の噂《うわさ》も聞こえるようになった。

もしそうなっても引き取るのは母親だろう、誰もがそう思っていたところ、意外にも父親が親権者となった。旬太はそのままかえで保育園に在籍し、父と子、ふたりだけの生活が始まった。

「ちゃんとお迎えに来てくれるのは、子どもにとっても園にとってもいいことだけど、男にとってはどうなんだろう。志賀さんって、三十四だっけ、五だっけ。これからが働き盛りでしょ。でも、出世競争からは外れるんでしょうね」

「はあ」

「いいところにお勤めよね。いわゆる一流企業のエリートサラリーマンか。そういう会社の定時であがれる部署ってどこかしら。異動させられたのかもよ。小さな子どもを男手ひとつで育てるなんて、会社からしてみたら、重要なポストを任せにくくなるもの」

否定も肯定もできず、美南は曖昧《あいまい》に首をかしげた。じっさいのところは何もわからない。

「無理せずシッターさんに任せればいいじゃない。お金はかかるでしょうけど稼ぎはあるんだから、頼めるところは頼めばいいのよ。子どもだって親の状況はわかってくれる。慣れてくれるって。自分を犠牲にして、ストレスを溜《た》めこんで、あとあと苦しくなったって遅いわよ」

ぴしゃりと言われ、いよいよ返事に困った。大股《おおまた》で歩いていく金子先生につづき、自分のバッグを摑んで職員室から出た。無人になった部屋のドアを閉める。

離婚した当初はお迎えの時間が九時、十時に平気でずれこみ、発熱の知らせを無視されたこともあった。忘れ物が多く、旬太の情緒は不安定で、朝は父親のそばから離れず、夜には保育士にしがみついて帰宅をいやがった。

そのときすでに担任だった美南は、個人面談の時間をもうけ、いくつかの対策を具体的にあげた。親兄弟や頼れる友人、知人が近くにいないとのことで、最終的に落ちついたのは斡旋所《あっせんじょ》にベビーシッターを紹介してもらうという案だった。

間もなく、子どもの扱いに慣れたベテランのシッターさんがお迎えの時間に現れるようになった。それなりのリズムができ、父と息子の生活は綱渡りの危うさから解放されたかに見えた。美南だけでなく、職員一同やれやれと胸をなで下ろしていた。

けれど隆平は定時退社しやすい部署に移った。シッターさんはもう来ない。わざわざ変えてもらったのか、それとも異動は彼の本意ではなかったのだろうか。

「お父さんが来てくれるようになって、旬太くんはこの四月から目に見えて生き生きとしてきました。発言も増えましたし、友だちとも遊べるようになりました。親子関係もうまくいってるようですし」

「今はね。私だってそれが続けばいいと思うのよ。でもあのお父さん、最初から無理してるでしょ。子ども好きには見えないし、子どもから好かれるタイプでもない。なんで父子家庭を始めたのかな。ほんとうは奥さんが引き取るはずだったのよ」

旬太が入園してきた頃は金子先生が担任だった。母親とも当然やりとりがあったのだろう。

「ああ、ごめんね。よけいなことばっかり。内緒よ。聞かなかったことにして」

あわただしく話を切り上げる金子先生に合わせ、美南も戸締まりをして門を出た。なだらかな坂道を下り切ったところで先生と別れ、最寄り駅である湘南《しょうなん》モノレールの西鎌倉《にしかまくら》駅へと向かう。

道路の上を灰色のレールが曲線を描き、延びていた。美南はこれに乗り、大船《おおふな》駅で降りて自宅に帰る。ついさっき、隆平は下りの湘南江の島行きに乗り、西鎌倉駅に降り立ったのだ。

保育園に、息子を迎えに行くために。

なぜ引き取ったのだろう。

これまで、何か事情があって、やむを得ず隆平が育てることになったのだと思っていた。離婚当初の雰囲気からすると、予行演習も準備期間も与えられず、唐突に始まったふたり暮らしのようだった。混乱もしていたし、緊張感さえ漂っていた。

金子先生が批判的な言葉を口にするのは、あのときの印象が悪すぎるからだろう。

他に選択の余地がなかったならしょうがない、無茶でも何でもとにかく頑張っているのだと、今まで思っていた。けれど奥さんは引き取るつもりだったらしい。隆平の方がそれを拒《こば》んだのか。

なぜ？　道路を渡り、美南はホームへの階段をあがっていく。

大変なことはわかっていただろう。いくら仕事が忙しくても、一緒に暮らしていたのだから。あのとき、旬太はまだまだ手のかかる三歳児だった。今やっと四歳児。一流企業だろうが、エリートサラリーマンだろうが、夜中や明け方におもらしをすれば後始末をしなくてはならないし、急な発熱に振り回されるし、聞き分けのないことは山ほどあり、相手はどこでもぐずる。そもそも言葉が通じないことすらある。子育てだけでなく、主婦がいなくなれば、すべての家事が自分ひとりにのしかかる。

一年と二ヶ月、よくぞギブアップしなかったと褒めてあげたいくらいだ。

だけどいつまで？　美南の足がふと止まった。隆平はこれからもずっと父子家庭を続けるつもりだろうか。選択の余地は、ほんとうはまだあるのかもしれない。子どもを連れて出るはずだった奥さんが、簡単に引き下がるとは思えない。

美南の脳裏につい先ほどの光景がよぎった。父と息子が連れ立って帰路につく後ろ姿だ。彼らのあの手は、いつまでつながれているのだろうか。

翌日、美南は自宅を早めに出た。ふたつちがいの兄は地方の薬科大に進み、そのまま研究室に潜り込んでいる。しばらく帰ってくるつもりはないらしい。おかげで今はすっかりひとりっ子のようだ。

自宅から駅までは離れているので、雨の日でない限り自転車を使う。もたもたしていると一緒に歩いていこうと父に誘われる。曇り空を気にしながら自転車を漕《こ》ぎ出した。大船駅からは三両編成のモノレールに乗りこむ。上部に延びる一本のレールにぶら下がる形で走るので、振り子のように揺れ、アップダウンもきつい。慣れない人はすぐに酔う。

四つ目の西鎌倉駅にたどり着くと、ホームに隆平の姿があった。すらりと着込んだスーツと光沢のある紺色のネクタイが、きつめに整った容姿を引き立てている。都会のオフィス街がさぞかし似合うだろう。歯ブラシだのお便り帳だので注意を受けている姿など、誰にも想像できまい。

目があって小さく頭を下げた。言葉を交わす時間もない。モノレールは単線なので上下の電車が同時に入り、この駅ですれちがう。隆平の乗る上り電車もすでにホームに着いていた。

けれど乗車せず、美南の乗ってきた「湘南江の島行き」も発車してしまう。誰もいなくなったホームで、隆平が「おはようございます」と挨拶した。

　わざわざ一本見送るだけの用件があるのか。

「おはようございます。旬太くんの具合、いかがですか？」

「ほんのかすり傷ですから大丈夫です。ご心配おかけしました。それよりもその、つかぬことを伺いますが」

　美南はにこやかに微笑みを保ちつつ、頬のあたりを引きつらせた。

「旬太と千夏ちゃんは、なんの本を取り合ったんですか？」

　とっさに「は？」と訊き返した。

「絵本のことでもめたと、先生、言ってたでしょう？」

　なんだそんなことか。すぐに答えようとして、返事に詰まった。

「旬太に訊いても要領得ないんですよ。もしかしてきつねの絵本ですか？」

「なんだったのかしら。すみません、私、ちょっと離れたところにいたもので、駆けつけたときにはふたりとも泣いて、まわりも驚いてしまい、それを鎮《しず》める方にばかり神経が行ってしまって」

　うっかりしていた。たしかに気になる。

「あのとき、絵本が何冊か散らばっていました。えーっと、『ちいさいおうち』『ころころパンダ』『きょうはなんのひ？』『こぶとりじいさん』『しろいうさぎとくろいうさぎ』『おばけのてんぷら』『キャベツくん』、きつねはいませんね」

考え込んでから顔を上げると隆平の目が笑っていた。やさしく目尻《めじり》を細めるというより、面白がっているような砕けた表情だ。

「覚えているんですね。さすがだ」

「たまたまですよ。絵本は好きなので」

「知ってます。それにしたって散らばっていた本を覚えていて、内容まですぐ浮かぶというのはすごいですよ」

褒められているのだろうか。それとも何かの皮肉だろうか。

「うちの園にあるのは定番中の定番ばかりで、私が知っているのもごく一般的なものなんです。昨日の絵本は、あとで旬太くんに訊いてみます。千夏ちゃんにも」

どちらかがすぐ教えてくれるだろう。他意なく口にしたのだが、隆平の顔がふっと曇った。

「その、千夏ちゃんのことですけれど」

「はい」

「この頃、変わったことはありませんか。旬太が、子どもながらに千夏ちゃんのことを心配しているみたいで。あの通り口数が少なくて、昨日などは最初、怒っていたんですが、それでも『どうしちゃったのかな』『ヘンなの』って。私自身、この前の保育参観日に千夏ちゃんのお母さんから……」

言いかけて口ごもる。かえで保育園では特定の一日を参観日とせずに、一週間、いつでもお越しくださいと、いわば参観ウィークをもうけている。そういえば隆平が年休を取ってやってきた日と、千夏の母親がパートを早引けした日は重なっていた。

「どうかしましたか？」

「いえ。千夏ちゃんの様子に、特に変わったことがなければいいんです」

言いにくい類《たぐい》のことがあったらしい。にわかに胸騒ぎがした。美南はこのところの千夏を思い出し、何もありませんと首を振ることができなかった。

心当たりがいくつかあったのだ。表情がついつい翳ってしまう。

村上千夏は引っ込み思案な女の子で、めったに自己主張をしない。いやなこと、悲しいこと、困ったことがあると、いつの間にか部屋からいなくなりトイレにこもったり、園庭のすみっこに隠れたりする。気を配らなくてはいけないのはもちろんだが、素直で無邪気なところもあり、丁寧に接すれば心を通わせてくれる。これまで問題を起こしたことがなく、家庭も落ち着いているように見えた。

ところが最近、様子がおかしい。お昼寝のときにうなされたり、トイレに間に合わなかったり。旬太とのケンカもそのひとつだ。関係があるのだろうか。

「千夏ちゃんのお母さんが何か？」

重ねてたずねたが、隆平は唇をきゅっと結び目をそらした。

ホームは地面から伸びた太い鉄骨に支えられ、見ようによっては小鳥の餌台《えさだい》のような形をしている。高さは二階建て住宅の屋根くらい。町並みが見渡せるような景観ではない。高台の住宅よりずっと低い位置にある。道行く車のクラクションが、すぐそばでファンと響いた。

最初に千夏のことを持ち出し、変わったことはありませんかと問いかけたのは隆平の方だ。美南は言葉に気をつけて口にした。

「私もちょっと引っかかることがあるので、気を配っておきます。志賀さんもお困りのことがあったらおっしゃってください。今でなくてもかまいません。何かあったらで」

「思わせぶりなことしか言えず、すみません」

「いいえ」

ほんとうにまずいことならば、ちゃんと話してくれるのではないか。今はまだ注意を呼びかけるくらいでいいと判断したから言葉を濁したのでは。明瞭《めいりょう》な声が言外の思いを伝えるようで、美南は心の中でうなずいた。

「絵本のことも訊いてみます」

「お願いします」

表情を和《やわ》らげ、隆平は数歩うしろに下がった。行ってくださいと促す。話は終わったということだ。

ホームにはいつの間にか人影が増えていた。モノレールがもうすぐ来るのだろう。一本遅らせて申し訳ない気もしたが、手にしていたバッグを持ち直し、美南は「ありがとうございます」と階段に向かった。

歩道橋を渡り、県道に沿って少し歩いてから左に折れる。子どもを預けたお母さんたちとすれちがった。挨拶を口にしながら坂道を上り、千夏の母親を探した。

昨夜はごく控え目な話しかできなかった。四歳児とはいえ複数の目撃情報からすると、旬太は部屋の片隅で絵本を読んでいたそうで、近づいた千夏がのぞきこみ、これは読んじゃダメだと言って本を摑んだ。強引に本を閉じようとしたと言う子どももいたが、いずれにしても旬太は横取りを許さず抵抗したので、ふたりにしては珍しいバトルが繰り広げられた——らしい。

昨日、隆平より前に迎えに来た千夏の母親にはその状況を話した。けれど相手の子どもを突き飛ばし怪我をさせたと言っても、うつむいて生返事をくり返すだけだった。今までの経験や先輩保育士の話からしても、子どものケンカの場合、怪我をさせられた方はことを大きくしようとし、させた方は簡単に片づけようとする。同じ親でも立場が変わると言うことも変わるのだ。

だから千夏の母親が「はあ、そうですか」「注意しておきます」と通り一遍のことしか言わなくても、よくある受け答えではあった。でも千夏の場合は心配事が他にもある。

昨日のような旬太とのトラブルだけでなく、おもちゃを乱暴に扱ったり食べ物をわざと落としたりと気になる行動が続いている。こういうときはたいてい、家庭で何か起きている。保育参観の日、隆平とどんなやりとりがあったのかも気になる。

園に着いて真っ先に千夏の姿を探すと、まだ来ていない。同僚の丸石沙耶がいたので千夏の母親を見かけたら引きとめておくよう頼み、急いでロッカールームで着替えた。ジャージにトレーナーにエプロン。定番の格好だ。セミロングの髪の毛をゴムでまとめ、目のあった先生たちに挨拶すると、すぐに玄関へと引き返した。

「ごめん、無理だった」

沙耶が謝る仕草で片手をあげた。

「待つように声はかけたのよ。小川先生がすぐ来ますからって。だけど『急ぐから』って」

追いかけたい衝動に駆られたが、踏みとどまって頭を切り換えた。目の前には受け持ちの子どもがいて、お母さんが会釈している。これから仕事に出かける人たちなので、みんなあわただしい。

おはよう、朝ごはん食べた？　お母さんにいってらっしゃいは？　はーい、公園ね、うん、行けるといいね。みんなに相談しようか。みきちゃん、こっちこっち。いってらっしゃーい。

ひとりずつに声をかけて笑顔を向け、部屋の中に入るよう促した。手を洗い、うがいをして、みんながクラスにそろったところで朝の点呼が始まる。美南の受け持っている年中さんの園児は二十二人だ。

千夏もいて、今日は紫色のズボンに長袖《ながそで》のTシャツを着ている。背中に垂らした髪は結んでいない。前は凝《こ》った編み込みの髪型をしていて、かわいいねと褒めると嬉《うれ》しそうに微笑んだ。おしゃれな洋服を着ていた時期もあった。いつからだろう。下着や靴下が新調されなくなったのは。送り迎えにやってくる母親の身なりも、めっきり地味になった。美容院には長いこと行っていないだろう。化粧もろくにしていない。このあたりはまったく人のことを言えない美南だけれど。

旬太と千夏の仲は回復しつつあるようで、花壇の前でジョウロとシャベルを交換していた。その様子を見守ってから、さりげなく千夏に話しかけた。

「きれいなお山になっているね」

千夏は砂場の縁にしゃがみこみ、手のひらでぺたぺた叩《たた》いて砂山を作っていた。

「先生、お砂がいっぱいあるところ、しってる？」

「う－んと、そうだな、海かな。ほら、砂浜があるでしょ」

「チナちゃん、もうすぐお砂がいっぱいあるところに行くんだ」

「いいね。大きなお山がつくれるかな」

話を合わせながら、声の調子にまで気を配り、たずねた。

「ねえ千夏ちゃん、昨日、旬太くんの見ている、どの絵本がほしくなっちゃったの？先生も読んでみたいな」

千夏の小さな唇にきゅっと力が入る。

「教えてくれない？　誰にも言わないよ」

「あのね」

「うん」

「ひみつなの。だれにもないしょなの」

言いたくない、というのでもないらしい。なぜ「ひみつ」なのだろう。

「先生にも、ないしょなの？」

こくんと、首を縦に振る。その顔には困惑ではなく緊張が感じられた。

「そうか。ないしょなら仕方ないね。教えてもいいなと思ったら、教えて。先生、千夏ちゃんが読みたかった本、知りたいの」

「よみたいんじゃないよ。その本、おうちにあるもん」

「だったらどうして旬太くんが持っていたのを……」

「よんじゃダメなの」

突然、千夏は立ち上がった。手のひらを丸めてこぶしを作り、かわいい顔をゆがめる。くるりと背を向けて走り去る。あとを追うのはやめた。小さな手で砂山をこしらえ、内緒にしておかなくてはならないものを埋めていたのだろうか。

美南は千夏をまねて砂の斜面に自分の手を置いた。ひんやりした感触が伝わってくる。容易に触れられないものは誰の心の中にもある。そっとしておくのが一番、ということもたしかにある。暴《あば》きたいわけではない。でも誰かにそばにいてほしいときもあるだろう。わかってほしいこともあるだろう。

「そろそろお昼ですよ。部屋に戻りましょう」

必要とされているのが何なのか、見極めるのはいつもむずかしい。


今日のメニューは具だくさんの野菜スープにチキンライス、フルーツのヨーグルトあえ。昼食のあとは歯を磨き、パジャマに着替え、布団《ふとん》を並べてお昼寝の時間になる。シャツのボタンがはずせない子もいれば新しいパジャマを見せに来る子もいる。せっかく片づけたおもちゃを引っ張り出す子もいる。

年中ともなれば全員がすやすや眠ってくれることはまずない。体を休めるだけでもいいからと、とにかく横にならせる。やっと全員が布団に寝そべったと思ったら、むくりと起き上がった子がいた。旬太だ。

「どうしたの？」

「ばんそうこうがとれてる」

「ああほんとだ。かわりのしようね」

傷口の消毒も考えて、職員室に連れて行くことにした。担当クラスを持っていないサポート役の主任先生がいるのであとをたのみ、美南は旬太を部屋から連れ出した。

傷はすでに治りかけていて、簡単な手当ですんだ。きれいな絆創膏に貼り替え、「もう大丈夫」と言ってから、願ってもない機会なのに気づき、昨夜のことをたずねた。

「どんな本を読んでいたのかな。ケンカになっちゃって、途中までだった？　先生も読んでみたいな。教えてくれる？」

旬太は首をかしげ、口元をとがらせた。

「うーん。おぼえてるけど、言うの、むずかしい」

「お父さんが言ってたよ。きつねさんが出てくる？」

「きつねはコン？」

かわいいことを訊く。

「そうだね。コンって鳴いたりするみたいだね。あとは顔がとがっていて、耳が三角で、しっぽが大きくて、茶色なの」

あんまり言っては誘導尋問になってしまう。言葉を控えつつも、美南の頭の中にはきつねの出てくる絵本がカラフルに舞い踊った。『ごんぎつね』『ぶたたぬききつねねこ』『手ぶくろを買いに』『きつねとぶどう』『きいろいばけつ』『そらいろのたね』

『きつねのかみさま』――。

「茶色かったかも。ふくきて、おべんとう食べてた」

　おお、擬人化《ぎじんか》か。そしてお弁当。『きょうのおべんとうなんだろな』と言いたいところだけれど、あれにはきつねが出てこない。似たようなタイトルで『おべんとうなあに？』はオッケーだ。個人的には『こぎつねコンチ』がとってもかわいい。

　思い切り頬がゆるんだところで、旬太の欠伸《あくび》に気づいた。

「ごめん、もう戻ろうね」

　話を切り上げ廊下を歩いていると、途中で沙耶に声をかけられた。何か用事らしい。旬太を布団に戻し主任先生にもう一度頼んでから、沙耶を探しに出た。

「こっちこっち」

　玄関わきにある階段の陰だ。にっこり笑って手招きするところを見ると、重要な用事ではないようだ。案の定、

「かっちゃんからのメール見た？　今度の土曜日、大丈夫だよね」

　仕事とはまったく関係ない話だ。

「見てない」

「もう。見てよ。朝、来てたんだよ。土曜日の飲み会、いいでしょ？　行くよね」

フルメイクの沙耶の顔がぐっと近づいたので、わざとらしく引いて顔をしかめた。それをものともせず、さらに迫ってくる。「かっちゃん」とはカツミと名乗るフリーのイラストレーターだ。苗字《みょうじ》なのか名前なのかは知らない。尋ねると「アーティスト名」と気取ったことを言ったので二度と訊かないことにした。男でも女でもありえる名前だけれど、こちらははっきりしている。二十七歳の男だ。

保育関係の雑誌でイラストを頼まれたと、かえで保育園には取材と称してやってきた。かれこれ二年前になる。人なつこい笑顔とノリのよさで園児だけでなく、職員やお母さん方の心も摑んでしまい、今やすっかり関係者気取りだ。保護者の人脈でデザインの仕事を請け負ったり、遠足のカメラマンとして日当を稼いだり、創作教室をひらいて講師役にもおさまる。もはやしっかり者を通り越し、ちゃっかりしたやつだ。

絵が好きで、お知らせのカットやイベントの飾り付けなど、楽しんで引き受けている美南にとって、プロの絵描きである彼はそうでなくとも煙たい。向こうも冗談めかして「商売敵《がたき》」などと言うのだ。険悪な間柄でかまわないのに、仕事中も仕事外も気安く声をかけ、素っ気ない態度を取ってもまったくめげない。

「行くって返事しておくよ。スタートは七時でいい？　あっこちゃんも来るよ。三人はオッケーと」

沙耶がポケットから携帯を取りだしたので、まわりに視線を走らせつつ、ダメだよと押し戻した。

「仕事中の私用電話はこの前も注意されてたでしょ」

「じゃあ、トイレでメールしとく」

「のんきそうでいいな、丸石先生は」

「何よ、トラブル？ ああ、昨日のか。絵本の取り合いだっけ。そういえば千夏ちゃん、ついこの前、うちにいるのを見かけたよ。みんな園庭に出てるときだったから、誰もいないところにひとり」

年少の、「そら組」の部屋だ。おとなりとはいえ、よそのクラスに子どもは入りにくい。どうしたのだろう。弟や妹がいるならともかく千夏はひとりっ子だ。

「ぜんぜん知らなかった」

「うちの部屋にはかっちゃんの絵があるでしょ、ここにもしもかっちゃんがいたら、おれの絵を見に来たんだって、きっと言うね」

「なんかやだなあ。言わせないで。この件は黙っておいて」

「はいはい」

プロというだけあってカツミの画力が自分より上であることは、美南も重々承知していた。口惜《くや》しいが、ぞうもカバもライオンも独特の味わいがある。奇をてらった芸術的なアートではなく、保育園の部屋を明るく盛り立てるかわいらしい絵柄に徹しているところも、やはりプロの仕事らしい。そら組のそれはノーギャラだけど。

沙耶と別れ、部屋に戻って主任先生と交代した。お腹《なか》を出している子のパジャマを直し、となりの子に足を乗せている子をずらし、熟睡している旬太の絆創膏もたしかめた。

千夏の布団をさぐるとおねしょの心配はなく、それはよかったけれど、恐《こわ》い夢でも見ているのか、眉《まゆ》が寄っているのが気になった。やっぱりお母さんときちんと話さなくてはならない。千夏はいくつもサインを出している。

お昼寝の時間は二時五十分までだが、二時半を過ぎる頃から目覚める子が出てくる。「しーっ」と声をかけると、目だけ笑ってもぞもぞ動く。そんな子が増えていき、四十五分になったところで眠っている子を順番に起こした。

着替えて布団を片づけると、三時のおやつだ。りんごの入った蒸しパンを食べたあと、室内で輪投げやリズム体操をして遊ぶ。四時半の降園時間で、早い子はお迎えがやってくる。

「また明日ね。バイバイ」

この時間に現れるのはたいてい祖父母だ。「今日のおやつはなんだった？」「何して遊んだ？」「夕飯、何にしようか？」そんな会話をしながら帰って行く。なごやかな光景を見守りながら、美南は千夏の母親を絶えず気にかけていた。できるだけ早くに面談の時間を取りたい。かなうなら今日でもかまわない。

けれどもその日の六時過ぎ、迎えに現れたのは千夏の父親だった。初めてというわけではないが、今までに数えるほどしかない。

「うちのやつ、なんだかちょっと体調が悪いみたいで」

まだ二十四歳の若い父親だ。やけにラフな格好をしているが、近隣の製麺《せいめん》工場で働いていると聞いた。服装は自由なのかもしれない。茶髪にニキビと八重歯のせいで、よけいに若く見える。下手すれば高校生に間違えられそうだ。

未《いま》だに「お父さん」と呼びかけると「勘弁してくださいよ」と笑い、今日も居心地悪そうに首をすくめて頭を掻《か》いた。

千夏の言動で気になることがあると、話していいものかどうか。デリケートな問題を含んでいるかもしれず、なんといっても隆平と千夏の母親の間で何かしらやりとりがあったらしい。目の前のお父さん——村上久志《ひさし》にうかつなことは言えない。

「また明日ね、千夏ちゃん」

美南はその場へしゃがみ込み、千夏の目線に顔を合わせて笑いかけた。ふたつのくりんとした瞳《ひとみ》は美南をみつめ、何か言いたそうにしたけれど、横から久志が手を取った。それを握り返し、千夏は嬉しそうにへばりつきながら園をあとにした。

六時を過ぎると雑事を終えて帰宅する先生もいて、ゆっくり一日の幕が閉じていくのを感じる。子どもの数も減る。園庭は別の先生に任せ、美南は延長保育の部屋に入った。子どもたちを見ながらも、お便り帳を仕上げて業務日誌を書く。退屈している子にお絵かきをすすめ、自分もクレヨンを手に取った。

おいしいものを描いてとリクエストされ、ドーナッツとソフトクリーム、ホットケーキを描いた。クリームパンにハンバーガーも追加。白い画用紙に一本の線からさまざまなものが生まれる。

カレーライスのあとサンドイッチとお弁当を描いたところで、ふと昼間の会話を思い出した。絵本の中で、きつねはどんなお弁当を食べていたのだろう。

顔を上げると探すまでもなく、旬太もまた美南の絵をのぞき込んでいた。しつこく問《と》い質《ただ》すのは避け、別のことをたずねる。

「旬太くんは、おうちでどんなものを食べてる？」

「うーんと」

「何が好き？」

まわりの子たちがさっと視線を向けたので、旬太は気後《きおく》れして身を縮めながらも、弱々しい声で「やきそば」と答えた。

父親がよく作ってくれるメニューなのだろう。母親がいた頃はパンもケーキもピザも手作りのものを食べていたらしい。得意そうに旬太は話してくれた。でも今は簡単に作れて失敗もない焼きそばが一番のメニュー。

子どもはそういう変化をどう受け止めているのだろう。

「先生も焼きそば大好き。おいしいよね」

美南はクレヨンを持ち直し、画用紙にそばや野菜を描き込んだ。

お迎えはちらほら現れ、七時十五分には旬太の父親もやってきた。見送りがてら廊下に出て、絵本はまだわからないと伝えた。美南の表情を見て、それ以外のことも読み取ってくれたようだ。隆平は黙ってうなずき、今朝のことにも触れず旬太の背中に手をやった。

「お父さん、先生、やきそばかいてくれたんだよ」

「それはすごいな。お父さんはおにぎりしか描けないよ」

去っていく隆平が肩ごしに半分だけ振り返り会釈した。美南が頭を下げると、旬太が大きく手を振った。

翌日も遅番だったが千夏のことが気になり、早めに家を出た。西鎌倉駅で降りて歩道橋を渡り、隆平とすれ違うかもしれないと思いながら歩いていると、保育園の門に人待ち顔の男がふたり、立っていた。隆平と千夏の父親、村上久志だ。

「どうかしたんですか」

「うちのが子ども連れてどこかに行っちゃったんですよ。ひょっとして、園に来てないかなと思って」

情けない声で久志に言われ、傍らの隆平を見上げると、困惑もあらわに首を横に振った。来ていないらしい。

「奥さんの体調が悪いということでしたよね」

「いや、病気ってわけじゃないんですよ。なーんかこの頃暗くて、ぐずぐず言って、鬱陶《うっとう》しいから昨日はオレが迎えに来たんです」

「昨日は、おうちにいらしたんですか？」

「いました。晩飯をいっしょに食べて、ちょっと用事があったんで、オレだけ出かけたんです。帰ったのは夜中の一時近かったかな。で、いないのに気づいたのはさっき。もしかして昨日のうちにどっか行ったのかも」

「帰ったときに、いたかいないか、わからないんですか？」

「まあその、ちょっと酔ってたもので」

ばつが悪そうに頭を掻いてみせる。妻子を置いて飲みに行き、酔っぱらって帰宅して、顔も洗わず眠り込んだのだろう。そういえば気のせいか酒の匂《にお》いがする。

横から隆平が「あの」と、割って入った。

「書き置きの類はありましたか？」

美南は驚いたが、久志はたちまち叱《しか》られた子どものように肩をすぼめた。

「テーブルの上にありました」

「なんて？」

「いやだからその……困っているわけですよね。この頃なんかすごく暗かったから」

「なんて書いてあったんですか」

「お世話になりました、さようなら、みたいなの」

ふたりのやりとりに、美南はすっかり固まり呆然《ぼうぜん》とした。若いお父さんが飲んだくれ、その間に妻子が家を出た。世をはかなむような書き置きがあった。大変じゃないか。

「行き先に心当たりはないんですか。ここ以外にどこを探しました？」

「それがその……ほらオレ、ついさっき起きたばかりで」

隆平に畳みかけられ、久志はしどろもどろだ。ただならぬ気配に同じクラスの母親たちが寄ってきた。

「何かあったの？　千夏ちゃんのお父さんでしょ。千夏ちゃんはまだ来てないみたいだけれど、どうかしたの」

真っ先に声を上げたのは花村理斗《はなむらりと》の母親、マリ子だ。顔の造作がはっきりしたスレンダーな美人で、朝っぱらからメイクも完璧《かんぺき》だ。ブランド物であろうジャケットをまとい、タイトスカートにピンヒールのパンプスで立ちはだかった。

「まさか、家出なんてことはないでしょうね」

久志はぎょっとするが、こんな時間に父親だけうろうろしていたら、まず怪しまれるのはそこだ。

「実家に帰ったの？」

「いや、あれの親は群馬で、うまくいってないんですよね。行き来ゼロ。だから、行くとは思えなくて」

「だったらどこよ。心当たりは？　あるんでしょうね」

　騒ぎに気づいて主任先生もやってきた。入れ替わるように隆平がその場を離れ、美南にだけ目配せした。主任先生にあとをまかせ、スーツの背中を追いかける。

「志賀さん」

　名前を呼ぶと立ち止まり、隆平は前置きなしに言った。

「保育参観の日、千夏ちゃんのお母さんに話しかけられたんですよ。同じクラスですから顔見知りではあったのですが、口をきいたのは初めてです」

「村上さん、なんて？」

「こんなはずじゃなかった——と、思うことはありますかって」

　とっさに返す言葉が出ない。振り向いた隆平がふっと息をつく。

「私は離婚して子どもを引き取った男ですから、そういう思いはいつも頭をよぎってました。だけど口に出しては言ってない。村上さんは言ったわけです。だから気になって」

「こんなはずじゃなかった、ですか」

「はい。それと同じ言葉を妻も言いました。冷ややかで、静かな怒りを含んで、憮然《ぶぜん》として。村上さんも同じ感じだった」

別れた妻のことを隆平から聞くのは初めてだ。事務的な話の流れで出てきたことはあったかもしれないが。

「村上さん、どういうつもりで……」

「今の生活に不平不満があるんでしょうね。それも抜き差しならないレベルで。実家との行き来はない、というのも気になります。離婚前、妻はたびたび実家に帰っていました。今思えば行くところがあってよかったと思います。村上さんにも、そういうところがあればいいけれど」

美南はうなずき、隆平が騒ぎの真ん中にいる久志を振り返ってから、軽く頭を下げて歩き出すのを見送った。

「あの、ありがとうございました」

坂道を下りていく背中がかすかに反応した。取り残され、美南は途方に暮れた。けれどぼんやりしている場合ではない。しばらく前から千夏の母親は鬱々《うつうつ》とした日々を過ごしていたらしい。離婚した隆平に声をかけるということは、よっぽど思い悩んでいたのだろう。

主任先生がマリ子たち他のお母さんを引き受けてくれたので、美南は久志を園の中に入れた。園長先生を探し、かいつまんで事情を話した。

「そりゃ大変だわ。詳しいことは私が職員室で聞くから、小川先生は子どもをしっかり見ててね。こういうときこそ落ちついて」

園長先生は今年五十五歳になる、小柄で可愛《かわい》らしい女性だ。施設の責任者として五年前に着任した。

資格は持っているし、じっさい保育士として働いていた経験もあるそうだが、ここの前はコミュニティ施設の副館長を務めていた。保育一筋というキャリアでない分、現場の経験は不足しているが、考え方に柔軟性があるところはありがたい。

お願いしますと深く頭を下げ、美南はもり組の部屋に向かった。

園庭や廊下で遊んでいる子どもたちに声をかけ、朝のご挨拶《あいさつ》を始める。午前中に予定していたのは色紙を使ってのちぎり絵だ。準備をしていると、主任先生が替わってくれ、職員室に呼び出された。

部屋から廊下に出たところで、思わぬ人に出くわした。驚いて声を出す前に「しーっ」と指を立てられた。カツミだ。

「なんでここに？」

「ひーちゃんの奥さんが、子どもといっしょに行方不明だって？」

「誰が連絡したの」

非難がましい声をものともせず、涼しい顔をしたカツミは二枚重ねのTシャツにカーゴパンツというラフな格好だ。色の組み合わせといい、さりげないプリント柄といい、とてもサマになっている。無造作なセレクトだろうが、持って生まれたセンスの良さを感じさせ、いつもちょっと口惜しい。

「ひーちゃん本人だよ。助けてくれってメールが届いてさ。今は職員室にいるらしい」

何が「ひーちゃん」だ。言ってやりたいことは山ほどあるが、それどころではない。年若い父親である久志は園の行事に現れても身の置き所がなかったようで、すっかり園に溶けこんでいるカツミを慕い、プライベートでも付き合いがあった。

「詳しい事情、何か聞いている？」

「さあ。この頃、夫婦仲がうまくいってないとは、こぼしていたよ」

「それは、どういう方向性でうまくいってないの？」

頭の回転の速いカツミは、美南の訊《き》きたいことがわかったらしく眉をひそめる。

「しいて言えば金だな。夫婦共に勤務日を減らされ、賃金カット。なのにあいつはパチンコですったり、外で飲んだり」

ひどいと思うが「女性」でなくてほっとする。「暴力」でもないようだ。

立ち話を切り上げ職員室に向かうと、園長先生に手招きされ状況を説明された。心当たりのいくつかには電話で問い合わせたが空振りだった。他に行きそうな場所を考え、これから久志が探しに行く。カツミにも同行してほしいとのことだ。

日暮れまでにみつからなければ警察に捜索願を出すと聞き、息苦しくなった。さすがの久志もことの重大さがわかったのか顔が強張《こわば》っていた。

「しっかりしろよ。探すのはおまえだぞ。奥さんきっと、おまえがみつけてくれるのを待ってるから」

「私もそう思う。村上さん、あなたの奥さんと子どもなのよ。ちゃんと探してね」

園長先生が久志を促し、カツミも心得たように連れ立って出て行った。あとに残された美南には、もう少し詳しく状況を話してくれた。

「このところの不景気で、どちらのお給料も下がったそうなの。暮らし向きがきつくなって、ちょっとしたことでいらいらして、ケンカが絶えなかったみたい。私が気になったのは貯金ね」

「貯金？」

訊き返す美南に、園長先生は渋くうなずいた。

「家を買うためにこつこつ貯金をしていたそうなの。それを崩さなきゃいけなくなって、奥さんはひどくがっかりしていたらしいわ。旦那《だんな》さんの方は持ち家が無理なら賃貸でもいいやと、のんきに構えていたのよ。でも一度手を付けた貯金はどんどん減っていく。奥さんはこうやって何もかもダメになっていくと、ずいぶん悲観的になっていたそうなの。最近では死にたいとまで漏らして、書き置きにもそんな言葉があったらしくて……」

美南は砂山を作っていた千夏の横顔を思い出した。波風が立つ家の中で、小さな彼女も小舟のように揺れていたのだ。

「私が思うに、村上さんの奥さんはとても真面目《まじめ》で頑張り屋よ。高校卒業後に今の旦那さんと知り合い、結婚して住むなら湘南がいいと、こっちに移り住んできたそうなの。仕事を探してアパートを借りて、ふたりのお給料でやりくりして、子どもが生まれれば保育園に預けてまた働いて。一生懸命頑張ってきたからこそ、疲れも溜《た》まっていたんだと思うわ」

「疲れ、ですか」

園長先生に反論するつもりはないが、割り切れない思いを抱いて美南は職員室を辞した。

千夏の母親を思えば一方的に責める言葉は出てこない。けれどその手にはやっと四歳になったばかりの女の子の手が握られている。「こんなはずじゃなかった」とくり返し、思い通りにならない現実に苛立《いらだ》つ彼女は独り身ではない。

子どもを連れておかしなことなど考えるなと言ってやりたい。

受け持ちの部屋に戻ると、子どもたちは画用紙の上に色とりどりの紙切れを貼《は》り付けていた。美南に気づき、見て見てと自分の傑作を指さす。弾《はじ》ける笑顔と明るい声にささくれだった気持ちがなごむ。

のりで汚れた机を拭《ふ》いていると、旬太が話しかけてきた。

「先生、チナちゃんは？」

「今日はお休みなの。おうちのご用事だって」

「とおいところに行ったの？　きのう、チナちゃんがいってた。ママとでんしゃにのって、とおいところに行くって。もう……バイバイって。ほんとう？」

布巾《ふきん》を握りしめる。

「なんのことかな。チナちゃん、他に何か言ってた？」

旬太は視線を窓に向け、子どもなりに考えこむ。

「チナちゃんとチナちゃんのママ、絵本のところに行くんだって。でも、きつねかな。わからない。クマかも」

美南は部屋の片隅に設けられた絵本コーナーに目を向けた。旬太にありがとうと言い、クラスの絵本を左から順番にチェックしていく。途中で子どもに呼ばれ、ついでに上着を引っぱられてしまう。昼食の時間なのだ。主任先生が顔を出したので、事情を話して手を貸してもらった。

再び絵本を片っ端から点検していく。それらしいものがなかなかみつからない。きつね、もしくはクマ。服を着て弁当を食べる。電車に乗る。それが千夏親子の行き先の手がかりになるかもしれない。でも、どれなのかわからない。焦《あせ》りのあまり浮かんだ汗を拭《ぬぐ》っていると、園長先生がやってきた。美南に電話だという。廊下に出ると「旬太くんのお父さん」と耳打ちされた。

「志賀さん？」

今の時間、都心のオフィス街にいるはずだ。なんだろう。

職員室の受話器を取ると挨拶もそこそこに「絵本のことです」と言われた。

「千夏ちゃんがやけにこだわっていたんですよね。気になって、会社の昼休みに近くの本屋に行ってみました。園にあるのは定番ばかりと、小川先生、言ってたでしょう。だからふつうの店にもあるかもしれないと思って。売り場で店員さんに声をかけ、いっしょに探してもらいました。きつねらしい動物が出てくる絵本」

美南は書店の児童書コーナーを思い浮かべた。平台には音の鳴る絵本や幼児向けの仕掛け絵本がひしめき、棚には図鑑、「ひらがな」のお稽古《けいこ》本、アンパンマンやディズニーの大判絵本。その上にスタンダードな名作がずらりと並ぶ。

レンズの焦点が合うように背表紙がありありと迫った。その中に――。

思わず受話器に向かって「あっ」と声をあげた。

「『こんとあき』」

「そうなんですよ。どうです？」

なぜ思いつかなかったのだろう。あんな有名な絵本を忘れていたなんて。信じられない。

「先生？　小川先生？」

「はい。たしかにきつねが出てきますね。『こん』はぬいぐるみ。デフォルメされているので、見た目できつねとはわかりにくいかもしれません」

ぬいぐるみの「こん」の腕がほころびてしまい、持ち主である人間の女の子「あき」が、それを直してもらうべく、おばあちゃんの家を訪ねるお話だ。擬人化された「こん」といっしょに電車に乗り、途中で駅弁を食べる。そう、お弁当を食べるシーンが出てくる。

「まちがいないと思います」

「だとすると先生、あの内容はちょっと意味深ですよ。ふたりが突然、誰にも行き先を告げず、出かける話じゃないですか」

隆平の抑えた声と言葉に、興奮気味だった頭が冷える。

「ですよね。千夏ちゃん、昨日旬太くんに『とおいところに行く』、行き先は『絵本のところ』と言ったみたいなんです。私もさっきそれを聞き、なんの絵本かあらためて探していたところでした。お電話、ありがとうございます。話からすると、行き先はおばあちゃんの家ですね。つまり、奥さんか旦那さんの実家。奥さんが行くのですから、ご自分の方の実家か」

さっそくカツミや久志に知らせなくては。気持ちの逸《はや》る美南を呼び止めるように、隆平が受話器の向こうで言った。

「でも実家とは、うまくいってないのでしょう？」

「いざとなったらそこを頼る、ということじゃないですか。ありえますよ」

「かもしれません。あともう一箇所、候補に入れておいてくれませんか」

「どこですか？」

ためらいがちに間を開けて、思い切るように隆平は口にした。

「あそこに出てくる女の子を、千夏ちゃんではなくお母さんに置き換えてみてください。『こんなはずじゃなかった』と口走ってたことは話しましたよね。『こういうはず』という未来を、夢見ていた時期があったんですよ。今よりずっと若い頃ですね。あの奥さんは今でも若いから、子どもの頃かもしれない。あの絵本の絵はとてもやさしくて、丁寧で、懐《なつ》かしくて、なんていうかこう……」

哀《かな》しくなると言いかけたのか、語尾まではっきり言わず、隆平は言葉を濁した。そして、みつかるよう祈っているとだけ付け足して通話は切れた。

美南は受話器を置いて、しばし棒立ちになった。

「小川先生、どうしたの。志賀さんはなんて？」

職員室に戻ってきた園長先生に、今の話をしようと口を開きかけたところで、再び電話が鳴った。今度は久志だ。まだみつからないらしい。美南は途中で代わってもらった。

「小川です。奥さんの実家はどうでした？」

「訊いてみました。でもやっぱりちがうんじゃないかな。お義母《かあ》さん、すごくそっけなくて。オレでもあんまりだと思いました」

「奥さんの、おじいさんやおばあさんの家っていうのはどうでしょう」

「は？」

「子どもの頃にかわいがってもらったおじいさんやおばあさん、奥さんにいませんでしたか」

のろのろと声が返ってくる。

「急に言われても」

「結婚式のときとか、会ってません？」

「いいえ、おばあちゃんに見せたかったと涙ぐんでたけど」

「お式に来なかったんですか」

「中学のときに死んじゃったみたいです」

だったらその線はないか。カツミが割って入る。

「そっちで何かわかったの？」

「うん。旬太くんのお父さんから電話があった。千夏ちゃんと旬太くんが取り合った絵本は『こんとあき』ではないかって。志賀さんが言うには、もしかしたら奥さん、主人公を自分に置き換えていたのかもしれないって」

「あれは女の子がぬいぐるみと一緒に、おばあさんの家に行く話だよな。『さきゅうまち』だ。おい、ひーちゃん、亡《な》くなったっていう、奥さんのおばあさんの家は鳥取？」

さすがカツミだ。たちどころにストーリーと固有名詞が出てくる。作中のおばあさんは「さきゅうまち」に住んでいる。

隣で耳を澄ましていた園長先生もだいたいのところはわかったらしく、硬い表情になった。視線を動かすと、職員室の窓から園庭の砂場が見える。昨日、あそこで千夏がつぶやいた言葉を美南は思い出した。

「かっちゃん、やっぱり『さきゅう』だよ。千夏ちゃんが言ってたの、もうすぐお砂がいっぱいあるところに行くって」

「ひーちゃん、鳥取だろ。日本で砂丘と言えばあそこしかない」

「えー、でも聞いてません。鳥取なんて。ああ、砂丘じゃなくて砂漠なら聞いたかも。『月の沙漠《さばく》』ですよ。おばあちゃんちはあの歌のところにあるって。でも日本に砂漠なんてありました？」

携帯のむこうでのやりとりが耳に入り、美南が「月の沙漠？」と訊き返すと、園長先生が「御宿《おんじゅく》海岸」と声を張り上げた。

「『月の沙漠』の歌にちなんで、あそこの海岸には駱駝《らくだ》の像があるのよ」

聞こえたらしく、受話器越しに慌《あわ》ただしい声が行き交う。

「針路変更、行き先は御宿海岸！　ひーちゃん、とにかく行ってみよう」

「え？　待ってください。どこですかそれ」

「千葉だよ、千葉」

カーナビを「御宿」に合わせているようだ。

「かっちゃん、あのね」

美南は受話器に向かって、自分なりの思いを告げた。

「千夏ちゃんはぬいぐるみじゃないよ。お母さんに伝えられる機会があったら伝えて。千夏ちゃん、お母さんのこともお父さんのことも心配している。一生懸命だよ」

「了解。わかった。行ってくるよ」

千夏にとって、おそらく『こんとあき』は不安をかき立てる、不吉な本になってしまったのだ。その絵本を前にした、母親の深刻な顔を思い出すのかもしれない。だから旬太から取り上げ、もり組の部屋からもなくしてしまった。さっき美南が懸命に探した中に、『こんとあき』はなかった。持ち出して、どこかに隠したのかもしれない。

そうせずにいられなかった千夏を思うと胸がふさがれた。あのお母さんにもいつかわかってほしい。ほんとうなら温かい気持ちになれる美しい絵本に、我が子が怯《おび》えるなんて、とても哀しいことだと。

主人公の女の子のように、やさしく迎えてくれる人が千夏にもいるのだと、いつかきちんと読んであげてほしい。

電話でのやりとりの後、カツミの車が御宿に着いたのは五時近くだった。途中で何度かメールを入れているうちに、やっと久志の携帯に奥さんから返事が来た。「月の沙漠に迎えに行く」という久志の言葉が効いた、とカツミは言う。

母娘《おやこ》に出会えたという報は六時過ぎに届き、気を揉《も》んでいた職員一同、安堵《あんど》の息をついた。

「ありがとうございました。すっかりお世話になりました」

隆平が現れたのは八時近くになってからだった。遅刻した上に、昼休みは本屋に行ったり電話をかけたりで、仕事が片付かなかったらしい。遅れるという電話が入り、さすがに今日は二つ返事で待ってますと答えた。

園庭に立つ隆平に、その後の状況を簡単に話した。

「今日のところは向こうに泊まり、朝イチで戻って来ます。園に顔を出してくれるそうなので、旬太くんも千夏ちゃんに会えますね。村上さん夫婦には園長先生がしっかり話をしてくれるそうです。今日は、ついさっき地域の会合に出かけてしまったんですよ。志賀さんにくれぐれもよろしくと」

「いえ、大したことはしてませんから」

そうだろうか。大したこと、ではないか。あのまま『こんとあき』に気づかなければ、村上親子の行方はわからなかった。母親の心情に歩み寄るのもむずかしかった。千夏の不安な気持ちにも。

隆平は会社の休み時間、わざわざ本屋に足を運び、謎《なぞ》の絵本を探してくれたのだ。

――子ども好きには見えない、子どもから好かれるタイプでもない。

金子先生の言葉を思い出す。強く否定はできない。でもうなずくのもためらう。子どもを思わない大人が本屋に向かうだろうか。そのとき、隆平の頭を占めていたのは、子どものことと、行方不明の親子に浮き足立つかえで保育園のことではなかったか。

まじまじと目の前の端整《たんせい》な面差しを見てしまい、視線が合う。

「今回のはたまたま。まぐれですよ」

重ねて言わせてしまったようで、美南はあわてて首を振った。

「ほんとうにすごく助かりました。私なんて、うっかりもいいとこ。あんな有名な本を忘れるなんて。穴があったら入りたいです」

「何を言うんですか。おかげで、旬太にいいお土産ができました」

提げていた鞄《かばん》の中からビニール袋を取りだし、中身をちらりと見せてくれる。

「買ったんですか」

「書店員さんといっしょに、これだこれだと大騒ぎになったんです。買わずに帰るわけにはいかないじゃないですか。プレゼント包装にしますか、きっと喜ばれますよと言われ、断るのに一苦労でした」

冗談めかした言い方に、思わず笑ってしまった。仕事中とおぼしきビジネスマンが駆け込んできて、きつねの絵本に目の色を変えれば、さぞかし大事な贈り物だと想像も膨らむだろう。腕によりをかけ、かわいらしいラッピングを施したかったに違いない。店頭の様子が見えるようだ。

お父さん、という声がして、旬太が部屋から出てきた。沙耶が見ていてくれたので、すっかり身支度が整っている。お土産があるんだよと言われ、旬太ははずむ足取りで上履きを履き替えた。

その様子を見守る隆平の横顔は穏やかで、仕事帰りの疲れもあってか、自然と肩の力が抜けていた。くつろいだ平安の中にいるように見える。

けれど今でも、こんなはずじゃなかったと、思うことはあるのだろうか。

「先生、さようなら」

「また明日ね」

美南は沙耶と肩を並べ、廊下から手を振った。大小ふたつの背中がだんだん小さくなる。

漆黒の夜空にレモン色の月が浮かんでいた。

第二話　あの日の場所へ

おはようございます、行ってらっしゃい、お気をつけて。

園庭で子どもたちを迎え、付き添いの保護者たちに声をかける。

子どもは先生のそばで小さな手を振り、保護者はそれに応《こた》えながら職員に会釈《えしゃく》をして、それぞれの仕事先へと散っていく。いつもの朝の光景だ。

雨にならなくてよかったという声につられて、美南は空を見上げた。濃淡のある雲が空一面を覆《おお》っているけれど、東の一部だけ明らんでいた。予報では今日の天気は曇りのち晴れ。明け方まで残るといわれていた雨は、思ったより早くあがった。最寄り駅から園までのアスファルト道路は、降ったことを忘れるくらいに乾いていた。

園庭の地面はしっとり水分を含み、まわりの木々の緑がひときわあざやかだ。早くも、すべり台に残る水滴をつついて遊んでいる子たちがいる。バケツに溜《た》まった雨水に、最初に気づくのは誰だろう。

にぎやかな一日を思い、エプロンを結び直しながらあたりを見まわすと、園舎と園舎を結ぶ渡り廊下の前に受け持ちの親子連れがいた。登園してくる子どもが途切れたこともあり、美南は早番の先生にあとを頼んでから足を向けた。

渡り廊下に設けられた小さな棚には、泥団子が並んでいる。昨日の力作だ。

「旬太くん、よかったね。お父さんに見てもらって」

小さな頭が振り向いた。はにかんだ笑顔が美南を見上げ、素直に「うん」とうなずく。茶色いお団子はころころ十五個並び、旬太のは右から三番目だ。それをしっかり指さしていた。

傍らに立つ父親の隆平はスーツ姿に鞄《かばん》を提げ、誇らしげな息子の顔と棚の上の丸い固まりを見比べている。これから会社なので、のんびりもしていられないのだろう。切り上げるタイミングを探していたようで、泥団子に見入っている息子の頭に手をのせた。

「じゃあな、お父さん、行ってくるよ」

「うん」

バトンタッチされるように美南は旬太に手を差し伸べた。園庭で遊ぶ他の子どものところに連れていこうとしたのだが、

「先生」

目配せを受け、隆平の背中を追いかけた。ほんの数メートル先で立ち止まる。

「これ、なんだと思います？」

そう訊《き》かれたのは庭に面した外廊下の縁だった。簀《す》の子《こ》と簀の子の間に、大きな足跡がひとつついている。土足で歩いてはいけない場所ではない。靴を脱いで簀の子にあがり、子どもも大人も廊下を行き来する。だからコンクリートの部分に足跡があってもおかしくないのだけれど、自然と首をひねってしまう。

「昨夜、帰るときはありましたか？」

足跡は外から中に入る向きについている。

「さあ。でもこれ、ヘンですよね」

「昨夜の雨は、たしか十二時頃までですよ。足跡にあるのが園庭の土ならば、昨夜の雨のあと、誰かがこのあたりを歩いたということになります」

それのどこが問題なのかは、美南にもわかる。

かえで保育園に男性の保育士はいない。早朝、子どもを連れてやってくる保護者の中にはお父さんやおじいさんなど男性もいるが、今朝はまだ隆平しか園庭に入ってない。にもかかわらず、足跡のサイズは明らかに男性のものだった。

あるはずのないものが目の前にある。腰をかがめてまじまじと見入った。

「これ、スニーカーですか」

すぐとなりにあるのは隆平の、黒い革靴だ。

「だと思います。足のサイズは二十七、八かな。けっこう大きい。心当たりは？」

「いいえ。誰かしら。昨夜の雨の頃から今朝、うちの職員が登園してくるまでですよね。こっそり忍びこんだ人がいるってことですか」

門も柵《さく》も高くなく、その気になれば乗り越えることは難しくない。スニーカーを履いた男性ならばなおのこと。

「気にしすぎかもしれませんが、一応、目に留まったので」

「ありがとうございます。他の職員の耳にも入れておきます。不審者が忍びこんだとしたら、ゆゆしき出来事ですよ。でも保育園に入ったって、なんにもないと思うけど」

美南のつぶやきに、隆平がいくらかやわらかい声で応じた。

「これが学校なら、テスト問題を盗みに来た、なんて考えられるかもしれませんね。大事なデータが狙《ねら》われたとか」

「保育園にはテストも成績表もないですし、怪談の類《たぐい》もありません。度胸試しにもなりませんよ」

「ないんですか、怪談」

大真面目《おおまじめ》なのか、くだけているのか、よくわからない口調で尋ねられ、思わず眉《まゆ》をしかめた。

「ありませんよ。あったらみんな、こわがるじゃないですか。職員は真っ暗な中、ひとりで戸締まりすることもあるんですよ。やめてください」

きつめな口調になったが、隆平はけろりとした顔で腕時計に目をやった。旬太はいつの間にか他の子と鉄棒にぶらさがり遊んでいた。

では、というといつものクールな声に、美南だけがその場で行ってらっしゃいと見送った。隆平は最寄り駅である西鎌倉駅から湘南モノレールに乗り、大船駅でJRに乗り換え、都心のオフィス街へ向かう。隆平がシングルファーザーになって一年と数ヶ月。見慣れた後ろ姿だった。

それにしても、彼がみつけた夜中の侵入者の痕跡《こんせき》。ほうっておけず早番で登園していた主任先生の耳に入れ、美南はあわただしく持ち場に戻った。

八時を過ぎ、続々と子どもたちがやってくる。ひとりずつ相手をしていると、代々《よよ》木《ぎ》安奈《あんな》ちゃんのおばあさんに話しかけられた。

「かき氷と綿菓子の機械、やっぱりあると思うんだよね。昨夜、近所の奥さんと話になったの。その人も園のを使ったって言ってた」

黒縁の眼鏡をかけた痩《や》せて小柄な代々木さんは、近くに住んでいる娘や息子が共稼ぎなので、たびたび孫の送り迎えにやってくる。かえで保育園は今年、創立十七周年を迎えたが、十五年前に初孫を預けて以来の付き合いで、行事のことなど何かとくわしい。

代々木さんが話しているのは、夏祭りの模擬店のことだ。今年も焼きそばやフランクフルト、かき氷や綿菓子などが予定されている。鉄板以外は毎年リースで調達しているのだが、代々木さんが言うには創立当初、かき氷と綿菓子の機械も園にあったらしい。

模擬店がしばらく途切れた時期があり、そのときどこに保管したのかわからなくなっていた。

「使えなくなっていたならしょうがないけど、あるならもったいないよ」

「そうですね。倉庫の奥かもしれません。今度、本格的に探してみます」

「かっちゃんにも手伝わせるといいよ。倉庫の中身をいっぺん全部出して、屋根裏も横着がらずに整理してみるといい。不要品を処分すればきっと出てくるよ」

かっちゃん。

ふいに飛び出した名前に、「え？」と思いつつもあえて触れずに微笑《ほほえ》む。

「倉庫の中って、私もよく知らないんですよ」

「おもしろいものが出てくるかもよ。ここは男手がないんだから、あれを使うといい。私から声をかけとくね」

「ありがとうございます」

「あの男はあれだわ、小川先生とのコンビが一番安心。他の先生やお母さん連中はどうにも危なっかしくって」

何がどう危ないのか、コンビという言い方もいかがなものか。美南がつっこむ前に、別の親子連れがやってきて話がそれる。代々木さんはずけずけものを言うが、けっして悪い人でも付き合いづらい人でもない。かき氷や綿菓子の機械を探すため、倉庫の片づけをするのは前向きな提案だ。まあいいか。

園長先生にかけ合おうかと思っていたら、職員室では隆平のみつけた謎《なぞ》の足跡について話題になっていた。夕方から夜にかけての薄暗い時間、園のまわりを若い男がうろついていたらしい。金子先生が見かけたという。

「おととい、最後のひとりになっちゃって、鍵《かぎ》を閉めて外に出たのよ。そしたら門にもたれかかるようにして誰かいた。背の高い男だったわ。街路灯の加減でちょうど顔は見えなかったんだけど、向こうからは私のことが見えたんじゃないかな。驚いて声をあげたら、あわてて逃げ出すみたいにいなくなったの」

　他にも目撃情報があった。年少さんの母親が夕方六時過ぎ、園庭を囲む柵に男がへばりついているのを見かけたらしい。キャベツ畑に面した小道だ。

　怪訝《けげん》に思いつつも行きすぎ、帰り際《ぎわ》に見てみると姿はなかった。ところが門の向かいにある電柱の陰に、それらしき男が潜んでいたという。

　さらに雨が降り出す前の九時頃、車で迎えにきた親が子どもを後部座席に乗せ、エンジンをかけずに運転席で電話していた。すると門から先生が出てきて、そのあとを長身の人影が追いかけていくように見えた。

　心配になって電話を切り上げ、車を発進させた。クラクションを鳴らして警告しようかと思ったが、男は坂道を下りきったところで道路を渡ってしまった。近くの停留所にはバスを待つ人たちがいたので、大丈夫だと思い帰宅したそうだ。

　その「先生」とは年少クラスを担当している丸石沙耶だった。沙耶は話を聞くなりムンクの絵画よろしく両手でほっぺたを押さえた。まったく気がつかなかったらしい。

「誰だろう、それ。こわいよ」

「心当たりは？」

「ない。ぜんぜん」

沙耶は明るくノリのいい二十五歳の独身女子で、美南とはプライベートでも仲がいい。

「またどこかの合コンで、思わせぶりなことやったんじゃない？」

「ありえないね。最近は合コンに行ってないもん」

「そういえば、そうか」

このところ沙耶は他の園の保育士とうまくいっているらしい。つきあっていた男性や知り合いでストーカーしそうな男というのも思い浮かばないという。

「スニーカーの足跡だから、若いイメージだよね。女の先生が気になって、というのが一番ありえそうなのに」

「私とは限らないでしょ。美南先生かもしれない」

「あとをつけられたのは沙耶先生です」

門の近くには街路灯があるので、沙耶の顔はしっかり確認できたはずだ。

「そうかなあ。柵を乗り越えて園に忍びこんだんでしょ。私に関係なくない？」

「まあね。園舎にも倉庫にも鍵がかかっているから中には入れないし。今朝も戸締まりはきちんとしていて、誰かが侵入した形跡はなかったみたい」

園庭で子どもたちを遊ばせながら、振り返って下駄《げた》箱や渡り廊下、外の手洗い場を眺める。若い男が興味を引かれそうなものは見当たらない。

「なくなったものはないんでしょう？」

「うん、今のところ」

「置き手紙とか、ラブレターとかもみつかってないのかなあ」

近くで遊んでいた女の子たちが耳ざとく聞きつけ、「ラブレター？」と声を上げる。ちがうの、なんでもないのと美南はあわてて打ち消したが、沙耶はのんきに、今度みんなで書いてみようかと笑いかけた。


その日のお昼寝の時間、珍しく子どもたちがよく寝ているのでほっとしていると、廊下にカツミが現れた。美南に向かって手招きしている。

代々木さんだけでなく、美南や沙耶まで「かっちゃん」と愛称で呼んでいるフリーのイラストレーターだ。本業が順調らしく、女性誌のイラストを任されるようになり、個展の準備も進んでいると聞いた。

「代々木さんにいわれて倉庫の片づけの話をしにきたんだけれど、金子先生から聞いたよ。あやしい男がうろついているんだって？」

「うん、まあ」

「今日は早番？　遅番？」

「誰が」と訊き返したら、まっすぐ人差し指を突き出して「他に誰がいる」と答えが返ってきた。

「帰りが遅くなったらこわいかと思って。ひとりになることもあるみたいじゃないか。物騒だろ」

「それなら沙耶ちゃんの心配してあげてよ。私は今日、早番なの。遅番は沙耶先生。あやしい男にあとをつけられ、すごくこわがってた」

「へえ。なら、声かけておくよ。倉庫の片づけはどうする？　日曜日だったら、代々木さんが差し入れ持ってきてくれるって」

それは嬉《うれ》しい申し出だ。長いことスーパーの総菜売り場で腕をふるってきたと言うだけあって、代々木さんはこれまで遠足やお泊まり保育のときなど、びっくりするほど美味《おい》しい差し入れを持ってきてくれた。

「どう？　次の日曜日」

「うん。たぶん大丈夫」

「約束ないの？　いいよ、もったいつけても」

くすりと笑われ、口を尖《とが》らせた。こんなやりとりをしていると、まるで仲がいいみたいだ。絵も工作も大好きな美南にとって、彼の才能はまぶしくも羨《うらや》ましい限りだし、誘われてみんなでわいわい飲みに行くぶんには楽しい。

ただ、社交性があり、世渡りがうまいという一面は、苦手意識ばかりが先に立つ。代々木さんの言う「危なっかしい」とは、カツミに気のある女の人がそこかしこにいるからだ。独身者だけでなく、お母さんたちにも人気がある。単純に言って、モテる男なのだ。

そのあたりをちゃんと心得、いつの間にか保育園の職員一同に受け入れられ、愛称で呼ばれ、遠足でも運動会でも声をかけられ楽しげに参加している。親しみの持てる好青年にちがいないが、美南は素直に受け取れない。ついつい引っかかりを覚えてしまう。

早番の美南は五時過ぎにはエプロンを外し、職員室で教材のカタログをめくっていた。夏には保育者向けの講習会があり、児童心理についての勉強会もある。課題になっているレポートのテーマを考え、デスクワークをいくつかこなしたところで切り上げることにした。帰り支度をしていると、にわかに表が騒がしくなった。

年少クラスのお母さんが駆け込んできて、カツミが不審者を捕まえたという。

「やったじゃない。すごいわ」

「どこどこ？」

金子先生と園長先生が手を取り合うようにしてすっ飛んでいった。駆け込んできたお母さんは興奮冷めやらぬ体で、自分の胸に手のひらをあてがう。

「どんな人でした？」

「若い子よ。必死に逃げようとしてた」

「いくつくらい？」

「たぶん、中学生か高校生。夜中に公園やコンビニの前で、友だちとつるんでいるようなタイプ」

「相手はひとりでしたか。まわりに誰か、仲間みたいな人はいませんでした？」

「さあ。いなかったと思うけど」

門のところに先生ふたりの姿が見えた。美南も上履きのまま駆け寄った。どうやら捕まえた相手を逃がしてしまい、カツミが追いかけているらしい。

遅番の先生たちに加え、子どもたちも部屋から心配そうにこちらを見ている。金子先生が気を利《き》かせ、大丈夫よと手を振り建物に入っていった。

しばらくしてカツミが戻ってきた。ひとりだ。

「どこまで行ってたの。大丈夫？」

「しっかり捕まえてたんだけどな。スキをつかれて、あっという間に逃げられた」

門を開けて中に招き入れる。

「なんともないならよかった。追いかけるなんて危ないよ。警察を呼んだ方がいいかな」

「いや、そこまで大事《おおごと》にしなくても」

意味ありげな言い方をして、カツミは額に流れる汗をTシャツの肩で拭《ぬぐ》った。タオルくらい差し出したいが、手ぶらで出てきてしまった。

「カツミくん、何か話をした？」

園長先生が難しい顔で尋ねる。

「この園にいたみたいですよ。『怪しいものじゃない、兄ちゃんと一緒にここに通ってたんだ』って」

「ひょっとしてと思ったんだけど、やっぱり。いくつくらいかしら」

「たぶん高校生。中学生にしては態度も顔つきもしっかりしてましたから。カーディガンをはおっていたけど、白いワイシャツに灰色のズボン、あれ制服ですよ。スクールバッグも持ってた。学校帰りでしょうね」

「スニーカーは？」

美南が横から口を挟み、カツミが白い歯をのぞかせた。

「履いてたよ。そこはちゃんとチェックした。足のサイズは二十七、八ってところかな。昨日、うろついてたり、侵入したのはあいつにまちがいないよ。さっきもキャベツ畑から園をうかがってたんだ。考え込むようにして小道から出てきたところで、声をかけたら逃げ出した。それで捕まえた」

繊細そうに見えても、いざとなれば荒っぽいことができるらしい。カツミの長くしなやかな指先に自然と目がいった。これまではエンピツや絵筆を握るところばかり見てきた気がする。

「卒園生だとしても、高校生がどうして保育園に」

「さあ。詳しいことは訊けなかったけど、名前は言わせたよ」

美南だけでなく園長先生も身を乗り出した。

「なんていうの？」

「品川《しながわ》、だって」

「しながわ」と反芻《はんすう》してみたが、今現在の園児にその名前はなく、ここ何年かの卒園生にも記憶がなかった。

園長先生も眉を八の字に寄せて、頭を傾ける。

「今、高校生とすると十六、七歳くらいかしら。園にいたとしたら十年以上も前になるのね。卒園した子ならいいけど、途中退園した子となると名簿に載っているかどうか」

かえで保育園はゼロ歳児から預かる。小学校入学までとなると最長で六年間だが、親の事情で出入りが多い。短い子はほんの数ヶ月で去っていく。苗字《みょうじ》の変わる子もいる。

「昔の先生に訊いても、覚えてないかもしれないわね。前のパソコンの中にはデータがあるかもしれないけど、私、触ったことがないのよ」

「前のって？」

「正確に言うと前の前の園長先生ね。パソコンに詳しくて、データベースって言うの？　そういうのを作ったそうなの。十年前ならちょうど入っているんじゃないかな。でも前の園長先生はパソコンにうとくて、買い替えたときに移せなかったみたい。だから私の今のパソコンにも入ってないの」

美南は驚いて訊き返した。

「データベースの入ってる昔のパソコンってまだあるんですか？」

「あるけど埃《ほこり》をかぶっているわね。まだ電源入るかしら」

「立ち上げて、探しましょう」

「私はちょっと……。カツミくん――」

「おれはマックなんですよ。ウィンドウズはパス」

美南も手をあげられず困っていると、背後に人の気配がした。振り向くと、会社帰りの隆平が立っていた。門の近くで話し込んでいたのはうかつだった。とっさに言葉が浮かばずにいると先に隆平の口が開いた。

「まずは電源を入れてみることですよ。園のために作ったデータなら、ファイル名もわかりやすいものでしょう。見当をつけて、検索すればいい。個人情報保護法の成立前なら、パスワードもなく、ロックもされてないかも。だとしたら、そのまま開きますよ」

言うだけ言って、それじゃあと通り過ぎるのをあわてて呼び止めた。

「志賀さん」

なんでしょうと見返す目が、今日はいつも以上に賢く見える。

「今の話、聞いてました？　今朝、志賀さんがみつけた謎の足跡の件なんです」

「すみません。立ち聞きしてしまいました。内密に、ということでしたらもちろん」

「いいえ。こんなところで話し込んでいたので、それはいいんですけれど、志賀さんはパソコン、お得意ですよね？」

　仕事帰りに加え、隆平は帰宅してから夕飯の用意もしなくてはならない。申し訳ないと思いつつも拝み倒すようにして職員室に来てもらった。

　どうぞどうぞと椅子《いす》を差し出す。その間に園長先生が問題のパソコンをみつけ出し、カツミが持って来た。埃をかぶっていたが、コードをつないで電源を入れると立ち上がった。

　上着を脱いだ隆平は椅子に座りネクタイをゆるめ、慣れた手つきでかたかたとキーボードを鳴らす。マウスを動かし何度かクリックし、左手を口元にあてがう。考え込むときの癖らしい。画面に見入る横顔はリラックスしながらも真剣で、いつもとちがう。

　離婚前の隆平は誰も寄せつけないような憮然《ぶぜん》とした雰囲気で、離婚直後はそこに硬さが加わり、最近になってようやく打ち解けてきた。気さくではないが、話をするし、会話が弾むときもある。

　今パソコンに向かっている姿は都心のオフィスにいるときのそれに近いのだろう。

　とりとめのないことを考えていると、隆平が「これでしょう」と画面を指した。美南、園長先生、カツミの三人でのぞきこむ。さらに画面が切り替わり、細長い四角形の空欄が出てきた。

「ここに名前を入れて、エンターキーを押してください。苗字だけでも大丈夫です」

　隆平はそう言って立ち上がり、園長先生に席をゆずった。居心地悪そうに腰かけた園長先生はたどたどしくキーボードを叩く。画面が変わった。

「出て来た。ふたりいるわ。品川佳樹《よしき》くんと品川巧巳《たくみ》くん」

　ありふれた苗字でないのが功を奏した。

「兄弟ですか」

「みたいね。保護者の名前が同じだから。父親ではなく母親の名前だわ」

　ということは、母子家庭だったのか。

「いつからいつまで通っていました？」

　美南は尋ねながら画面をのぞき込み、自分で答えを口にした。

「佳樹くんの方は十一年前に卒園してますね。巧巳くんはその一年後。年子の兄弟でしょうか」

頭の中で計算した。現在どちらも高校生だ。カツミの話と齟齬《そご》がない。まちがいないだろう。偽名ではなく、たしかに兄弟そろって、かえで保育園に通っていた。けれど今になってなんの用があるのか。たまたま近くを通りかかり、懐《なつ》かしくなってのぞいたというのではなさそうだ。電柱の陰に隠れていたり、沙耶のあとをつけたり、夜中に柵を乗り越えたりと不審な行動も目立つ。

目的はいったいなんだろう。

翌日、孫の手を引いてやってきた代々木さんに、美南は倉庫の片づけの話をした。今度の日曜日ということで園長先生の許可を得て、カツミも張り切っている。

代々木さんは満足げにうなずき、五目おこわにしようかと言う。前の園長は肉まんに目がなかったそうだ。それを聞き、美南はハタと思った。

「代々木さんは十年前も今みたいに、お孫さんの送り迎えをしてたんですよね」

「それくらいになるかな。一番上の孫がもう高校だもん。生意気に部活が忙しいだの、試合の遠征費がかかるだの言っちゃって」

訊かずにいられなかった。

「その当時、品川佳樹くんと巧巳くんっていう男の子の兄弟が、いませんでしたか?」

代々木さんが、きょとんとした顔で美南を見上げた。

「そりゃまたえらく懐かしい名前だね」

「ご存じですか」

「弟の巧巳くんの方がうちの孫と同い年でね。よく遊んでたから覚えてる。どうかしたの」

美南が言葉に詰まると、ため息まじりに首を振った。

「悪い話ならいい。聞きたくない」

「そういうわけじゃないんです」

「元気で明るい、愛嬌《あいきょう》のある子だったよ。うちの孫はのんびりしてるからテンポがちがうんだけど、気が合ったみたいでね。中学に上がる頃、向こうが引っ越して、それっきり」

「小学校でもお友だちだったんでしょうか」

近所に住んでいたら、卒園後も通う公立小学校は同じになる。

「まあね。あの子のお母さんとも話したことあるよ。私もほら、ふがいない亭主の尻《しり》を叩《たた》きながら、自分で稼いで家計を支えてきたから。あそこはお父さんが亡《な》くなって、女手ひとつでふたりの男の子を育てていたんだよ」

もっと聞きたい。当時のことを知れば、今になってなぜ保育園にきたのか、理由がわかるかもしれない。けれどもゆっくり話しているひまはなかった。子どもたちのもとに行かなくてはならない。

代々木さんもそのあたりはわかっているようで、早口で言った。

「あの兄弟は今、どうしているかね。とてもよくできた兄ちゃんがいたんだよ。小学校の四年か五年か、それくらいのときに、子どものいない親戚《しんせき》の家にもらわれていった。弟はえらくショックを受けてたよ。うちの孫までつられてべそをかいていた。仲のいい兄弟だったから」

「親戚の家に……」

「どこの家にも事情はあるもんだ」

たくさんの子どもと接していれば、実の両親以外と暮らすケースに何度となく出くわす。引き取る引き取られるは、もはや耳慣れた言葉だ。

短大を卒業し、保育士になって五年、美南にもよぎる顔がいくつかあった。受け持ちの園児で、よその家に養子に入った子もいる。あの子はどうしているだろう。元気でやっているだろうか。

園長先生も品川兄弟については方々に当たっていた。かつての園長先生や十年前に勤務していた職員に連絡を取り、尋ねてみたそうだが反応は芳《かんば》しくなかった。代々木さんと同じく、在園中に父親が病気で亡くなり母子家庭になった、というのを覚えている人がいたくらいだ。

兄弟のその後については何も出てこない。保育園の職員は園児が卒園してしまうと交流は減り、むしろ代々木さんのように保護者の方が詳しい場合も多々ある。わかったのは大きなトラブルを起こすこともなく、兄は十一年前に、弟は十年前に、それぞれ保育園を巣立っていったことだけ。

その頃と今とでは、カリキュラムもちがっている。彼らはこの場所でどんな時間を過ごしていたのだろうか。

延長保育の時間に入ると、美南は部屋で子どもたちと一緒に工作に励んだ。お店屋さんごっこに使うお魚やパンを色紙や毛糸で作っていると、旬太が紙切れを持ってやってきた。

「かばんの中に落ちてた。お便り帳にはさんであったのかなあ」

受け取って開くと手書きの文字が並んでいた。もうすっかり見慣れた、右肩上がりの几帳面《きちょうめん》な文字。隆平からの手紙だ。遅番だったので、今朝は会わずじまいだった。手紙を用意してくれていたのか。

「ありがとう。気づいてくれて。先生、ちゃんと読んでおくね」

笑顔で言うと、旬太はほっとしたようにお魚作りのチームに戻る。美南は立ち上がり、部屋の片隅で紙切れを広げた。

　小川先生へ。

昨夜の帰り道、西鎌倉駅前のコンビニに寄りました。

すると店の中で、高校生くらいの男の子に、旬太が話しかけられました。

通路を隔てて会話が聞こえたのですが、どうもその子はあの少年のようです。

詳しく書いている時間がないので、今日のお迎えのときに話したいと思います。

お時間をいただけるとありがたいです。

「え？」

驚いて読み返す。少年というのは昨日の品川少年のことだろう。名前の検索をしてくれたのちに、隆平は旬太と帰路についた。立ち寄ったコンビニに当の相手がいたなんて。カツミをふりほどき逃げ出したのに、舞い戻って近所をうろついていたらしい。何があったのか。とっさに旬太を見たが、ハサミを手に色紙を一生懸命切っていた。

美南は窓辺に立ち、傾いた太陽を雲間に見ながら大きく息をついた。まだ六時前だ。隆平が訪れる七時が待ち遠しくてならない。手紙を読んだのが朝でなくてよかったと、思わずにいられなかった。

園長先生や他の遅番の先生に声をかけ、門の近くで待っていると七時十分にスーツ姿の隆平が現れた。いつもと変わった様子もなく落ち着いている。

「お手紙読みました」

待ちきれず爪先《つまさき》立つようにして美南が声をかけると、そういえばそんなこともありましたね、という顔をしている。昨日と同じく、お迎えの前に職員室に入ってもらった。

「コンビニで何があったんですか？」

そう尋ねると、隆平は美南と園長先生をちらりと見て、一呼吸あけたのちに冷静に言った。

「店に入ってすぐ、旬太はいつもの食玩《しょくがん》コーナーにへばりついたので、私はビールのつまみを探しに行きました。気がついたら高校生っぽい男の子がわざわざ腰を落として目線をあわせて、旬太に話しかけていたんです」

「なんて？」

「かえで保育園の子だよね、何組、と」

園からあとをつけたのだろうか。いや、私服だが肩からそれらしき黄色のバッグを提げているのだ。保育園の子とすぐわかる。

「旬太くん、こわがってませんでしたか」

「それがそうでもなかったですね。お兄ちゃんもあそこにいたんだよと、にっこり笑って言うんです。愛嬌のある顔だもんだから、旬太も打ちとけたみたいです。ひとしきり組の名前や遊びの話をしてから、その子はふいに、『おしいれのぼうけん』って絵本を知っているかと訊いてました」

目を丸くする美南に、隆平は片手をあげた。

「私も知ってますよ。昔からある有名な絵本ですよね。彼はしきりに内容を旬太に話していました。でも、ぴんと来なかったようで、旬太はきょとんとするばかりです。相手はやけにこだわって、かえで保育園の押し入れは、十年前と変わりがないかと尋ね始めました。そんなこと四歳の子に訊いてもわかるわけないのに」

絵本の中のではなく、かえで保育園の押し入れ？

「私が出て行くと、あわてて立ち上がりました。喉元《のどもと》まで『君は品川くんか』と出かかりましたが、いきなりはまずいでしょう。それで『困ってることがあるんじゃないか』と訊きました」

「困ってること？」

「十年前のことを持ち出してるんですよ。四歳児に訊いてもしょうがないことを大まじめに尋ねるなんて、よっぽど困ってるに決まってます」

まるで自分にも覚えがあるようだ。

「その子はなんて？」

「とりあえず足が止まりました。だから続けて言ったんです。明日、もう一度ここに来るように。かえで保育園のことなら相談に乗るからと。すみません。出すぎたことを言ってしまいました。相談なんて、柄にもないことをつい……」

美南が口を開くより先に、園長先生が「いいえ」と拳《こぶし》を握りしめた。

「ありがとうございます。うちの卒園生ならほっとけないし、うろうろされても困ります。向こうが話す気になったら助かりますよ。それで？　来ると言ってました？

時間は？」

「返事はありませんでした。でも可能性はあると思いますよ。昨夜と同じくらいの時間です」

壁の時計は七時半を回っていた。昨日の夜はパソコンで検索してもらってから帰宅したので、隆平がコンビニに寄ったのは八時過ぎか。

「園長先生、どうします？」

「私が行ってくるわ。志賀さん、すみません、コンビニまで付き合ってもらえます？」

隆平は迷った顔になったが、控えめにうなずく。旬太は美南と共に園で待つことになった。

「何か作って食べさせておきましょうか。旬太くん、お腹《なか》が空《す》きますよね」

部屋へ向かう廊下で美南が言うと、隆平の表情が目に見えて明るくなった。お願いします、助かりますと、すぐ返ってきた。あわててチャーハンくらいですよと肩をすくめた。

昨日もこちらの都合で引き留めてしまった。帰宅が遅れるのは、家事も育児もひとりでこなしている隆平にとって、きっと美南が思う以上に負担が大きいはずだ。コンビニに寄ったのも旬太の機嫌を損ね、埋め合わせに何かねだられたのかもしれない。

八時になると隆平と園長先生は出かけて行った。子どもたちも順々に保護者に引き取られていく。園長先生から特別の許可を得た上で美南は調理室に入った。野菜やベーコンを刻み、残りご飯を利用してチャーハンを作る。

旬太は大喜びで、待っている間もはしゃいでいた。皿に盛って差し出すと、大きなスプーンを握りしめ元気よく食べてくれた。眺めているだけで幸福になれる光景だ。

遅番の先生たちも退勤し、いよいよ園は静まりかえる。

「昨日はお父さんとコンビニに寄ったの？」

「うん。あのね、おにいさんがいて、何組かってきかれた」

品川少年のことだ。

「旬太くんもおにいさんだよ。小さい子たちにいつもやさしくしているよね」

旬太はひまわりのような笑顔を浮かべる。

食べ終わった旬太を連れて部屋に戻り、絵本や紙芝居を読んでいるうちに九時を過ぎた。静けさの中でうとうとし始めた旬太に布団《ふとん》を敷き、寝かせていると、園長先生と隆平が戻ってきた。

品川少年は現れたとのことだ。

「ごめんなさいね、遅くなって。いろいろ家庭の事情が複雑で、お兄さんと揉《も》めたみたい。代々木さんが言ったとおり、小学生のときにお兄さんだけが養子に出て、今は別々に暮らしているのよ」

話の途中で園長先生に電話がかかってきて、それきり職員室にこもってしまう。もともと今晩は地域の連絡会議が入っていた。そちらにも厄介な問題が起きているらしい。話の続きは隆平がしてくれた。

優秀なお兄さんは転校した後、塾に通い始め、中学受験で名門と言われる私立に受かった。大学までエスカレーター式の一貫校ながら希望の学部を目指し、高校三年の現在も真面目に勉強している。

一方弟は、母親が病弱で入退院をくり返し、なんとか公立高校に入学したものの家計を助けるためにもバイトをしなくてはならない。大学進学の余裕もなく、諦《あきら》めるしかないという。

「ずいぶん境遇がちがってしまったんですね」

「そのようですね。でも養子と言っても、亡くなったお父さんの兄にあたる人なので、縁が切れたわけではなく、自由に会いに行っていたそうです。ところがお兄さんはだんだん冷たくなり、最近ではめっきり疎遠《そえん》になってしまったと」

代々木さんがここにいたら、もう聞きたくないと言いそうだ。

「あくまでも巧巳くんの言い分です。実際どうなっているのかはわかりません。ただお母さんの具合が悪いのはほんとうのようですね。入院している病院の名前も言っていました。今度、大きな手術をするそうです。けれどお兄さんは見舞いに来ようともせず、それで久々に話しに行ったところ、思いがけないことを言われた」

なんだろう。隆平の目がちらりと美南を見る。

「かえで保育園に通っていた頃、母の日にお兄さんが絵手紙を描いたらしいんです」

「絵手紙？」

「あずけておいたのにおまえがなくした、みつけ出して返せと言われたそうです」

「そんなあ」

「巧巳くんもびっくりですよ。けれどそこから先は、みつけて返せの一点張りで話にならない。結局、見舞いのことははぐらかしたままです。そして、十数年前に手紙をなくした場所というのが、『おしいれのぼうけん』に関係してくるんですよ」

「どういうことですか」

「巧巳くんも必死に思い出しました。絵手紙をあずかったのは年中のときで、あの絵本のように押し入れの中を歩きまわっているうちになくしたそうです。だから今でも落ちているかもしれないと」

「歩きまわる、というほどの広さではありません。それに十数年も前のことでしょう？　いくらなんでも落ちてないですよ」

あくまでも「お話」だ。絵本の中では、保育園の男の子ふたりがお昼寝の時間に叱《しか》られ、押し入れに入れられる。そこに現れた「ねずみばあさん」から逃れるために、暗いトンネルを抜けて冒険の旅が始まる。

「建物そのものは改築も改装もしていないんですよね？　彼ら兄弟がいたときのままなら、可能性くらいはありませんか？」

「当時も探したんでしょう？　そのときみつからなかったなら、ただの紙切れと思われて捨てられたのかも。他の子がまちがえて持ち帰ってそれきり、とも考えられます」

隆平はゆっくりうなずいた。わかっていますよと言いたげな目だ。

「巧巳くんもどうしていいかわからず、園のまわりをうろついていたようです。丸石先生のあとをつけたのは、年配の先生だと声をかけるのも気後れしたみたいで。かといって若い女の先生だと痴漢にまちがわれるかもと思い、結局、園の様子を訊けなかったと言ってました」

「夜中に忍びこんだのは？」

「部屋に入り、押し入れを調べたかったんですよ。もちろん鍵がかかっていて入れなかった。当たり前でしょうと園長先生に叱られ、しょんぼりしてました。あんまり素直にうなだれるので、園長先生も可哀想《かわいそう》になったのか、今度の日曜日ならばとお許しが出ました」

「本気で探す気なんですね」

美南は押し入れに目を向けた。毎日利用し、整理整頓《せいとん》を心がけている。十数年も前の落とし物が出てくるとは思えないが、やってダメなら諦めもつくだろう。

「よく寝てますね」

ふいに言われて頭を動かした。美南と隆平は個人面接のときのように、小さな机を挟んで椅子に腰掛けていた。そのすぐ横に旬太の眠る布団が敷いてある。

「中途半端《はんぱ》な時間に寝てしまうと、かえってお手間になりますね」

「何かお腹に入れてるなら、朝まで寝るかもしれません。起きたら起きたときのことです」

お腹と言われ、ハッとした。帰宅が遅れ食事にありつけないのは隆平も同じだ。

「志賀さん、お昼から何も食べてないでしょう？　何か持ってきましょうか。待っていただけますか」

「大丈夫です。先生こそ、もう帰らなきゃいけませんね。電車はありますか」

大船行きの最終は十一時半頃だ。

「私ならまだ平気です。おやつも食べてますし。ああ、あれですよ、子どもと一緒に食べる、園のおやつです」

今日は何だったのかと尋ねられ、ふかし芋と答えた。隆平の口元に笑みが浮かんだ。ばつが悪くて肩をすぼめた。

「食いっぱぐれるのは慣れているんですよ。前の部署では忙しくなると晩飯どころじゃなくて、気がつくと十一時や十二時。終電を逃して会社に泊まり込むのもしょっちゅうでした。会社の近くに遅くまでやってる中華料理屋があって、よく行ったな。皮から手作りの餃子《ぎょうざ》が冷えたビールとよく合って、最高に旨《うま》かった」

机に頬杖《ほおづえ》を突き、なつかしそうに言う。何年も前の話ではない。ほんの数ヶ月前のことだ。隆平には寝食忘れて打ち込む仕事があった。大変だったろうが、やりがいもあったにちがいない。

三十代前半といえばちょうど仕事が面白くなってくる時期ではないだろうか。会社勤めの経験がなくても想像くらいはできる。同僚がいて、上司がいて、取引先があり、目標や課題もあったはず。より高みをめざし、努力を重ねていただろう姿が目に浮かぶ。それは昨日、職員室でパソコンに向かっていた横顔につながる。能力を評価され、信頼を寄せられ、大きな充足感を得ていただろう。これからきっと、さらに。なぜ部署を変わってしまったのか。それとも異動させられたのか。やはり、旬太を引き取ったから？

「よかったんですか」

言ってはいけないのに、気がつけば口にしていた。

「は？」

「部署を変わってしまって」

変わったからこそ、お迎えに来られるようになった。発熱の連絡にちゃんと早引けしてくる。あるべき保護者の姿になったことを自分は歓迎する立場なのに。でも……。

隆平は頬杖をはずし、その片手を口元にあてがった。そうですねとつぶやくような小さな声を洩《も》らし、遠い目で窓の外を眺める。どんな言葉が返ってくるのか、一瞬身構えた。

「先生は、どうして保育園の先生になったんですか。小さいときからなりたかった職業ですか」

「いえ、そうでもないんです。高校二年になるまで、考えたこともなかったです。たまたまボランティアで保育園のお手伝いに行ってみたら面白くて。急に進路を変えたんです」

ごく自然な雰囲気で隆平は問いを重ねる。

「じっさいになってみて、どうです？」

「それは──その、毎日絵本をめくるみたいにわくわくします。はらはらもするし、どきどきもするし、笑うことも泣かされることも。毎日、なんていうか、新しいです」

言葉を選ばず飾らず、思うまま答えた。隆平はそうですかとうなずき、椅子を引いた。旬太の寝ている布団に向き直り、まじまじと寝顔をのぞきこむ。

「帰りましょうか」

「あ、はい」

「さすがにもう遅い。園長先生はどうしました？」

「そうですね」

あわてて立ち上がり、見てきますと言って美南は廊下に出た。余計なことを話してしまったと、後悔が押し寄せる。会社のことをあんなふうに訊《き》くなんて。沈む気持ちを抱えて職員室に急ぐと、園長先生はまだばたばたしていた。

揉め事がおさまらず、これから急遽《きゅうきょ》出かけるという。友人の車を待つそうなので、一足先に帰ることにした。

戸締まりをすませ、旬太をおぶった隆平と共に、美南は園長先生に見送られて門を出た。坂道を下っていく。隆平は遠慮したが鞄《かばん》だけは持たせてもらった。

「先ほどは不躾《ぶしつけ》なことを訊いてしまい、申し訳ありませんでした」

思い切って口にすると、首を傾《かし》げられた。

「お仕事のことです。私、立ち入ったことを」

「いいですよ。よく訊かれます。会社の人間だけでなく、親兄弟や学生時代の友人にも」

そのひとりになってしまった。

「気にしないでください。先生は、定時退社のために異動したことを、人生を棒に振ったとは言わないでしょう？　たかが子どものためにって」

「そんなこと、言う人がいるんですか」

隆平は静かにうなずいた。美南の驚きに同意するような顔をする。

坂道からバス道路に出た。隆平たち親子の住まいは左に曲がり、海に向かって五分ほど歩く。

隆平の鞄は美南の手にあり、少し勇気を出して言った。

「鞄を持ってますし、お宅までこのまま送らせてください」

「とんでもない」

隆平は鞄を受け取ると旬太を前抱きにして、自宅とは逆の方角に曲がった。

そちらには美南の乗るモノレールの駅がある。歩道橋の階段まで送ってくれた。

「大船からの足はありますか」

「家までは自転車です。明るい道なので大丈夫です」

何か言いかけて、隆平は言葉を飲み込んだ。そうですかとつぶやく。美南は会釈《えしゃく》して階段を上がった。

歩道橋の上で振り返ると、隆平はその場にまだいて、息子と鞄を両手に抱えていた。

たかが子どものために、人生を棒に振るのか。

そんな言葉を投げつけられても、彼は今のように、ひとりでまっすぐ立っているのか。

品川巧巳の話は沙耶からカツミに伝わり、翌日には美南の携帯に電話があった。

「日曜日なら倉庫の片づけの日だから、おれも再会できるな。楽しみだよ。押し入れ探検も」

「探検しないから、きっとすぐに終わるよ」

「志賀さんも来るの？」

「うん。成り行き上、園長先生と一緒に立ち会うみたい」

考え込むような「ふーん」という声が聞こえた。

「どうかした？」

「別に。代々木さんの差し入れ、多めだといいね」

食べものの心配か。

代々木さんにとっても巧巳とは久しぶりの再会になる。前もって打ち明けるべきか迷ったが、ややこしい話なので言いづらい。日曜日は他の用事で訪れる人がいるとだけ伝えた。じっさい、掃除だけなら来なかったかもしれない沙耶も、押し入れの話を聞き、急遽来ることになった。

当日、約束の午前十一時に美南が園に着くと、すでに隆平親子とカツミの姿があった。旬太の遊ぶすべり台の近くで、長身の男ふたりが和やかに話していた。

ジーンズにTシャツというカツミはいつもの服装で、隆平の私服も初めてではない。参観日や運動会、遠足と何度か目にしたはずだが、基本がパリッとしたスーツ姿なので、無造作に羽織ったダンガリーシャツというその日の装《よそお》いは新鮮だった。

「おはようございます」

声をかけるなり、カツミがにやりと笑った。

「休みの日くらい、ミニスカートやワンピースを着てくればいいのに」

そんなものは持っていない。第一、今日は掃除だろう。横から取りなすように隆平が言った。

「ちょうど今、個展の話を聞いていたんですよ。場所や日時のことや、今どきのギャラリー賃貸料なんか」

「子ども連れでもオッケーなんで、気楽にぜひ」

「志賀さん、行くんですか」

美南の問いに、隆平ではなくカツミが答えた。

「花村理斗くんのママから誘われているんですよね。子ども同士も仲良しなら、ちょうどいいじゃないですか。ギャラリー見たり、公園で遊んだり、親子で一日楽しめる休日になりますよ」

保育園が縁となり、保護者同士が家族ぐるみの付き合いを始めるのはよくあることだ。休みの日に一緒に遊びに行くという「特別」は、園にはない親密さをもたらす。

このところ旬太と理斗は仲がいいし、はしゃぐ姿が目に浮かぶようだ。

「みーちゃんも来てくれるよね、ギャラリー」

「うん。沙耶先生と行こうかな」

「沙耶ちゃんは彼氏と来るみたいだよ」

え？　聞いてない。

噂《うわさ》をすればなんとやらで、にぎやかな声と共に沙耶と園長先生がやってきた。肝心の品川巧巳はというと、約束の時間に遅れること十分、もじもじしながら門のところに現れた。

それなりに気を遣ったのか、白いワイシャツの裾《すそ》をズボンの中にちゃんと入れていた。下がり気味ながらもベルトは腰の位置にある。高校の制服だろう。髪はぱさぱさの茶髪。ずらりと並んだ大人たちを見て怯《ひる》んだようだが、「品川巧巳です」と自ら名乗った。

からかうように「おーい」と声をかけたカツミに気づきギョッとしたが、駆け寄ってきた旬太を見てほっとした様子だ。不審者みたいに園のまわりに出没し、足跡を残して気を揉ませたわりには無邪気で幼く、代々木さんなら「図体《ずうたい》ばかり大きくなって」と真っ先に言いそうだ。

園内に入ってからは先ほどまでの緊張を忘れたかのように、素直に感激している。二歳で父を亡くした彼は、働いている母の帰りを毎日遅くまで保育園で待ち続けたという。机や椅子、壁や柱、床に至るまで思い出があるらしく、貼《は》り出してある子どもの絵を真剣にのぞきこむ。

「ここにいたときが懐かしいです。母親のお迎えはいっつも遅くて、ほとんど毎日ビリッけつ。でもアニキがいたから。絵を描いたり本を読んだりして、今思うと、嘘《うそ》みたいに仲がよかった」

やけにしんみりした口調で言う。

「卒園しても小学校でまた一緒だったんでしょ」

美南の言葉に、巧巳は唇を嚙《か》む。

「ひとつちがいだから、おれは一年あとに入ったんだけど、勉強もできないしガキくさいし、物足りなかったのかな。アニキは同い年の友だちとばかり遊んでた。三、四年生の頃から伯父さんの家に長いこと行くようになって、五年生のとき、うちを出て学校も変わった。やっぱり仲がよかったのは保育園のときだけだ」

まだ幼い顔に陰りが見えた。あきらめや割り切り方を覚えるたびに、人は住む世界を変え、顔つきも変わる。かつての日々から離れていく。切り捨て、葬《ほうむ》り去った方が楽に生きられる場合もある。

「押し入れの中を見たいんだっけ」

「そうです。いいですか」

「『おしいれのぼうけん』みたいに、探検した思い出でもあるの？」

巧巳は表情を和らげ、うなずいて茶髪を揺らした。

「あれはアニキの好きだった本です。そのころの年長組の友だち、ゆうくんだったか、りょうくんだったかとふたりで、探検の話をよくしてました。おれは仲間に入れてもらえなくて、探検は年長になってからと言われた。でもアニキから手紙をあずかった日、待っているのがいやになって、ふたりのあとを追いかけたんです。押し入れの中をうろうろしたけれど、なぜかふたりはいなくて。こわくて不安で、べそをかいたのをすごくよく覚えています。あとから手紙をなくしたのに気づきました。押し入れに入る前まではたしかにあったから、ぜったい中で落としたんです」

言い張る巧巳と共に、隆平とカツミが手伝って、年長クラスから順番に探索が始まった。要は、押し入れの布団を全部外に出すだけだ。女性陣は遠巻きに見守った。

どう考えてもあるわけないとみんな思っている。部屋の整理整頓、大掃除は定期的にきちんと行っている。押し入れの中も手を抜かない。小さなおもちゃならいざ知らず、手紙のようなものを見落とすとは思えない。

「昨夜《ゆうべ》のことなんだけどね」

積み上がっていく布団の山を眺めながら園長先生が言った。

「お兄さんの担任をしていた先生と話ができたの。母の日の絵手紙がなくなったことは覚えていた。押し入れの中と言われて探したけれどみつからなくて、出てきたら連絡すると約束したんですって」

担任の話が加わることで、やっと現実味が出る。だからといって今、布団の間から白い紙切れが滑り落ちることはないけれど。

「でね、卒園後しばらくしてから、お兄さんの佳樹くんと街でバッタリ会ったそうなの。先生は懐かしい思い出話のつもりで絵手紙のことを話したら、佳樹くんは『へー、まだみつからないのか』ですって。まるで、みつかってもおかしくないような口ぶりだったらしいの。ふつうだったら、何年も前の手紙なんて、それきりになってしまうでしょう？　なくなったときに探して出てこなかったんだから。でも、まだあるように言われて、キツネにつままれた気分になったそうなの」

「大事な手紙だったんでしょうか」

「ううん。ことさら残念がっている様子でもないし、口ぶりもカラッとしてたそうよ」

押し入れの探索は年長、年中、年少のクラスで終わり、あとは建物の中を見てまわることになった。旬太に水を飲ませている隆平に、美南はペットボトルのお茶を差し出した。巧巳はカツミとともに一歳児の部屋に向かう。さすがにそこの押し入れではないだろうが。

「志賀さん——」

美南は今聞いた園長先生の話を隆平に話した。

「巧巳くんのお兄さん、ほんとうにまだあると思っているんでしょうか」

「かもしれませんね。単なる当てこすりや、無理難題をふっかけたのではなく。不思議に思っていたんですよ。どうして母親の見舞いに行かないのか。小さいときに生き別れたならともかく、五年生になるまで一緒に暮らしていたんでしょう？　具合が悪いと聞いて、何も思わないわけがない。もしかしたら頑《かたく》なに拒む理由はちゃんとあって、手紙を見ればわかるのかも。弟に、探せと言い出した理由も」

ますます気になる。

「みつけたいですね。でも、いったいどこに……」

「落ち着いて考えてみましょう。まず、押し入れにある可能性はもともととても低い。

十数年経《た》った今はもちろん、卒園した数年後だって残っている方が珍しい。だったら最初から、弟の巧巳くんが手紙をなくしたのは、ちがう場所だったんじゃないですか。お兄さんはそれを知っていて、わざと別の場所を口にした。それが押し入れです」

「嘘をついたんですか？　どうして」

「ばれたら叱られるからですよ。園児が嘘を言うときは、たいていそれでしょう？　つまり禁止されている場所に、子どもだけで入った。だからお兄さんはあとから探しに行くこともままならず、先生に怒られるのもいやで、心配のない場所を言ってごまかした。巧巳くんは、言いくるめられたんだと思いますよ。しっかり者のお兄さんが押し入れと言い張れば、ちがう場所であってもだんだんそんな気がしてきて、記憶もすり替わってしまった。なくしてしまったという、申し訳なさもあったでしょうし」

先生に叱られると思い、その場しのぎのことを言ってしまった。そういうこと？

話を聞いていた沙耶が横から加わった。

「あの弟くんなら、お兄ちゃんに丸め込まれるかもね。ばれたら怒られるような場所ってどこかな。職員室？　それとも調理室？　赤ちゃんの部屋やロッカールームもあるよね」

「どこもちゃんと掃除してるから、あればとっくにみつかっているよ。もっと意外なところじゃない？　めったに人が入らないような場所。だからお兄さんはまだあるかもしれないと思ってる」

どこだろう。隆平の読みが正しければ、巧巳の兄は手紙が発見されることを望んでいる。押し入れから窓へと視線を動かし、美南はハッとした。手つかずの場所が園内にある。

代々木さんの言葉を思い出す。もう何年もちゃんとした整理整頓がなされていないから、備品すらわからなくなっている。

「倉庫！　それこそ倉庫じゃないかな」

「あそこだって掃除くらいしてるよ」

「屋根裏は？　はしごをのぼったところにも収納スペースがあるでしょ。大昔の教材や使わなくなった備品が押し込められてる」

子どもが入らないように注意しているし、鍵《かぎ》もちゃんとかけている。けれどどこかで手抜かりがあり、冒険心に燃える子どもたちが入ってしまったら？　考えられなくはない。さいしょに入った年長児が引き上げた後、弟が忍びこみ、兄を探したけれどみつけられずにうろうろしてから表に出たのかもしれない。

美南はカツミたちに声をかけ、園庭に出た。敷地の片隅に設けられた倉庫へと向かう。おろおろとあとをついてきた巧巳が、ふいに当時のことを思い出す。

「そうだ、あのときもアニキを追いかけて、こんなふうに庭を走ったんだ」

倉庫の中ではしごをかけ、カツミと巧巳が屋根裏へとあがった。このさいだから
と、埃をかぶった荷物もバケツリレーで順番におろして、倉庫の外に出して並べる。

今度は何だろうと目を輝かせる旬太は、表で沙耶と荷物の番をする。

「おい、これじゃないのか。ほら」

「あっ、名前。アニキの！　ほんとうにあった。すげえ」

うわずった声を上げる巧巳を連れて、カツミが下りてきた。紙切れは段ボールの間
に挟まっていたそうだ。年月を経て黄ばんでいるが、折れたり破れたりはしていない。

手作りの封筒らしきものに「やまぐみ　しながわよしき」とある。

ふるえる指先で、巧巳が中の紙切れを取り出す。みんなの視線が集まる中、それを
広げた。


おかあさん、いつもありがとう。

ぼくがおかあさんと、たくみに、ほっとけーきをやいてあげます。

きっと、すごく、おいしいです。

三人の似顔絵とおぼしきものと、そのまわりに動物が描いてある。エプロンをつけたくまの絵だ。

「母の日の、プレゼントだったんだよな。『ありがとう』って書いてある」

「これ、『しろくまちゃんのほっとけーき』のくまだ」

倉庫に入ってきて、のぞきこんでいた沙耶もパッと笑顔になる。

「そうだね。よく描けてる。かわいい」

あらためて手紙をながめ、美南の胸はきゅっと締めつけられた。忙しく働いている母親に、保育園で一緒に母親を待っている弟に、この子はとてもお兄ちゃんらしいことを言っているのだ。

「巧巳くん、お兄さんはこんなふうにホットケーキを焼いて、ずっと三人で暮らしたかったのかもよ。もしかしたら離ればなれになることなく、お母さんのそばにずっといられる君のことが、羨《うらや》ましかったのかもしれない」

巧巳は驚いたように目を開き、美南の顔を見返した。せわしなく首を横に振る。

「伯父さんも伯母さんも話のわかるやさしい人です。子どもがいなかったからかわいがってくれる。アニキだって言ってたんです。でかい家に住んで、うまいもん食って、小遣いもらって、有名な学校に行かせてもらってると。おれより遥《はる》かにいい暮らししてるんです。おれや母ちゃんをバカにするようなことを、平気で言ってたんです」

「本当にそう思ってたら、こんな手紙のことなんてさっさと忘れちゃうよ」

母子家庭のふたりがのほほんと暮らしているとは美南も思わない。じっさい養子に行った方が経済的には恵まれ、暮らし向きも落ち着いているだろう。無理やり話がまとまったのではなく、本人の希望も聞いたのだと思う。

けれど聡《さと》い子ならば、自分たちのおかれている状況がよくわかる。本心を口にすることはできなかったのかもしれない。

巧巳が派手に洟《はな》をすすり、園長先生がティッシュを差し出しながら、背中に手を回した。倉庫の外へと連れ出す。

「ねえ、巧巳くん。お兄さんは君に、誰にも言えない自分の気持ちをわかってほしかったのかもよ。養子に行った方が百パーセント幸せで、何もかもに満足しているとは、君だって思わないでしょう？　お母さんのお見舞いにも、行きたくないわけじゃないと思うの。あきらめずに、もう一度、お兄さんを誘ってあげて」

白いワイシャツの肩も胸も大きく上下した。倉庫の前では、並べられた大きな鍋釜《なべかま》を旬太が指先でつつきまわしていた。となりの紙袋をのぞき込み、あっと驚く。カプセル入りのおもちゃが出てきた。くじ引きに使った景品の残りだろう。

旬太は口を丸く開けたまま、中身を見つめたのちに、さりげなくこちらをうかがった。目が合った美南がほほ笑みかけると、ほっとしたように袋に手を伸ばす。取り出した透明のカプセルは、まさに自分で発見した宝物だ。

十数年前の佳樹や巧巳たちも、今の旬太のような目をして、倉庫の階段を上がっただろうか。そのときも今日のように、保育園の上には青い空が広がっていた気がする。

片づけを続けましょうと園長先生が言い、巧巳も手伝いますと申し出た。軍手やぞうきんを用意していると代々木さんの差し入れが到着した。荷物運び要員として背の高い孫もやってきた。

かえで保育園の園庭に珍しく高校生男子ふたりが顔を合わせ、思いもかけない再会に奇声をあげた。

たくちゃん、どうしたの。なおぽんじゃないか。元気？　見りゃわかるだろ。老《ふ》けたな。ばかいえっ。

突然の盛り上がりに旬太は臆《おく》したのか、父のうしろに隠れた。大きな手のひらが頭にのっかり、左右にゆっくり揺れる。

旬太もいつか、にぎやかに過ごした日曜日の保育園を思い出すことがあるだろうか。

かき氷と綿菓子の機械がみつかったところで、お昼休憩。代々木さんご自慢の五目おこわがふるまわれた。肉団子もかぼちゃのコロッケもイカのマリネも、無邪気な歓声をあげてしまうほど美味《おい》しい。

「あの場所、よく思いつきましたね」

食器を片づけていると、隆平がとなりに並んだ。

「たまたまです。お兄さん、お見舞いに行ってくれるかな」

「だといいですね。でもあの手紙、お母さんにはつらいかもしれない。三人で一緒に暮らしたかったというのがお兄さんの本心ならば、お母さんには養子の話を断ってほしかったんじゃないですか。何が何でも手放したくないと、言ってほしかった。弟だけ手元に置き、どうして自分だけ出したのか。そんな恨み言を言われても返しようがないでしょう？」

美南は唇を嚙んだ。養子に出されたことを、捨てられたと思う子どももいるだろう。兄にとっても保育園時代は、母の愛情に包まれ、親子三人で暮らせた、特別な時代だったのかもしれない。

「完璧《かんぺき》な判断なんて、誰にもできないですよ。お母さんひとりを責めるのは酷だと思います。その子のことを思って手放す、大事に思うから手放さない。どちらもあるでしょう？　そのときそのときで、よかれと思うことをするしかないじゃないですか」

少しでも多く光の注ぐ恵まれた道だと信じて、小さな手を取り引き寄せる。ときにそっと背中を押す。

「よかれと思ったことは、相手に通じるでしょうか」

向けられた隆平の視線はひどく真摯《しんし》で、彼自身のことを尋ねられたように思えた。

美南の目は自然と、カプセルに入ったおもちゃで遊ぶ小さな後ろ姿に向けられる。

離婚のさい、隆平はひとり息子を引き取った。そのために定時で帰れる部署に異動し、心ない言葉も投げつけられているらしい。あきらめたものは少なくないだろう。

そうやって保護者の務めを果たしていても、迷いや不安は続いている。

「きっと通じますよ」

断言はできない。でも信じて進んでいくしかない。こんな晴れた日には幸せな未来が見えるような気がする。

そう思い、美南はそよそよと吹いてくる初夏の風に目を細めるようにして、笑い返した。

第三話　海辺のひよこ

「先生、ひよこ好き？」

受け持っているクラスの園児に話しかけられ、美南は腰を落とし、目の高さをそろえた。

青みがかって見えるほど白目の部分に透明感があり、形はアーモンドというよりピーナッツ。一重まぶたの淡泊さがまたかわいらしい。ほっぺたもおでこもすべすべだ。さすが四歳児。

「ひよこさん？」

「うん。小さいの」

両手がおにぎりを作るように丸くなる。横から「あっ」と声がかかった。

「おまんじゅうだ。それ、ひよこの形したおまんじゅうだよね。食べたことある。先生知ってる？」

笑顔でうなずいた。おいしいよねと言ったところで、ゴムボールがころころ転がってきた。園庭の真ん中でこっちこっちと手を振る子がいる。ボールを拾い上げ、たった今のやりとりなど忘れたかのように、美南のそばから男の子ふたりが駆けだした。

ひよこはどうしたんだろう。おまんじゅうのことだったのかな。

曲げた膝《ひざ》に手をあてがい、伸ばして立ち上がる。ついでとばかりに、ゆるんでしまったエプロンの蝶《ちょう》結びを直していると、今度は背後から名前を呼ばれた。

「小川先生」

振り向くとワンピース姿の女性が立っていた。受け持ちの園児、吉住可穂《よしずみかほ》の母親だ。切迫流産の恐れがあり、ここ二週間ほど入院していた。いつものお迎えの時間ではないが、退院したばかりなので今は自宅療養中とのこと。調子がよいので少しのぞきに来たのだろう。

「お体、大丈夫ですか」

「うん。少しくらい動かなきゃ、なまっちゃうものね。ゆっくり歩いてきたの」

母親に気づいた可穂が「ママー」と声を張り上げた。すぐに駆け寄ってくるかと思ったら、その場で縄跳びを大きく振って見せる。もう少し遊んでいたいらしい。母親は呼び寄せることなく、いいわよと鷹揚《おうよう》にほほえんだ。

「よかった。いつも通り遊んでいるところを見ると、ほっとするわ」

「お昼もおやつも、元気よく食べていましたよ」

「先生にもいろいろ気を遣っていただいて、ありがとうございました。おかげで助かりました。おばあちゃんちに預けたり、慣れないパパに任せたりで、可穂も不安だったみたい。先生の笑顔が一番きくのね」

口調は明るいが、表情はちょっと冴《さ》えない。

「大事にした方がいいですよ。部屋で休憩されます？」

「ううん。体調は悪くないの。ただね、今度のことで自信がなくなっちゃった。弱気もいいとこ。先々のことを考えると今の仕事、頑張って続けたいんだけど。どうなるかな」

「急でしたものね」

産休に入る時期を意識しながら、精力的に自分の仕事をこなしていた。家に帰ってからも、家事と育児が待ち受けている。安定期に入ったとはいえ無理がたたったのか、突然出血し、流産の危機に見舞われた。幸い赤ちゃんは無事だったが、今後は十分気をつけねばならない。

「可穂ちゃん、赤ちゃんをとっても楽しみにしていますよ。さっきもめばえ組さんをのぞきにいって、ミルクを飲んでる赤ちゃんに興味津々《しんしん》でした」

「生まれたらなんとかなるかしら。そうであってほしいわ」

ふくらんだお腹《なか》に手をあてがい、可穂の母親はやっと笑顔をのぞかせた。

「入院中、思ったことがもうひとつあるの。何かあったとき、やっぱりパートナーは大事ね。それこそ人生、照る日もあれば曇る日もあるから。ひとりで全部背負わなきゃいけないシングルはたいへん。心細くなるときもあると思うの」

たしかにいろいろ厳しいだろう。育児や家事はもちろん、ほとんどの場合、自分の稼ぎが一家を支えている。病気への不安も大きい。

「でね、先生」

「はい」

「うちのお義兄《にい》さん、ほら、独身の歯科医。マリ子さんのこと好きだったじゃない。私としては相手が同じ保育園のお母さん、っていうのが引っかかって、あまりいい顔できなかったんだけど。ひとつの家庭として想像すると、それはそれでありかもしれないと思ったの。マリ子さん、悪い人じゃないし。お義兄さんも人柄的には問題ないのよ。見かけはちょっとナンだけど、やさしいし子ども好きだし、何より真面目《まじめ》。収入面ではまったく申し分なし。ここ、重要でしょ」

いかにも人の良さそうな丸顔の歯科医が、美南の脳裏に浮かんだ。医院が休みの日には弟夫婦に頼まれるらしく、姪《めい》っ子を迎えにやってくる。園の行事にも顔を出し、今まで何度か歯科相談会を開いてくれた。

そして姪っ子と同じクラスである花村理斗の母親、マリ子に出会い、特別な思いを寄せるようになったのは、もはや周知の事実だ。なんともわかりやすい片思い続行中。たどたどしく話しかけ、歯ブラシや歯磨き粉をプレゼントし、大好きな釣りの講釈をたれて、一生懸命探したレストランに誘う。そのたびに大汗をかいて、つれないマリ子の態度に一喜一憂している。

マリ子は三年前に離婚し、ひとり息子である理斗を引き取ったシングルマザーだ。目鼻立ちのはっきりした美人でスタイルも良く、性格もなかなか強靭《きょうじん》。ピンヒールのパンプスを颯爽《さっそう》とはきこなし、大手ホテルの企画室で働いている。

「マリ子さんがモテるのはよくわかるわよ。あれだけ美人だとバツイチだろうが子持ちだろうが、関係ないよね。いつだったか高校時代の同級生が来たでしょ。商社マンだって聞いたわ。運動会まで顔出して。ほんとかどうかあやしいけど、子ども好きのふりしてた。スポーツクラブで知り合ったっていう四十代の人もいたっけ。葉山のレストランのオーナーシェフよ。渋くてかっこよかったな。あとは年下の男の子」

「ああ、ホテルでバイトしながら、バイオリニストを目指しているっていう——」

「それそれ。まるでアイドルみたいに素敵だった。びっくりしちゃった。彼は美南先生と同い年くらい？　どの相手もお似合いだったわね」

今あがった人たちは皆、見たことがある。マリ子はひとり息子の理斗を可愛《かわい》がっていて、華やかな外見とはうらはらに、ほとんど夜遊びはしない。自宅と保育園と仕事先をぐるぐるまわっているのだ。加えて、いつも時間に追われている。

彼女に気のある男性は三ヶ所のどこかに近づくのがいちばん確実だ。中でも保育園は重要。本気をアピールしたいのか、高校時代の同級生も、四十代のオーナーシェフも、年下の男の子もかえて保育園にやって来ては、理斗の担任である美南ににっこり笑顔で話しかけてきた。

「でも、マリ子さんは誰に対してもガードが堅かった。うちのお義兄さんだけじゃなく、どの人にも気を許してないの。男はもうこりごりって、言ってたし」

「ええ。そうでしたね」

「女を捨てたわけじゃないから、誘われて悪い気はしないみたい。ちょっとは付き合うの。食事やドライブなんか。うちのお義兄さんも観音崎まで行ったって、鼻の下伸ばしてたもん。夕日が泣けるほどきれいだったんだって。ほんとに泣いたんじゃないの。やれやれよ、もう。マリ子さん、見かけ通り魔性の女でもあるのよね。自分は本気にならず、ちょっと遊ぶだけ。スマートに距離を取って、相手に深入りさせない。賢いよね。だけど本命が決まってないなら、まだチャンスはあるかも。ああいう人には案外、実直な男が似合うと思うのよ」

やけに熱弁をふるい拳《こぶし》まで握ってから、可穂の母親はさらに畳みかけた。

「入院中にそんなことを考えて、退院してからお義兄さんにはっぱをかけたわけ。ところがいつの間にか、風向きが変わっているみたいで」

「は？」

「マリ子さん、志賀旬太くんのお父さんと付き合ってるってほんと？　先生、知ってた？」

詰め寄られて、ヘンな声を上げそうになった。

「お休みの日にね、一緒にいたらしいの。それぞれの子どもを連れているのに夫婦というより、恋人同士にしか見えない雰囲気で、マリ子さん、別人のように明るく笑っていたって。ねえ先生、志賀さんって、そんなにいい男だったたっけ」

首を傾《かし》げるのがやっとだった。「さあ」と、かすれた声が出る。

園庭に視線を向けると、さっきの男の子がふたり、ボールを転がし遊んでいる。空のペットボトルを立てて、ボーリングのまねごとらしい。

隆平の息子、旬太と、マリ子の息子、理斗だ。

ふた組の親子連れで休日を過ごしたのは、いつのことだろう。カツミの個展が開かれたとき、一緒に行ったのは知っている。あれだろうか。

「意外なところからライバル登場って気分。志賀さん、女性には興味なさそうな、堅《かた》物《ぶつ》に見えたんだけどな」

隆平の方から誘ったのだろうか。もしもそうならたしかに意外だ。隆平はこの春から定時退社しやすい部署に異動し、父子家庭は目立った波風も立てずに、穏やかにまわっているように思えた。

この頃ではこちらが気をもむどころか、園で起きたトラブルに解決の糸口をもたらしてくれた。見かけより内面は優しいらしい。我が子以外の子どもにも親身になってくれる。少しずつ険が取れ、自然な笑顔がたびたび見られるようになった。

ここで新しいパートナー兼旬太の母親ができれば、隆平はさらに落ち着き、旬太も喜ぶかもしれないが。美南には隆平のもらした、ごくプライベートな話が気にかかる。

離婚する前、元奥さんが「こんなはずじゃなかった」と冷ややかに言い捨てたことや、春の異動の際、会社の同僚から「たかが子どものために」と言われたこと。

どちらも簡単には忘れられないだろう。今なお抱えているに違いない。表情が明るくなったとはいえ、父と息子ふたりだけの生活は始まったばかり。新しい関心事に、今ここで大きく傾くとは思えない。

それとも隆平にとって、マリ子は特別な女性なのだろうか。

その日は珍しく約束があった。園の近くにあるファミレスで、同僚の沙耶や木村敦《あつ》子《こ》たちと食事をすることになっていた。

最後の子どもを送り出してから、遅番の先生たちと手分けして戸締まりをすませ、美南は坂道を足早に下りた。モノレールの駅を通りすぎて、勝手知ったる店内に入る。沙耶たちはひと足先に退勤し、すでになごんでいた。あとのひとりはまだらしい。

美南は敦子のとなりに座り、ウェイトレスの持ってきたメニューをあわただしく広げた。

「かっちゃんは？」

「打ち合わせが長引いたみたい。さっき終わったってメールが入ったから、そのうち来るでしょ。横浜って言ってた」

幼児向けドリルのイラストについて、打ち合わせするとは聞いていた。

わざわざ夜のファミレスに集まったのは、敦子がカツミに頼んだTシャツの図案を美南や沙耶にも見てほしいとお願いされたからだ。敦子の入っている愛犬家のサークルで、おそろいのTシャツを作るそうだ。薄々感じていることだが、どうやら敦子はカツミに気があるらしい。

美南はメニューをめくり、ミートドリアか唐揚げ御膳《ごぜん》かで迷い、結局、ご飯や味噌《みそ》汁《しる》の付いた唐揚げ御膳を選んだ。ウェイトレスに注文したとたん、気がゆるんでため息が出てしまう。

「どうしたの、また何かあったの？」

「あったというほどでもないんだけど。男の人って、忙しくても女の人を好きになるのかな」

つぶやくように言って顔を上げると、沙耶も敦子も固まっていた。

「何よ、ふたりともヘンな顔して」

「ヘンはそっちでしょ。おかしなことを言って」

「美南先生、お体のどこかが悪いんじゃないですか。もしやお熱でも」

「どういうもんかなって、ちょっと思っただけ。ほら、一般論で」

どんな一般論かと訊《き》かれ、しぶしぶ夕方に吉住可穂の母親から聞いたことを話した。

地元のファミレスは園の関係者がそばにいないとも限らず危険が大きいが、奥まったテーブル席である上に背後の席は空いていた。

「旬太くんのパパ、やるなあ」

「男の人はほんとうに美人に弱いですよね」

「美人と一緒にいると、誰でも楽しいわけね。ふーん」

「みーちゃん、口がとがってるよ。さっきからずっと機嫌が悪いよね」

そんなことはないと唇を結び直したが、鼻が膨らんでしまう。困った顔だ。ふたりはテーブルに置かれた小さなメニューを手に取り、デザートを注文した。

「でも、残念ながら志賀さんは遊ばれてるだけじゃないの？　本命は別でしょ」

「今出てきた男性だけでも四人いますよね。歯医者さん、同級生の商社マン、レストランのオーナーシェフ、年下で将来有望なバイオリニスト。ほんと華やか」

「志賀さんもそれなりにエリートサラリーマンだろうけど、今は定時退社できる部署に異動して、出世レースから外れてしまったんでしょう？　商社マンの彼の方が条件としては上になる」

「志賀さんより若くて、バツイチでもないんですよね」

唐揚げ御膳が運ばれてきた。ふたりのおしゃべりを聞きながら、美南は食べ始める。

ともかく空腹をなんとかしなくてはならない。

「志賀さんだって気軽に付き合っているのかもね。お互いシングルなら誰にも気兼ねする必要ないし、子どもの歳《とし》が同じなら話も合うでしょ」

「マリ子さんには本命の彼がいて、相手をちょっとじらしているのかも」

「誰だろう、その本命」

「新しい人でしょうかね。それともさっきの中の誰か？」

ふたりは仲良く首をひねったところで、黙々と食べる美南に気づき、沙耶が質問を振ってきた。

「四人の中で、みーちゃんが付き合うとしたら誰？」

「そんなの、いきなり訊かれてもわからない」

「じゃ、志賀さんも入れようか。五人のうちだったらどう？」

にやりと笑う沙耶を蹴飛《けと》ばしてやりたいけど、足が届かない。

「ついでにかっちゃんも入れておくか。あっこちゃんの答えは決まってる」

そんなことないですよと言いながら、敦子はまんざらでもない笑顔だ。そこにプリンパフェとチョコレートサンデーが運ばれてきた。

「さっきから聞いてると沙耶先生、志賀さんに対しての評が辛いですね」

「何言ってるの。あっこちゃんだって、商社マンの方が条件いいって思ったでしょ」

「まあそうなんですけれど、志賀さん、お母さん方にけっこう人気がありますよ」

最後の唐揚げを頬張っていた美南は、つい訊き返す。

「けっこう人気？」

「ふたりとも、気づいてないんですか。近寄りがたい雰囲気があったのに、話してみるとぜんぜんそんなことはなくて、丁寧でやさしいし、いろいろ気を遣ってくれるらしいです」

「誰が言ってるの」

「たとえば、うちのクラスの松川さん。犬の散歩をしていたら、偶然海岸で会ったそうです。お互い、送り迎えのときに顔を合わせているじゃないですか。だから気がついて、それぞれ子ども連れだったので、犬と一緒に砂浜で遊んだんですって。とっても楽しかったみたいですよ。私もその松川さんちの犬、よく知ってるんです。素晴らしく毛並みのいい、お利口なゴールデンリトリバーですよ。そのあとお迎えのときに、松川さんが『この前はどうも』って旬太くんのお父さんに話しかけて、ふたりのやりとりを聞いていたよそのお母さん方が、どうしたのと言い出して。『たんぽぽ組』でも志賀さんが注目の男性になったわけです」

どう反応していいかわからない。同じくぽかんとしていた沙耶がひと足早く切り返す。

「それくらいよくあることじゃない。お母さんたちに好かれるお父さんはいるよ。やま組の外岡《そとおか》さんとか、もり組の岸本さんとか、野村さんとか、うちのクラスでいうと三沢さんなんか。たんぽぽ組にもすごくかっこいいお父さんいるし。ほら、元ホストっていう……」

「たしかにいますよ。私もいると思うんですけれど、志賀さん人気はちょっとちがうんです。だってお迎えのときなんか、うちのクラスにかぎらず、志賀さんが来るのを待っているお母さんがいるんです。『出待ち』ですよ。ほんとですって。子どもを引き取ったらすぐ帰ればいいのに、子どもを園庭で遊ばせて、志賀さんが現れるとすごく嬉《うれ》しそうに話しかけたりするんです。きゃあきゃあ騒ぐのでもなく、顔を見て挨拶《あいさつ》できればいいみたい」

「そうだったっけ」

美南はつぶやき、隆平が園に入ってくるいつもの光景を思い浮かべようとしたが、まわりがどうなっていたか、園庭の様子がどうだったかうまく思い出せない。覚えていない。記憶にあるのはスーツをぱりっと着こなし、書類バッグを片手にまっすぐ歩いてくる姿だけだ。

「志賀さんって、そんなにいい男だったっけ」

図らずも、吉住可穂の母親と同じ言葉を沙耶が口にした。

美南は身を乗り出し、隅に置かれたメニューを手に取った。ウェイトレスを呼び、クリームあんみつを頼む。

やっとカツミが現れた。打ち合わせと言うからには仕事だったのだろうが、はき古したジーンズにアロハシャツをはおっている。沙耶のとなりに腰かけ、何を話していたのかと三人に尋ねる。美南はあわててイラストの件に話を切り替えた。敦子が依頼したというTシャツの図案だ。早く見たいとせがみ、鞄《かばん》から出されたクリアファイルの中のデザイン画を目にしたとたん、今までのぐるぐるした気持ちとは別の、驚きと苦い思いがこみあげてきた。

テリアとプードルとポメラニアンを組み合わせた明るくポップなイラスト、小粋《こいき》なロゴマーク。配置や色を変えたバリエーションもそろっている。口惜《くや》しいが、さすがはプロだ。自分にはとても描けない。

敦子は大喜びで何度も眺めまわし、Tシャツ以外の関連グッズも作りたいと言い出した。

「もちろんロイヤリティは払いますよ。タオルやエコバッグにあしらったら、ぜったい行けると思う」

四角い寒天をスプーンでいじりながら、美南はぽつんとつぶやいた。

「かっちゃんはやっぱりうまいな」

「あれれ、どしたの。みーちゃんだってイラストが商品化されたこと、あったじゃん」

ずいぶん前の話だ。カツミに話したことを軽く後悔した。

「友だちに頼まれてちょっとだけね。ロイヤリティなんかなかったし、アルバイトでもなく、ランチをおごってもらったくらい」

ぱっとしない話だ。目までしょぼしょぼしてくる。スプーンにのせた寒天を口に入れると、薄まった蜜《みつ》の甘ささえほろ苦く感じた。

次の日、沙耶からカット集を貸してほしいと言われ、美南は私物の本を差し出した。

沙耶が見たいのではなく、保護者から頼まれたそうだ。

「ひよこの絵を探しているんだって」

手に取るなり、その場でぱらぱらめくる。

「ひよこ？」

「そうなの。あった。これでどうかな。かわいいよね」

保育園や幼稚園のお便りなどに役立つようまとめられた、図案のカット集だ。どこかで見たことのあるようなひよこがほんの数カット、載っていた。

「無難すぎない？　私が描いてあげようか」

「いいよ。みーちゃんのってあれでしょ。サングラスかけて妙にふてぶてしく決めた、かわいげのないひよこ。もっとプレーンなのがいいの」

「あれ、すごくかわいいよ。自信作なの」

美南の訴えはあっさり却下され、沙耶はわざとらしく本を胸に抱え、くるりと背中を向けた。カツミのイラストの受け方とはえらいちがいだ。

「ふつうのひよこも描けるよ。猫も、牛も、カバだって」

部屋に戻り、浴衣《ゆかた》を着たカバを描いてみせたら、子どもにはとても好評だった。調子に乗って夏祭りを楽しむ動物たちで画用紙を埋め尽くし、うさぎや猫のお面を着けて踊っているうちに帰宅時間になった。

遅番の先生にあとを頼み、私服に着替えて門の外に出る。日が長い時季なので、あたりはまだ明るかった。そろそろお迎えの人が来る時間だ。いつもの癖で左右に視線を向けると、駐車している車の陰から声をかけられた。

現れたのはポロシャツ姿の男性だった。年頃は三十代だろうか。がっちりした体軀《たいく》に、血色のいい四角い顔、短く整えた髪。ことさら胸をそらしているわけではないが、悠然と前に出て、美南に会釈《えしやく》した。

見覚えがある。

「突然すみません。去年の運動会のとき、借り物競走で――」

「ああ、花村さんの」

マリ子の連れてきた高校時代の同級生だ。現在は商社マン。昨日のファミレスで、沙耶や敦子が勝手に品定めしていた相手だ。

スーツよりもスポーツウェアが似合いそうな体育会系で、じっさい学生の頃はラグビー部で活躍したと聞く。運動会では保護者向けの競技、借り物競走に出ていた。「サインペン」と書かれた紙を引き当て、来賓席にあることを美南が教えた。

「よかった、覚えていてくださって。忘れられていたら、ただの不審者ですよね」

「いえいえ、そんな」

こんなところで何をしているのだろう。マリ子と待ち合わせか。

「ここしばらく、仕事が忙しくてばたばたしてたんですよ。やっとひと山越えて、今日は休みが取れました。夕食にでも誘おうかと思って。理斗くんに会うのも久しぶりです。子どもの成長は早いから、大きくなってるでしょうね」

そう言って、園舎を見つめる。ややお腹周りに肉がついて貫禄《かんろく》もあり、マリ子より年上に見える。理斗との仲はいいらしく、この人にもらったとおぼしき海外土産を得意げに見せてくれたことがある。本場の大リーグスタジアムに行こうと、約束もしているらしい。

運動会では例の歯科医も来ていたのでかち合い、気の毒に、歯医者さんはすっかりしょげかえっていた。商社マンはマリ子の同級生なので年も若く、額は広いが髪はちゃんとある。いかにも己の分が悪く思えたのだろう。

けれど、この元同級生の方も、マリ子が気を許していたかというと、けっしてそんなことはなかった。お遊戯もかけっこも並んで眺めていたが、プログラムが終了したとたん、片づけがあるからと、あっさり帰らせていた。

彼は明らかに面食らい、あわててぼくも手伝う、一緒に帰ろう、夕食はどうするのとマリ子に声をかけていたが、彼女は疲れたから家で昼寝がしたい、またねと笑顔で手を振った。

「小川先生はたしか、理斗くんの担任でしたよね」

「はい。今年も受け持っています」

「明るくて素直で、ほんとうにいい子ですよね。初めて会ったときから気が合って、男同士、うまくやっていけるんじゃないかと楽しみにしてるんです。マリ――いや、花村さんもそのあたりは喜んでくれて、こちらとしても真剣に考えています。ただその、最近、妙な話を耳にしまして」

「は？」

「ちょっとだけ、お時間いただけますか？」

図体《ずうたい》の大きな彼は口ごもり、立派な肩を気持ち丸める。

「海岸線でサーフショップをやってる友だちがいるんですよ。そいつが何度か見かけたそうです。理斗くんと同じくらいの子どもを連れた男性が、彼女と仲良さそうに歩いているのを。ご存じですか？」

なんとなく触れていたショルダーバッグのベルトを、美南は持ち直す。

「共通の女友だちに尋ねたところ、相手は同じ保育園の保護者のようです。それならそれで、話が合うこともあるでしょう。ちょっとした知り合いならば気にしないんですが、園に迎えに行ったあと、一緒に帰ってどちらかの家で食事をすることもあるそうです。さすがにそれは、よくあることではないですよね」

視線が泳ぐ。門のそばに駐《と》められたメタリックブルーの車をぼんやり眺める。西日が当たり、まぶしい。

「ほんとうですか？」

「はい？」

「サーフショップの人が何度か見かけて、お迎えの帰りにどちらかの家で食事？」

「ええ。教えてくれた人が嘘《うそ》を言うとも思えないので、事実でしょう。先生、相手の人に心当たりはありますか？」

カツミの個展に一緒に行くとは聞いた。吉住可穂のお母さんが話していたのもそれだと思っていたけれど、ちがったらしい。ふたりともシングル。そして大人だ。どんな付き合いをしようと、誰かにとやかく言われる筋合いはない。わかっていることなのに、なぜ自分は動揺しているのだろう。

「どんな人でしょうか」

「いえ、私からは……」

「ですよね。答えようがありませんよね」

うなだれるように下を向く人に、かけられる言葉はほんとうに何もなかった。

「お引き留めして申し訳ありませんでした。直接、本人に訊けばいいのに。我ながら情けないです」

「そんな……」

「学生時代に振られているんです。なのに心の中で『いつかきっと』と思い続け、結婚すると聞いたときはショックでした。子どもが生まれたという知らせも、離婚の話も。聞くたびに胸がざわついてしまいます」

この人は本気でマリ子のことが好きで、再婚相手になることを望んでいるのだ。それはひしひしと伝わってくる。去年の運動会のとき、借り物競走で必死にサインペンを探していた姿を思い出す。

「花村さん、昔からモテたんですね」

「はい。離婚の前後はさすがにやつれていましたが、ひとりになったら、またモテモテです」

離婚の詳しいいきさつは、美南も聞いていない。欠員ができて、待機児童だった理斗は一年半前に編入してきた。離婚した彼女が実家に近い園を探していて、かえで保育園がたまたま条件に合ったのだ。

「実は彼女から、男なんかもうこりごりと言われてます」

「私も聞きました、それ」

目の前の男が苦笑いを浮かべる。

「かなり本気みたいで、ガードは堅いです。人づてに元夫の話を聞くと、彼女の失望もわかる。この先、どんな男でもダメなんじゃないかと、正直、あきらめというか、納得というか、しかけていたんですよ。それならそれでいい、という気持ちもありました。ところが春先から、彼女は変わった。まだ信じられませんよ。彼女に何があったのか、誰がそうさせたのか。気になってたまらないんです。相手はどんな男性ですか」

なぜ、どうして。美南も同じ言葉を胸のうちでくり返していた。

いつの間にそんな親密になったのか。

門の前で彼と別れ、坂道を下りきってバス専用道路に出た。意識していたつもりはないのに、自然と足が止まり視線が左に向いた。まっすぐ延びたアスファルト道路の先は腰越海岸だ。突きあたるのは国道一三四号線、そこを歩けば波の音が聞こえる。海の匂《にお》いがする。トンビが飛び交い、風が吹き抜ける。

晴れた日はウィンドサーフィンの帆が波間でひるがえり、夕暮れは海が金色に染まり、夜になれば江の島の灯台が点滅をくり返す。見なれた眺めのひとつひとつが特別なものとして胸に蘇《よみがえ》る。

隆平の歩く姿が見える気がした。旬太と手をつないでいる。さらに隣にいるのは――。

　マリ子だろうか。

　美南はサンダルの踵《かかと》でアスファルトを踏みしめ、海とは反対の方向に歩き出した。今日の夕飯はなんだろう。お肉かな、魚かな。少し大船でぶらぶらしていこうか。鞄の中には作りかけの教材があるけれど、たまには寄り道して、洋服売り場でものぞいてみようか。本屋で絵本でも眺めていこうか。

　今の時期だと店頭には『すいかのたね』『にじいろのさかな』『ぐりとぐらのかいすいよく』『ねないこだれだ』『れいぞうこのなつやすみ』が並んでいるはずだ。

　モノレールの駅につながる歩道橋を通り過ぎ、うつむき加減に歩く。誰にも会いたくない。顔を合わせたくない。湘南江の島行きの下り電車が到着した。マリ子は乗っていたのだろうか。隆平もいたのだろうか。ふたりが連れだって坂道を上がっていけば、さっきの元同級生の疑問のひとつに答えが得られる。

　鎌倉山まで歩いて、ロータリーの喫茶店で休んでいこうか。ケーキを食べよう。香りのいいアイスティを飲もう。

　ふいに立ち止まり、美南は空を見上げた。七月の日暮れは遅く、空は依然として明るい。星は見えない。春の終わり頃、モノレールの最終電車を気にするような時間に、隆平と並んで歩いたことがあった。すっかり眠り込んだ旬太はお父さんの背中にへばりつき、自分は鞄を預かった。

園を出てから坂道を下りて、歩道橋のたもとまで。ほんのわずかな距離と時間だ。今思い出しても、笑ってしまうくらい短いひととき。別れ際《ぎわ》、隆平は何か言いかけた。呼び止めるような目をしていたが、声にはならずにそれきり黙り込んだ。

何を言おうとしたのだろう。訊いておけばよかった。きっと知る日は来ないのだ。隆平はもう忘れている。

あの夜のことが、見えない星よりも遠くに離れた気がした。

夏祭りは公民館の広場で行われる。園から歩いて五分足らずで、夏祭りだけでなく運動会や餅《もち》つき、バザーといった行事にも使わせてもらっている。ふだんは老人会がゲートボール場として利用し、土日には近隣の子どもの遊び場になっている。

公民館のトイレや控え室を使わせてもらえるのも助かる。荷物の持ち込みは基本的に当日の早朝からだ。土曜日のイベントなので、手伝い要員はなんとか確保できる。朝から盆踊り用のやぐらを立て、焼きそば、綿菓子、かき氷といった食べ物の模擬店と、スーパーボールすくい、輪投げ、魚釣り、くじ引きといったゲームの準備を始める。

働いているお母さんお父さんがほとんどなので、負担を極力減らすべく、行事はいつもこぢんまりとしている。半日かけて設置し、四時から始まり、子どもたちは模擬店をまわり、町内会有志による太鼓の演奏のあと、やぐらを囲んで輪になって盆踊りを踊る。締めは打ち上げ花火で、七時過ぎに終わる。

職員は数日前から準備を始め、飾りを作ったり、保護者へのお知らせや食券、ゲーム券を作成して配布する。魚釣りゲームとくじ引きも作らねばならない。当日、手伝ってくれる保護者たちに仕事を割り振り、タイムスケジュール表を作って徹底させる。

各模擬店にはリーダー役も決めなくてはならない。

数日前ともなれば延長保育の時間に、早番の先生たちも残って作業を進めていく。

美南も、自分のクラスであるもり組の部屋でせっせと券作りをしていたが、お迎えに来たひとみちゃんのお母さんに手招きされ、廊下に出た。部屋には事務の職員や乳幼児クラスの先生もいたので、話しづらかったらしい。

「どうかしましたか」

「夏祭りのことなんですけれど。旬太くんの浴衣、去年のがみつからないんですって。

志賀さんからお聞きして、うちの上の子のを貸してあげることで、話がついていたんですよ。志賀さん、助かりますって喜んでくれてた。なのに昨日いきなり花村さんが、旬太くんの浴衣は自分が用意するからご心配なく、って。うちのはいらないっていうの。おかしいでしょう」

美南が廊下で棒立ちになっていると、年少クラスのゆかちゃんのお母さんも加わってきた。

「当日のお手伝いの係でも似たようなことがあったの。志賀さんは輪投げゲームを手伝ってくれることになっていたんです。せっかくだから、輪投げチームでおそろいのワッペンを作ることになって図案の相談をしていたのに、突然、スーパーボールの人と交代したって。ヘンだなと思ったら、花村さんが勝手に交代させていたのよ。自分がスーパーボールの係だからって。そういうの、ありですか？」

詰め寄られて、思わず後ずさる。不平不満の訴えはこれまでもあり、それなりに対処してきた。子どもが絡《から》むと保護者は感情的になりやすい。クレームを受けたときは焦《あせ》らず騒がず、まずは「まあまあ」となだめることになっているが、その言葉が出てこない。

浴衣？　ゲーム？　勝手に交代？　マリ子が？

美南は気を取り直し冷静に言った。

「他に都合がつくなら、浴衣はお任せしていいんじゃないですか。輪投げゲームも、当日穴が空くわけではないんですよね。だったら……」

「問題はそういうことじゃないでしょ。人の好意や和なんて、あの人はどうでもいいのよ。私たちは引っかき回されるのがいやなの」

「志賀さんは、輪投げゲームでもいいはずです。私、もう一度本人に話してみます」

声を荒らげるふたりに、廊下を歩く他のお母さんたちが怪訝《けげん》そうな視線を向ける。何があったのかしらと、ささやきが聞こえてくる。マリ子にはファンもいるがアンチもいる。ファミレスで敦子が言ったように、隆平は一部のお母さんに人気があるらしい。ふたつともよくわかった。

やっと、「まあまあ」という言葉が出てくる。

「いろんな方がいらっしゃるので、行き違いみたいなこともあるかと思います。私にもいたらない点が多くて、フォローしきれず申し訳ありません。ただ今年も、夏祭りは子どもたちがとても楽しみにしています。職員もがんばって毎日準備を進めています。いい会になるよう、いろいろあるかと思いますが、ご協力よろしくお願いします」

困りきった顔で、穏便にと遠回しのお願いをして頭を下げると、「まあねえ」「それはねえ」と声のトーンが少し落ち着く。

「花村さんが露骨なのよ。まるで恋人気取りじゃない」

「あんまりやり過ぎるのもね。志賀さんだって迷惑かもよ。そのあたり、もっと考えた方がいいのに」

トーンダウンしても毒のあることをしっかり言い残して、ふたりは引き上げていった。

部屋に戻って券作りを再開したが、ハサミを持つ手に力が入らない。白い画用紙に白いクレヨンで渦を描いているような虚《むな》しさだ。すり減るだけで何も生まれない。

ぐったりしていると、年長クラスの金子先生がハサミを手に、となりに座った。

「大変ね」

廊下でのやりとりを聞いていたらしい。

「志賀さん、お母さんたちに人気なんですね。そういうのにうとくて、よけいに面食らってしまいました」

「小川先生らしいわ。志賀さん、四月からきちんとお迎えの時間に現れるようになったでしょ。お母さんたちと話をする機会が増えて、好感度が上がっていったみたいね。

でも、花村さんはもっとはっきりしている。露骨っていえば露骨よ。他のお母さんには、とても太刀打ちできないわ。彼女なら狙《ねら》った獲物は絶対逃さない」

金子先生は魚釣りゲームの券をつまみ上げ、ひらひら揺らしながら笑った。

「花村さんは狙っているんですか」

「ハンター・マリ子とこのさいあだ名をつけとこうか」

「金子先生」

「その気になっているのは彼女の方よ」

さすがベテランだけあって、よく見ている。さっきのお母さんたちの話からすると、たしかにそうかもしれない。そしてまわりは完全に出し抜かれている。あなたより私の方が親しいと見せつけられ、やきもきしている。

でも、付き合っているなら、見せつける必要はないはずだ。噂《うわさ》はどこまでほんとうなのだろう。

「花村さんなら、男の方からいくらでも寄ってくるでしょう。よりどりみどりですよね」

「よりどりでも、お眼鏡にかなうのがいなかったのよ。男はこりごりって本気で言ってたし」

「どうして離婚したんですか」

訊かずにいられない。

「相手は大学時代の友人で、そこそこいい家のぼんぼんだったらしい。でも、二股三《ふたまた》股をやってたのよ。しかも結婚後も切れてなかった。簡単に言うと、そんなとこみたいね」

女性問題か。美南の脳裏に、華やかで豪華な結婚式や披露宴のシーンが広がった。きらびやかな衣装をまとい、着飾った友人に囲まれ、祝福の喝采《かっさい》を浴びるマリ子が見えるようだ。さぞかし美しかったにちがいない。かわいい男の子にも恵まれ、彼女なりに人も羨《うらや》むような明るい家庭を築いていたと思う。でも——。

「いろいろあったんですね」

「もちろん。とは言え、もともと受け身の人じゃないでしょう。きっちり清算して、子どもを連れて新しい生活に踏み切った。これからはパートナーなしで生きてくつもりだったんだろうけど、その決心を覆《くつがえ》す男が目の前に現れたのね。だったら積極的に攻めるわ。志賀さんが落ちるのは時間の問題じゃない?」

隆平の顔がちらつく。たまらず言い返した。

「落ちるでしょうか」

「は？」

「だって」

「なに寝ぼけたこと言ってるの。彼女がその気になって落ちない男がいると思う？　趣味じゃないならともかく、志賀さん、現に付き合っているそうじゃない。一緒に休日を過ごしているんでしょう。ここにお迎えに来たあと、どっちかの家に寄ってると聞いた。もうすでに、恋人気取りの『気取り』は取れているかもよ。その方が自然だって。子どもじゃないんだから」

金子先生の言うとおりだ。隆平は誰かれかまわず、休日を一緒に過ごしたりしないだろう。誘われただけで相手の家にあがりこむとは思えない。

そうか。そうなのか。なーんだ。ハサミを手に、ゲーム券を勢いよく切り離した。

金子先生も手伝ってくれてすべて作り終える。仕分け作業に入り、立ち上がって机を移動させていると、遅番の沙耶が顔をのぞかせた。

美南はできあがったばかりの券を掲げて見せ、テンション高く、上手でしょ、かわいいでしょ、完璧《かんぺき》だねとはしゃいだ。なんだか踊り出したい気分だ。その手を摑《つか》まれ廊下に引っ張られた。券を取り上げられ、肘《ひじ》でぐいっと背中を押される。

沙耶はなんの説明もなく部屋に戻ってしまう。

園庭にすらりとした人影が見えた。下駄《げた》箱の横の簀《す》の子《こ》に降りると、その人が気づいて振り向いた。

「志賀さん――」

何も変わったところなどない。いつもと同じだ。一年前も、半年前も、ひと月前も、数時間前の今朝だって、彼は仕事の鞄を提げ、革靴を履き、今は夏だから上着は着ていないけど半袖《はんそで》のワイシャツで、少しも変わらずそこにいる。

「わざわざすみません。丸石先生に伝えようとしたんですけれど、小川先生を呼びに行ってくれて」

「ああ、はい」

「これなんです」

手にしていた夏祭りのプリントを広げる。

「なんでしょうか」

「ここにある緊急時の連絡先、電話番号がちがっていませんか。会社でながめていたら、市外局番がちがってたんで」

――は？

あわててのぞきこんだ。夏祭りは公民館横の広場で行われるが、当日の模擬店設営や買い出し、荷物運び、役割分担など、すべての問い合わせ先は園になっている。職員室の電話番号であるべきところに、覚えのない数字が並んでいた。

「うわわ。どうしよう！」

「今なら間に合いますよ。コピペするときに、ちがうのを持ってきたんでしょうね」

やりかねないミスだ。そしてやってしまった。

「この忙しいときに、何やってんだろう私。あ、ありがとうございます。今わかって助かりました」

くすっと声が聞こえて顔を上げると、隆平が口元をほころばせていた。

「やっぱり小川先生が作ったプリントだったんですね」

園に通う園児全員に配った「お知らせ」だ。頼まれてたしかに美南が作ったが、内容は複数の先生が考え、文章はすべてワープロソフトを使った。

「どうしてわかったんですか」

「先生のイラスト、面白いですから」

余白の部分にだけほんの数点、カットを入れた。浮き輪を持つ猫と、アイスキャンデーをなめる亀《かめ》と、スイカを抱えたうさぎだ。

「これくらい保育園の先生なら描けますよ」

「そんなことないですよ」

自信作のひよこをかわいげがないと沙耶にけなされ、ちょっぴりへこんでいた。

「調子に乗って遊び過ぎたかもしれません。ああ、そうか、お知らせのプリントにまで、ちまちま絵を描くのは私くらいだから」

「絵でわかります。会社の行き帰りや家で見て、楽しませてもらってます」

そこに、身支度をすませ園庭で遊んでいた旬太が駆けてきた。

「お父さん」

後ろからわざと隆平にぶつかる。

「かえろう。おなかすいた」

「うん。お父さんもぺこぺこだ」

力いっぱい腕を引っ張ったかと思うといきなり離し、旬太はまた駆けていく。最近、戦隊ヒーローものの変身ごっこがまわりで流行《はや》っているので、ポーズを決めて得意顔だ。すっかりアニメの世界に浸り、悪者退治に行ってしまった。

「旬太くん、活発になりましたね」

「友だちがたくさんできて、保育園に通うのが楽しくて仕方ないみたいです」

そう言いながら息子に向ける視線もまた、楽しげだった。一年前の焦燥は見あたらず、穏やかでやさしい。ひたむきな目をしている。

ついさっきの金子先生との会話に出てきた「志賀さん」とは別人のようだ。

最終のモノレールを気にしながら坂道を歩いた夜に、今ならもう一度、近づけそうな気がした。もう少し、話をしてもいいだろうか。さっきの絵のことを。

言いかけた美南を遮るように、隆平がポケットをまさぐった。携帯電話を取り出し、画面を開き目で追う。届いたばかりのメールを読んでいるらしい。

「お父さん、かえろう」

旬太に言われ、美南に挨拶して、隆平は歩き出す。考え込んでいるようだったが、門のそばで旬太に何かしら耳打ちした。それを聞いたとたん、小さな体が嬉しそうに飛び跳ねた。

誰からどんなメールが来たのか、わかったような気がした。延長保育の部屋に入ると、沙耶が紙芝居を片付けていた。

「理斗くんは？」

ついたずねてしまう。残っているのは六、七人。見渡せばすぐわかる。

「今日はお迎えが早くて、一時間くらい前に帰った。おうちでハンバーグ作るって、マリ子ママが張り切ってたわ」

「そう」

美南の手には、隆平から渡されたプリントが残された。訂正文を作らなくてはならない。猫も亀もうさぎももう描く気になれなかった。

夏祭りは天気に恵まれ、朝からTシャツにハーフパンツ、エプロン姿で美南は園と広場の間を走り回った。本番では浴衣に着替えるが、それまでは一番動きやすい服装で準備に当たる。

盆踊り用のやぐらや模擬店の設置が終わると、焼きそば班は園の調理室を使って、野菜や肉の下ごしらえに入った。リーダーは代々木安奈ちゃんの祖母だ。スーパーの総菜売り場で働いてきた人だけあって、何かと頼りになる。

同時に進めているのは、昼食用のおにぎり作り。事前準備に参加している保護者や、くっついてきた子どもたちにもふるまわれる。ほとんどの人が近所に住んでいるので昼は自分の家ですませることもできるし、ちょくちょく家に帰って用事をこなす人もいる。

けれどみんなで一緒に食べるおにぎりは好評で、いつの間にか恒例行事になっていた。手間は余分にかかるが、これなら手伝えると参加してくれる人もいる。

中には旬太の浴衣の件で憤慨していたお母さんもいた。結局、浴衣はマリ子が用意したと聞く。妙なしこりが残らないかと案じていたが、おにぎり作りに顔を出したマリ子と梅干しの種を取ったり焼き鮭《さけ》をほぐしたりと、それなりに仲良く作業している。キツネにつままれた気分になっていると、金子先生がこっそり教えてくれた。角《つの》をつき合わせたままではどちらにもいいことがないので、「魔法の呪文《じゅもん》」を使い、折れたり歩み寄ったりを促したそうだ。

「なんですか、呪文って」

「簡単よ。『あの人だって寂しいのよ』、このひと言。それぞれにささやくの。うまく使うと効果抜群なんだから」

口の中で反芻《はんすう》してみた。

あの人だって寂しいのよ――。

まわりのざわめきが、ふっと途切れる。それで歩み寄れる人と人がいる。ぶつかり憤慨し、対立し、互いにそっぽを向いていても、相手の気持ちを思うと意地もほどける。そこにあるのはきっと、自分にも馴染《なじ》みの深いものだから。

みんなどこかでじっと我慢している。

園舎の裏の日陰でカツミが石に絵を描いていた。平べったく丸い石をたくさん持ってきてくれた人がいて、子どもに描かせようという案もあったが、マジックやペンキなどのあつかいはむずかしい。あらかじめ表にかわいい絵を描き、裏はそれぞれ自由に模様でも名前でも入れてもらうことにした。

プロの絵描きであるカツミにイラスト代を払う予算はなかったが、石を見せると、ふたつ返事で引き受けてくれた。

美南がおにぎりを持って様子を見に行くと、カツミはひとり黙々と絵筆を動かしていた。赤、青、黄色、緑、白と黒。色とりどりのペンキの缶とできあがった石がずらりと並んでいた。絵柄はぞう、くま、うさぎ、猫、犬、小鳥、魚、メロン、いちご、ぶどう、スイカ、チューリップ、ひまわり、さくらとさまざまだ。

彼の絵の才能にいつも子どもじみた焼き餅を焼き、世渡りの巧《うま》さにうさんくささを感じることもあるけれど、描いているところを見るのは好きだ。リズミカルに筆を動かす様子は、なんだか音楽でも聞こえてきそうで、カラフルな音符が踊っているみたいだ。カツミは鼻歌交じりに、楽しそうな顔をしている。

お昼だよと声をかけ、となりに腰を下ろした。汚れた手でも食べられるようラップでくるんである。中身は梅干しと鮭と牛肉の佃煮《つくだに》。カツミはペットボトルのお茶で喉《のど》を潤《うるお》し、おにぎりを頬張った。

「私も手伝うよ。二時までは大丈夫」

「お、いいな。それならのんびりやろう」

自分の分のおにぎりとお茶も持ってきた。みんなと一緒は楽しいが、職員は気を遣わなければならず、のんびり食べてもいられない。手伝いの名目で来たが、息抜きでもあった。

おにぎりを食べ終えると、差し入れを持ってマリ子がやってきた。きなこのかかったわらび餅は好物だけど、思いがけなくて、ついつい笑顔が引きつった。

マリ子はその場にしゃがみこみ、「この前はごめんなさい」と言い出した。何かと思ったら、元同級生に門の外で呼び止められた件だ。

「あとから聞いてびっくり。すぐお詫《わ》びしたかったんだけど、なかなか話せる機会がなくて」

「いいんですよ。でもその、私、何も言ってませんよ」

「それも聞きました。いきなり立ち入った話をされて、驚いたでしょう。恥ずかしいわ。どういう人とどんなふうに私が付き合っているかなんて、すごくプライベートなことなのに」

となりのカツミにも、もちろん聞こえている。プライベートなのにいいのだろうか。

「あのあと彼にはちゃんと話をしたの。今は真剣に考えている人がいるって。わかってくれたと思う。先生も知ってるでしょう」

猫のひげを描いていたカツミの手が止まる。マリ子はさすがに恥ずかしそうに、照れ笑いを浮かべた。目鼻立ちの華やかさに初々《ういうい》しさが加わり、女の目から見てもかわいらしい。そして無邪気に言った。

「かなり本気なの」

膝《ひざ》を抱えて小さく笑う。

「なんていうかその……」

どう言っていいかわからず、ごまかすように美南も笑った。

「自分でも不思議。でもちゃんとした理由があるのよ」

「理由?」

形のいい大きな瞳《ひとみ》が決意を秘めたようにうなずく。

「理斗の父親はね、あんなに私や子どもと別れたくないとか、我が子は自分で育てたいとか、騒いでいたのに、もう理斗のことは忘れているわ。そういう男だったのよ」

マリ子は手を伸ばし、ひまわりの描かれている小石をつついた。

「男には男の事情があるし、思い入れもちがう。それはわかっているんだけど、ほとんどの男が離婚すると子どもから手を引く。一緒に暮らさなくなったら忘れる一方。新しい女ができて、新しい家庭を作り、子どもが生まれたら、その子だけのお父さんになる。口でいくら調子のいいことを言っても、結局は捨てたも同然。捨てることができてしまう。会いたがるなんて最初の数ヶ月だけよ。養育費も滞る。出し渋る。理斗の父親はもう再婚して、理斗よりふたつ年下の男の子のお父さんになった。この春には女の子もできたらしい。ああそうですかって感じ。男はもういい。信じるもんかと思ってたの」

腕を戻して膝を抱える。

「でも志賀さんはちがうでしょう?」

言葉が胸を締めつける。

「あの人は子どもを手放す道を選ばなかった。選べなかった。親や兄弟を頼ってもいない。ちゃんと自分の手で育ててる。私にはそれって、いざというとき逃げなかった、というのと同義語なの」

潮が満ちていくように、なみなみとせり上がってくるものがあった。どんなに好条件であっても、収入が高くても、外見がよくても、自分のことを思ってくれても、それだけではマリ子の心は動かない。今このときはよくても、何かあったときどうなるのかわからないと、彼女は思っている。だから今まで誰にもなびかなかった。

「女手ひとつで子どもを育てるのも大変よ。子どもは生意気でわがままで甘ったれ。急に病気になるし、お金はかかるし、自分の時間はなくなるし。朝から晩まで思うようにいかない。疲れることばっかり。おまけに世間からは、冷たい目で見られる。乗り物の中でもレストランでも肩身のせまいこと。プライドや心が折れそうになるわ。だけど、子どもってそういうプライドやお金、時間なんかより、大事なものなんじゃないの？」

マリ子は唇を噛《か》み、肩に力を入れた。

「その人にとって何が大切なのかが私にはすごく重要なの」

真剣に言ってから、あわてたように、ごめんなさいと首をすくめた。

「お詫びに来たのに、つい語っちゃったわ。それこそプライベートな話ばかり。カツミくんもごめんね」

「いえ……」

「ヘンなことを聞かせちゃったけど、小川先生もしっかりいい男を捕まえてね。いざっていうとき逃げない男よ。何かあったらいつでも言って。私、相談に乗る。見かけよりずっと頼りになるわよ」

気《き》っ風《ぷ》のいいことを言って立ち上がる。

「一度家に帰って、出直してくるわ」

「お疲れさまです。夕方からのお手伝いもよろしくお願いします」

美南も立ち上がり、頭を下げた。

「そうだ、先生。ひよこって、どこで売ってるかしら」

「は？」

「最近、見かけないわよね。ううん、いいの。なんでもない。またあとで」

マリ子の姿が見えなくなってから、再び腰を下ろし、立てた膝に顎《あご》を乗せた。そうやってしばらくぼんやり考えた。マリ子の話を反芻し、納得がゆっくり追いつく。

マリ子に限らず、隆平を気に入っているお母さんたちにとって、彼はただのお父さんではなく、子どもを選んだ男、なのだ。会社の部署を変わってでもお迎えの時間にやってくる。顔を合わせる機会が増えただけでなく、この人は本気だと思ったのかもしれない。

「みーちゃん」

となりから声がかかる。

「あひるに見える？　ひよこに見える？」

差し出された石に黄色い小鳥が描かれてあった。

「あひるでしょ。なんでみんな、ひよこひよこって言うのかな」

「あれ、知らないの？　志賀さんが好きらしいよ。かえで保育園限定のにわかブームになってる。おれは輪投げゲームのお母さんから、ワッペンの図案を見せられた。しっかりひよこだった。沙耶ちゃんもひよこの載ってるカット集を頼まれたり、今みたいに、どこで売っているか訊《き》かれたりしていたよ」

隆平だったのか。

「旬太くんが言うには、飼うらしい」

「ひよこを？　まさか。マンション住まいよ。それにすぐニワトリになっちゃうでしょ」

どこでどう話が取り違えられているのかわからないが、隆平に注目が集まっているのは事実のようだ。

ある一面から見たとき、どんな独身男も好条件もかなわない、隆平は特別な存在なのかもしれない。

夏祭りは予定通り夕方四時に始まり、職員も浴衣に着替えて広場に散った。焼きそばの屋台から香ばしい匂いが漂い、綿菓子に列ができて、かき氷のシロップをどれにするかで子どもたちは悩む。ゲームはどれも盛況だ。町内会の人たちによる太鼓の演奏が始まり、盆踊りの輪ができる。

旬太も理斗も魚釣りゲームに夢中になっていたが、女の子の持っている石を見て、カツミのところに飛んでいく。それぞれ犬とバナナを選ぶ。

手提げ鞄《かばん》に入れるのを見守っていると、隆平がいつの間にかそばにいて話しかけてきた。

「あれ全部、手描きでしょう？　すごいですね」

「かっちゃんが描いてくれたんですよ。私はほんのお手伝い」

「先生、海岸道路に面した『ブルーグラス・カフェ』というお店、知ってますよね？」

いきなり訊かれて眉《まゆ》を寄せた。海岸道路と言われても茅《ち》ヶ崎《さき》から葉山まで、どこを指すのかわからない。名前からしてお洒落《しゃれ》な店だろう。守備範囲外だ。

「すぐ近くですよ。『ビーナス』というサーフショップの並びです」

「最近、あんまり海には行ってないから。前からあるお店なんですか。たぶん私、行ったことがないと思います」

隆平はがっかりした顔になった。そうですかとつぶやく。がっかりなら美南も負けていなかった。そのサーフショップの店員が、マリ子と隆平のツーショットをたびたび見かけたのではないか。ふたりが一緒のところは独身の歯科医も目撃している。マリ子が別人のように明るく笑っていたというのは、きっとその通りだったのだろう。マリ子はといえば、朝顔のあしらわれた藍色《あいいろ》の浴衣を着込み、髪をきれいに結い上げていた。お父さん連中の目の色が変わっている。それを意識するかのように艶《あで》やかにほほえみ、スーパーボールすくいを手伝っていた。友だちとおしゃべりし、ふと立ち上がってあたりを見まわす。

「花村さんが探しているみたいですよ」

「誰を？」

「志賀さんでしょ」

それには答えず、珍しく食い下がる。

「『ブルーグラス・カフェ』ですよ。名前が変わってしまったかもしれないですね。ウッドデッキと椰子《やし》の木が目印で——」

「知らないです」

「おかしいな。だったら行ってみてください」

なんで私がと、嚙みつきそうになった。横からカツミが浴衣の袖を引っ張る。

「みーちゃん、行こうよ、その店。今日の打ち上げでどう？　沙耶ちゃんやあっこちゃんも誘って。あそこなら山さんや木内もすぐ出てくるよ。久しぶりにみんなで飲もう。明日は園も休みじゃないか。いい店ですよね、あそこ」

カツミに笑いかけたきり、隆平はくるりと背を向け、くじ引きコーナーにへばりついている旬太の手を引いた。自分が手伝っている輪投げコーナーへと連れていく。スーパーボール係との交代はなくなったらしい。

薄暗くなった七月の空に、打ち上げ花火が次々に上がっていく。子どもたちは興奮し、歓声に包まれた。事故やトラブルもなく、拍手と共にささやかなイベントはお開きとなった。

急ピッチで後片付けが行われる。いつの間にか打ち上げの話が回っていて、沙耶や敦子は大乗り気だ。まったくその気のなかった美南は黙々と、燃えないゴミの始末に徹した。

なんでいやなのかと沙耶に訊かれても、答えにくい。

「志賀さんに薦められた店なんでしょ」

隆平とマリ子が頻繁にデートしたらしい店でもある。そのあたりの複雑な気持ちは誰もわかってくれない。

片付けを終えると手回しよく、カツミの友だちが車で迎えに来た。ピザ屋でバイトしつつ、日本画の勉強をしている山さんだ。有無を言わさぬ勢いで後部座席に押し込められ、海岸線に向かった。

車のライトと街路灯、道路沿いの店、家々の明かり、光るものはあるけれど、空と海の作る闇《やみ》の方がはるかに存在感を増す。どんなににぎわっている場所も、夜の片隅という気がしてくる。

隆平が言ったように「ブルーグラス・カフェ」は、椰子の木とウッドデッキがアクセントになったリゾート風の店だった。店内は白とブルーのイルミネーションが瞬《また》いて、ロマンチックな雰囲気がまた神経を逆なでする。テーブルにはキャンドルが置かれ、白い小花が添えられている。

食事のできるテーブル席はフロアの三分の二を占め、あとは台所用品を中心に雑貨が並べられていた。カップ、ソーサー、スープボールといった食器の類《たぐい》、お鍋《なべ》やケトル、エッグスタンド、トレイ、木製のおもちゃ、ぬいぐるみ、子供服、サンダル、ポーチ、ハンカチ。

もうひと組あとからやってくるため、席につかず雑貨を眺めていると、ふいに沙耶が「みーちゃん」と手招きした。道路に面した窓際の棚だ。

見ると、そこに信じられないものがあった。

「私のひよこ！」

「だよね、これ、みーちゃんの絵だよね。例の、ふてぶてしくてかわいげのないひよこちゃん。でもどうして、こんなところに？」

訊きたいのはこっちの方だ。でも見覚えのないものじゃない。

「友だちに頼まれて描いたのよ。ひよこだけじゃなく、猫やうさぎもあったんだけど」

「ああ、この前ファミレスで話していたやつね」

巾着《きんちゃく》とポーチとタオルとメモパッド、懐《なつ》かしい品々でミニコーナーができている。

「ここにあるのは聞いてなかったの？」

「はじめのうちは嬉《うれ》しくて、置いてある店を見に行ったのよ。でもなかなか売れなくて。新規店を開拓し、がんばって売り込むというのは聞いたけど、それきりになってた」

カツミも敦子ものぞき込む。

「たぶん、ひよこ柄だけ、仕入れたんだろうな」

「かわいいじゃないですか。どこかで見たと思ったら、美南先生の作るプリントに何度か載ってましたよね。ああ、ここにもちゃんと『南』って入ってる。やっぱり美南先生のだ」

ねえねえと沙耶が腕を掴んで揺さぶる。

「志賀さんはここに来て、みーちゃんのイラストだと気がついたんだね。それで行くように薦めたんだ」

気持ちがふっとゆるみかける。今の自分と同じ場所に立ち、ひよこのグッズを見つめる隆平がよぎった。

先生のイラスト、面白いですから。

窓辺の棚に目がとまったとき、隆平はどんな顔をしたのだろう。園庭での会話では、口元をほころばせ笑っていたような気がする。このひよこに気づいたときもほほえんでくれただろうか。

先生、ひよこ好き？

いつだったか旬太にたずねられた。

好きだよ。だからかわいい絵を描くの。自分じゃすごく気に入ってるの。

今度は胸を張って堂々と旬太に答えたい。隆平にも「ブルーグラス・カフェ」に行ったと笑顔で伝えたい。よく気づきましたねと、くったくなく言ってみたい。けれども、隆平はこの店に、誰と一緒に入ったのだろう。旬太だけでなく、マリ子たち親子もいたのではないか。

それを思うと、ツンと目の奥に何かがしみた。辛くてしょっぱくて、苦くて熱いものだった。

第四話　日曜日の童話

プラスチックのブロックを重ねたり並べたりしながら、ここは玄関、こっちは台所と、家造りが始まっていた。

「お風呂《ふろ》はここね」

花村理斗の言葉に、村上千夏が空き箱に入ったうさぎのぬいぐるみを置く。空き箱が風呂桶《おけ》のつもりらしい。

「テレビがあるのはどこ？」

尋ねたのは志賀旬太。理斗がすかさず台所のとなりを指さした。それを聞き、もうひとりの女の子、久保田絵美《くぼたえみ》がおままごとセットの中からソファーを持ってきた。他にも、テーブルやら椅子《いす》やらが運び込まれ、だんだん家らしくなっている。

どの子もにこにこと笑っている。とても平和な眺めだ。受け持ちであるもり組の部屋で、園児たちの様子を少し離れたところから見守り、美南はほっとひと息ついた。

いつもこうなら、保育士はなんて楽な仕事だろう。元気を持てあました子どもたちは庭でかけっこの練習をしているので、よけいに静かだ。

めったにない時間だが、美南の心の中にも穏やかな微風が吹いているかというと、実はそうでもなかった。ついさっき、理斗から聞かされた「ねえねえ先生」に続く言葉のせいだ。

今度の土日、旬太たち親子と一緒に、八ヶ岳の麓《ふもと》のロッジで「お泊まり」するそうだ。「旬ちゃんちのお父さんが車を運転して、朝早くに出かけるんだよ」

目をキラキラと輝かせながら理斗は言い、傍らで旬太も嬉《うれ》しそうにうなずいた。話が聞こえて絵美がしきりに「いいな、いいな」とくりかえした。

「ソフトクリーム、絵美も食べたい」

「車に乗れないよ。ふつうの車だもん」

「えー」

「夜はバーベキューするんだって。とうもろこしやお肉を焼いて、みんなで食べるんだ。星がいっぱい出てるから、星のかんさつも。ねえ、旬ちゃん」

「雨がふったら見えないんだよ」

「そんなのわかってるよ。ふらないってば」

男の子ふたりのやりとりに、横から絵美が口をはさむ。

「うちの車ならおっきいよ。みんな乗れるのになあ。ねえねえ、チナちゃんも行きたいよね」

「うん。でもロッジって何？」

家みたいな形の、お泊まりするところ。という流れからブロックを使っての家造りが始まったのだ。

たわいもない子どもたちの会話に、よぎるものがあった。この週末、理斗と旬太のふた家族は八ヶ岳までドライブに出かけ、ロッジで一泊して帰ってくるらしい。どちらの親もシングル。旬太の父である隆平が車を出し、理斗の母であるマリ子が助手席に乗り、子どもたちは後部座席で歌ったり笑ったりしながら、牧場をめぐり、ポニーにまたがり、サイクリングなども楽しむのだろう。

美南の手は勝手に動き、白い画用紙にマーガレットのようなシンプルな花の絵を描いていた。花を増やし、間に草を生やす。どうやら野原らしい。真ん中にぽつんと腰を下ろし、膝《ひざ》を抱えている自分の姿が見えるような気がして色エンピツを止めた。唇を噛《か》んで、今度は隅の余白にひよこの絵を描く。ソフトクリームを持たせ、足にはスニーカーを履かせた。海辺にある「ブルーグラス・カフェ」で、他ならぬ隆平がみつけてくれたキャラクターだ。ポーチやミニタオルについているワンポイントに目を留め、美南が描いたと気づいてくれた。

あのあと、まさしく自分の絵だと言うと、隆平は「やっぱり」と目を細め、白い歯をのぞかせた。気づいてくれたのも教えてくれたのも嬉しかった。だから、ありがとうございますと頭を下げると、にわかに視線を泳がせ、まるで照れたようにつぶやいた。

「思わず、買ってしまいましたよ」と。

ひよこのワンポイントがついた、どちらかというと女性向けのグッズだ。どんな顔をして選んで、買ったのだろう。なぜわざわざ、らしくないものを。買って、まだ持っているのだろうか。自宅のどこかに置いてある？　頭の中にさまざまな思いが駆けめぐり、胸がどきどきして、そこから先のやりとりをよく覚えていない。

ほんとうはあのカフェに、隆平がいつ誰と訪れたのか気になっていた。マリ子であることはわかっている。休日を過ごし、夕飯まで一緒で、大人のふたりはどういう話や付き合いをしているのだろう。

ベテランの金子先生か沙耶に訊《き》けば、決まってるじゃないのと答えるに決まっている。子どもでない美南にも、いわんとすることはわかる。でも、ひよこの絵に気づいてくれた。わざわざグッズを買ってくれた。話すとき、はにかむ笑顔をのぞかせた。いくつもの「でも」を重ねてしまいたくなる。

なのに次の週末は泊まりがけの旅行。「ほーら」というふたりの声が聞こえてきそうだ。

「何やってるんだろう」

ぼやき声は幸い誰にも気づかれなかった。美南はイタズラ書きした紙をたたみ、日誌の間にはさみこんだ。気を取り直し、お便り帳の書き込みを始めようとするのだけれども、今度は朝、旬太の手を引いてやってきた隆平の顔がちらついた。

いつもだったら子どもを預けてすぐ立ち去るのに、今朝に限って、何か言いたそうな顔をしていた。色味の薄い唇が「先生」と動き、それきり黙り込んでしまうのを見て、ひどく懐《なつ》かしい思いにかられた。

離婚した当初、男手ひとつで旬太を育てるようになったとき、隆平は美南を呼び止めては黙り込んだ。さんざん逡巡《しゅんじゅん》した揚げ句、言いにくそうに切り出すのは旬太のおねしょや指しゃぶりといった子育ての悩みで、美南が「大丈夫ですよ」と微笑《ほほえ》むと、いかにも疑わしそうに眉《まゆ》をひそめた。

神経質であったり、理屈っぽかったりするのに、すすめたシーツの銘柄などは素直にメモしていた。そのギャップがおかしくて、あとでこっそり思い出し笑いをしたものだ。

週明けの月曜日である今朝も、あの頃と同じように、言おうかどうしようか考えあぐねているように見えた。もう少し時間があったなら、話のきっかけを作れたのに。あいにく登園してくる子どもが重なり、きちんとした対応をする余裕がなかった。なんだったのだろう。美南の見る限り、旬太の表情はこのところ安定し、仲良しの友だちもできて朗らかに過ごしている。この週末、さらなるお楽しみも待っている――らしい。

ソフトクリームにバーベキュー、さぞかしおいしく、楽しいのだろう。

延長保育の子どもたちを遅番の先生にあずけ、美南は職員室で溜《た》め込んでしまったデスクワークを片づけていた。各種会合の申込用紙を振り分け、市から来たお知らせに目を通し、受講したセミナーの報告レポートに頭を悩ませていると、今日は遅番の丸石沙耶が駆け込んできた。

「ちょっと、ちょっと、みーちゃん、大変だよ」

その言い方と顔つきからして、仕事上の話ではなさそうだ。子どもたちにトラブルが生じたのでなければいいけれど、勤務中に「みーちゃん」はまずい。職員室には事務の職員がひとりだけいたが、今は離れた場所で電話中だ。

「なんだかわからないけど、あとで聞くよ」

「あとじゃ遅いの、今よ、今。すっごくきれいなお母さんが現れたの」

「え？」

「みーちゃんに関係のある人なんだから」

沙耶は急《せ》かすように美南の腕を取る。

「お母さん……？」

誰のだろう。受け持ち園児の母親だろうか。それとも卒園児の母親だろうか。

職員室から廊下に出て、沙耶が目配せで指し示す園庭へと視線を向けた。雲ひとつない空はまだ明るさを残し、人の顔は辛うじて見える。ほっそりとした女の人がひとり、ぽつんと鉄棒の前にたたずんでいた。

たしかに遠目から見てもきれいな女性だとよくわかる。膝丈のフレアースカートが可憐《かれん》な印象をさらに際《きわ》だたせている。まっすぐ伸びた足がお嬢さまのように清楚《せいそ》で、立ち姿はふんわりと美しい。整った顔立ちを眺めているうちに、美南はふと気づいた。見覚えがある。

「まさか、旬くんの？」

「そうなのよ。離婚したんでしょ。なんで今、ここに現れるのよ」

「本人はなんて言ってるの」

「たまたま近くに来たから、寄ってみたんだって。でもこんなところ、たまたま来たりする？」

憮然《ぶぜん》とした面持ちの沙耶にうなずくのもためらわれ、美南は口元を引き締めた。そこに年長クラスの金子先生がやってきた。

「話、聞いた？　小川先生の受け持ち園児でしょ。どうする？」

「どうって」

「旬太くんに会わせてもいいかどうかよ。志賀さんから何か聞いてる？」

両親が離婚した子どもについては、慎重かつ細やかな配慮が必要だ。親権を持たない方の親が園に現れるのはままあることだが、ケースバイケースで、会わせないでほしいと厳命を受けている場合もあるし、こだわらない人もいる。園庭で遊ばせているときに子どもが気づいてしまい、指示を守れないこともある。

配慮はするが確約できないと、あらかじめ申し渡している。困るのは対応を聞き損ねているときで、旬太の場合がそれだった。離婚前から在籍していた園児であり、かって送迎に現れるのは主に母親だった。なので美南にも見覚えがある。彼女にとってもここは勝手知ったる場所なのだ。立ち姿からも緊張はうかがえない。

「聞いてないです。すみません。でも、離婚後は一度もいらしたことがなかったから」

「そうよね。とりあえずこの場はお引き取り願おうか。親権者の許可がないんだもん。うちとしては、むやみに引き合わせるわけにはいかないわよ」

美南が旬太の担任になったのは離婚後のことだ。母親と直接やりとりしたことはほとんどない。入園した頃の担任は金子先生だったので、きっぱりした物言いは意外に思えた。以前は、子どもを引き取れなかった母親に同情的な口ぶりだったのに。

美南はやや弱腰に念を押した。

「仕方ないですよね、それで」

「よっぽど切羽詰まった事情があるならともかく、そうでもなさそうでしょ。『たまたま』なんて、旬太くんの気持ちを思うと渋い顔になっちゃうわ。いったいどうしたのかしら」

金子先生が話しに行くと言ったけれど、ふたりは園児の世話もあり、部屋に戻らなくてはならない。担任である以上、その役は美南が引き受けた。

室内履きから外履きに靴を替え、園庭に降りて歩み寄ると、旬太の母親はすぐに気づき、にこやかな会釈《えしゃく》をよこした。

近くで見ればいっそう整った容姿をしている。くっきりとした二重まぶたの目、明るく白い頬、つやつやの唇、ほそい顎《あご》。髪型は軽やかに毛足の弾んだ、肩先までのセミロングだ。美容室から出てきたばかりのようにブローされている。

日頃、洗いっぱなしでドライヤーもかけず、いい加減に伸びた髪の毛を跳ねさせたり、ゴムでまとめたりして、適当にスーパーで買ったような服を着込んでくる母親ばかり見ている。これから会社、という女性でも乳幼児を抱えていれば、自分の身支度はおざなりになりがちだ。

目の前の女性はまるで住んでいる世界がちがうようだ。表情も柔和でやさしげで、落ち着き払っている。こんな人だったっけと美南は内心、首を傾《かし》げた。きれいな人だったかもしれないが、当時はもう少しラフで隙《すき》があり、晩ご飯の支度や後片付け、掃除洗濯など、ごくふつうに家事をこなしている主婦らしさがあった。送り迎えのお母さんたちと一緒にいても、大きな違和感はなかったと思う。でも今は所帯染《じ》みていないし、生活疲れなど微塵《みじん》も感じさせない。

まっ白なブラウスとアイボリーのジャケットの醸《かも》し出す品の良さが、そのまま彼女を表している。きちんとそろえられた両足に、なぜか近寄りがたさを覚えた。

「小川と申します。今、もり組で旬太くんの担任をしています」

「いつもお世話になっております。今日は突然押しかけて申し訳ありません」

丁寧に頭を下げる仕草がまたエレガントだ。この女性と隆平は結婚し、男の子をもうけ、家庭を築いていた。

「旬太くんは今、部屋におりまして、お母さんが来たと話せばきっと大喜びかと思うのですが、なにぶんにもこういったケースはデリケートで」

言葉を濁して相手の様子をうかがうと、細い肩をさらにすぼめて小さくうなずく。

「お父さんのご意向をうかがっておりませんので、今日のところは申し訳ありませんが……」

返事はない。

「すみませんが、園庭にいらっしゃるのはちょっと」

「どうしてもあの子に会って声が聞きたくて。ひと目だけでも無理でしょうか」

「それは――」

「ご迷惑をおかけしないよう気をつけます。次の週末には会えると思うんですけれど、無性に顔が見たくなって、来てしまいました」

次の週末？

「そうだ、門の外にいればいいですね。あの人が迎えに来るのを待って、ちゃんと許可を得て旬太に会えば。最初からそうすればよかったんだわ。ごめんなさい」

隆平を「あの人」と呼ぶのか。彼女はいかにも名案を思いついたように頰をほころばせ、それは美南の目から見てもかわいらしく魅力的だった。無邪気に笑うということは、隆平が断るとは思っていない。むしろ唯一《ゆいいつ》の味方であるかのような口ぶりだ。

早く現れないかと、心待ちにしているみたいに門の外に目をやる。

「でも志賀さんは今日、いらっしゃらないんです」

「あら。そうなんですか。もしかしてベビーシッターさん？」

「いいえ、そうではなくて」

言葉を選びかねていると、門の外に人影が現れた。元気のいい足取りで園庭に入り、美南をみつけるなり、「先生っ」と陽気な声を上げた。花村理斗の母親、マリ子だ。

傍らに立つ女性にも気づいたようだが、面識がないらしく曖昧《あいまい》な会釈だけよこす。

そして美南に上機嫌な様子で言った。

「今日は旬太くんも連れて帰りますね。お便り帳に書いてあったでしょう？　志賀さんたちと一緒に、これからうちで夕飯です」

手にしたビニール袋を嬉しそうに掲げて見せる。

旬太のお便り帳には、「今日のお迎えは花村理斗くんのお母さんに頼みました。子どもにも伝えてあるのでよろしくお願いします」と記されてあった。

美南は傍らの女性に話しかける。

「今日は志賀さん、いらっしゃらないんです。こちらは同じクラスのお母さまで、旬太くんはお友だちと一緒に帰ることになります」

「え？」

声を上げたのは旬太の母親だったが、マリ子の顔つきも変わり、問いかける目になる。今度はマリ子に紹介した。

「こちらは旬太くんのお母さまです」

彼女の耳には「隆平の元妻」と聞こえたにちがいない。たちまち笑みが消え、頰が引きつったようにも見えたが、けっして浮き足だったりしない。

相手がなかなかの美人でスタイルも良く、麗《うるわ》しく身なりも整っていることを確認しつつも、自分の方が美人、もしくは「いい女」と判断したのかもしれない。じっさいマリ子も今晩を意識してか手ぬかりない。華やかな顔立ちを引き立てる、シンプルで上質なワンピースをまとい、メイクも決まっている。

「初めまして。花村理斗の母親でマリ子と申します。子どもが同士とても仲が良くて、志賀さんとは親しくおつきあいさせていただいています」

「そうなんですか。お世話になっております」

「今日は旬太くんを一緒に連れて帰るよう、頼まれていますので」

「あの人は今日、ここに来ないんでしょうか」

「ええ。私の家に直接、いらっしゃいますよ」

よくあることだと匂《にお》わせたいらしく、マリ子は当たり前のように言う。

旬太の母親は哀《かな》しげな表情になった。身体《からだ》の線がいっそう華奢《きゃしゃ》に見える。マリ子は追い打ちをかけるように言った。

「失礼ですけど、今日、あなたがいらっしゃることを志賀さんはご存じなんですか」

「いいえ」

「だったらここで旬太くんに会うのは、何かと差し障《さわ》りがあるのでは。ごめんなさいね、こんな言い方」

返事はなく、旬太の母親は黙り込んだ。すかさずマリ子は美南に目配せした。ルール違反なのだから速やかにお引き取り願えと言いたいのだろう。たしかに、園庭で立ち話をしていたのではいつ旬太に気づかれるか知れない。他の保護者もちらほらとお迎えにやってくる。おかしな噂《うわさ》になったら厄介だ。

美南が意を決したところで、旬太の母親が先に口を開いた。

「いきなり押しかけて申し訳ないとは思っています。でももう少しだけ、待たせてもらえませんか。彼から許可がもらえたら、挨拶《あいさつ》だけでもさせてください」

「は？」

彼女はバッグの中から携帯を取り出し、ためらうことなく指を動かす。美南はとっさに腕を伸ばし、それを制した。

「待ってください」

「ご心配なく。あの人ならきっと私の気持ちをわかってくれます」

よほど自信があるのだろう。きっぱり言い切る。けれど美南には担任として言わねばならないことがある。

「今日はもう遅いです。旬太くんはこれから夕飯を食べて、お風呂に入って、寝るだけです。一日元気に遊んで疲れています。お母さんに会えたらとても喜ぶでしょう。嬉しくてたまらないと思いますが、それは昼間の明るいときの方がいいんじゃないですか」

形の良い双眸《そうぼう》が美南に向けられ、画面に触れる指の動きも止まった。

「お気持ちも事情もいろいろおありでしょうが、小さな旬太くんにはびっくりが大きすぎます。今日のところは——」

頼み込むような美南の声に、彼女は困惑したように眉を寄せた。

「私はただ顔が見たくて……」

「ええ。もちろんそれは」

けれどそれだけではすまないのだ。旬太は何も知らずパズルやブロックで遊びながら、いつものようにお迎えを待っている。いたずらに動揺させたくない。

「わかりました。ごめんなさい」

旬太の母親は携帯をバッグの中に戻し、息をついた。そしてマリ子に目を向けて言った。

「いつも旬太がお世話になっているようで、ほんとうにありがとうございます。今日もご厄介になるのかしら。どうぞよろしくお願いいたします。夫も、——元夫も、ご迷惑をかけてなければいいのですけれど」

最後のところで、なんともかわいらしい笑みをのぞかせる。「元夫」と言い直したことさえ、愉快で楽しいことのようだ。大好きな人のことを口にしたみたいに無邪気に目を細める。

美南はぼんやり立ち尽くしてしまった。

アイボリーのジャケットをまとった品のいい女性は、さらりと会釈をして門扉《もんぴ》に向かう。軽やかにスカートの裾《すそ》が揺れる。それきり振り返ることなく、坂道を下りていった。

翌朝、モノレールの駅から園に向かって歩いているとマリ子に出くわした。すでに子どもを園に預け、これから出勤らしい。待ち構えていたわけではないだろうが、駆け寄ってきて道ばたへと引っぱられた。

「昨日のこと、志賀さんに訊いてみたの」

言われて昨夜、ふた組の親子が夕食を共にしたことを思い出す。

「そしたらここしばらく、やけに元奥さんから連絡があるんですって。今まで梨《なし》のつぶてだったから、戸惑っているみたいだった。先生、離婚の理由って、なんだか知ってる？」

「さあ。そういうことは……」

「きっと奥さんの方に問題があったのよ。だから旬太くんの親権と養育権は、志賀さんのものになったの。片方に落ち度があったから、揉《も》めることなくすんなりカタが付いたわけね。今になって、いったいどうしたのかしら」

美南の脳裏に園庭にたたずむきれいな女性の姿が浮かぶ。容姿もさることながらやさしげで品が良く、たしか料理もお菓子作りも得意と聞いた。多くの男性が奥さんにしたいと望むような人だろう。

結婚が決まったとき、隆平も誇らしく嬉しかったのでは。周囲からのやっかみや羨《せん》望《ぼう》の眼差《まなざ》しを受けつつ、穏やかで温かい家庭を築こうとしたのだと思う。

いつだったか隆平が話してくれた。離婚前、元妻がこぼしたという、「こんなはずじゃなかった」。あれは何があって出てきた言葉だろう。どういういきさつがあったのだろう。

結果として彼女はちがう人生を選び、去っていった。今になって突然、保育園に現れる理由はなんだろう。

お昼前の時間に園長先生に呼ばれ、職員室に行ってみるとカツミの姿があった。秋に行われる「お絵かき大会」の打ち合わせだ。ふだんは使わない画用紙や筆記具、画材で、芸術の秋らしくアートに浸ろうというイベントだ。その日はオープン保育となり、保護者や近所の人も自由に参加できる。

絵を描くのが好きな美南には一番わくわくする行事だったが、ここ数年は世話役に回されている。楽しむどころでないのが、いささか残念だ。フリーのイラストレーターであるカツミも当然のように駆り出される。

保育時間内ではあったが、主任先生に子どもを頼み、カツミの持ってきた画材や試作品を園長先生と一緒にのぞきこんだ。テーマはアート全般に広げてしまうと収拾がつかなくなるので、「絵を描く」に絞っているが、野菜で作ったハンコや和紙を使ったちぎり絵、卵の殻を砕いてのモザイク画など、バリエーションは豊富だ。

カツミは大人が楽しめるような影絵のコーナーを考えてきて、「眠れる森の美女」の試作品を持参した。右上にお城が配置され、中にお姫さまが眠っている。手前には大きく茨《いばら》が茂り、剣を手にした若者が挑みかかっていた。

構図もさることながら細工が行き届き、さすがの出来映えだった。園長先生も感心し、初心者向けにシンプルな練習作を用意することにした。

画用紙や模造紙の在庫を調べにふたりして倉庫に向かい、ひととおり買い足すもののチェックをし終わったところで、カツミが「あのさあ」と切り出した。

「昨夜《ゆうべ》は大変だったんだって？」

意味深な目配せと共ににやりと笑う。

「沙耶ちゃんに聞いたよ。女の戦いがあったそうじゃないか」

「もしかして志賀さんのこと？」

おしゃべりな沙耶がさっそくカツミに話したらしい。

「実は前から、志賀さんの元奥さんについては、いろいろ聞いていたんだ」

「沙耶ちゃんから？」

「ちがうちがう。一年くらい前から、海岸沿いのカフェに絵を置かしてもらってるんだ。タコライスが旨《うま》い店だよ。ときどき食べにいくんだけど、何かの話で、志賀さんの元奥さんがそこで働いていたことがわかった。知り合いの店を手伝っていたらしい」

離婚する前、隆平の元妻は旬太を園に預けて働いていた。海岸沿いのおしゃれなカフェだったら、さぞかしお似合いだろう。

「とってもきれいな人だったよ」

「みたいだね。男性客やスタッフにすごく人気があったらしい」

なんとなく含みを感じさせる言い方だ。

「何を聞いたの？」

「店のオーナーによれば、客の中にはヨットやゴルフ、ドライブ、パーティ、そういうのが好きな金持ち連中がけっこういるんだって。元奥さんも誘われて、最初はちょっとした好奇心だったんだろうが、すっかりそっちの世界に染まってしまったらしい。オーナーは責任を感じている口ぶりだったよ」

「セレブな世界？　たしかにヨットもパーティも余裕で似合いそうな人だったよ。ほんとうに品が良くて、立ち居振る舞いから話し方までエレガントなの」

「前からそうだった？」

　前？　離婚する前、旬太のお迎えに来ていた頃のことか。

「今よりは生活感があったかもしれない。いつだったか、大慌《おおあわ》てで汗を流しながら駆け込んできたことがあった。両手にスーパーの袋を提げて。それも安売りで有名な店よ。重たそうな大根がのぞいてた。勝手に親しみを感じて、ちょっと嬉しかったな。でも今は雑誌のグラビアページでにっこり微笑む、女優さんみたい」

「なりたい自分になったんだろうね」

「どういう意味よ」

「安売りスーパーで大根や長葱《ながねぎ》を買って自転車で坂道を走るより、ヨットハーバーで夜景を眺める方が、楽しくなったんだろうよ」

「イヤな言い方しないで。自転車で坂道だって十分素敵でかっこいいよ。それに、志賀さんなら夜景を眺めるくらい、一緒に行けるでしょ」

今どきは夫婦ふたりの収入を合わせても家計が苦しく、ファミレスがご馳走《ちそう》という家庭も多い。けれど美南の知る限り、隆平はそれなりの高給取りだ。離婚前の元妻も名の知れたブランド物らしい服をまとい、靴やバッグ、アクセサリー類なども明らかに高級品だった。安売りスーパーの袋を覚えているのは、とても意外だったからだ。

「志賀さんはふつうのサラリーマンだよ。高級レストランには行けるだろうが、世の中にはもっと羽振りがよくて、遊んで暮らしている大金持ちがいる。連中の醸し出す雰囲気は華やかで洗練されていて、もちろん好き好きはあるけど、元奥さんはそれを垣間見《かいまみ》て、自分もお仲間になりたいと思ったんじゃないか」

「華やかな大金持ちねえ」

「すっかり垢《あか》抜けていたんだろ？」

カツミの言葉に、うなずかずにいられない。子どもを預けて知り合いのカフェを手伝う。声をかけられて、キラキラした集まりに顔を出す。そこで彼女は魅了されたのだろうか。自分にふさわしい場だと思ったのか。じっさい今の彼女なら、どんなゴージャスなドレスも着こなせそうだ。

「おれが思うに、志賀さんも誘われたんじゃないかな。夫婦で楽しめればよかったんだろう。勤め先からすれば、一員になる資格はあるもんね。でもあの人がカクテル片手に談笑してるところなんか想像できないよ」

「たしかに考えられない」

無理やり引きずられて一度は顔を出しても馴染《なじ》めずに、二度とごめんと突っぱねる姿が目に浮かぶ。

けれど彼女が望んでいたのは華やかな世界に自分をエスコートし、臆《おく》せず社交の輪を広げられるようなパートナー。だとしたら、元妻の「こんなはずじゃなかった」は、彼女なりの失望や不満を表していたのかもしれない。一員になる資格はあるのに、ちっとも乗ってこない夫。自分が魅了された人たちに、理解も関心も示さない夫。もともと彼女が望んで憧《あこが》れている世界でもあっただろうに。

「性格の不一致は今も昔も離婚原因の第一位じゃないか。お互い譲れないし、歩み寄れなかったんだよ」

「でも旬太くんがいたのに。奥さんだってかわいがっていたでしょうに」

「引き取って、育てるつもりだったんじゃない？」

それは美南も聞いた。元妻は隆平が親権と養育権を要求するとは予想しなかったらしい。自分に不利な点があり、手放さざるを得なかった。

「なりたい自分や憧れの世界って、そんなに重要かな。離婚して子どもと離れても貫き通すなんて」

「ある意味、根性あるよ。一目見て『きれい』って言われるには、本人の頑張りが相当いる。維持するための努力も必要だ」

かもしれない。理解できなくとも理屈はわかる。

「なるほどと思うけど、そういう人がいきなり、ここに現れた理由ってなんだろう。たまたま寄った、みたいに言ってたらしいんだけど、ちがうよね」

カツミは顔をしかめ、わざとらしく肩をすくめた。

「知ってるの？　かっちゃん」

「噂だよ。ちょっと小耳に挟んだ話」

「知ってるなら教えて」

「元奥さんには付き合っている人がいたらしい。離婚前からだそうだ。再婚はすぐだとみんな思っていたようだけど、ここにきて、その恋人との仲がうまくいってない。別れたと言う人もいる。そんな時期に元夫や子どもに接触してくるというのがな」

言葉を止め、意味ありげな視線を向けられ、今度は美南の方が目をそらした。

園の母親の中では群を抜いてマリ子が美人だが、ちがう種類の女性らしさ、可憐な美しさを持つその人が、脳裏をよぎる。彼女は昨日、息子との面会を拒まれがっかりしているように見えたが、隆平に連絡して頼めば必ず聞き届けてくれると、自信ありげな様子だった。

あれはなんだろう。「あの人」と呼んでいた声を思い出す。甘えるような、かわいらしい声だった。

その日のお迎えの時間、いつもより少し早くに隆平が現れた。今朝は顔を合わせなかったので、自然と話は昨日のことになった。

「驚かせてしまい、すみませんでした。まさかいきなりこっちに来るとは思わなくて。あとから聞いてびっくりしました」

「いいえ。一方的にお引き取りいただくことになり、私たちも心苦しかったんですけど。こういったケースはいろいろデリケートで」

「わかっています」

「ほんとうは志賀さんにお訊きしてからと思ったんですが」

「旬太のためにも騒ぎにならず、よかったと思っています」

「こちらの対応についてはなんでもおっしゃってください」

養育権を持ち保育園に子どもを預けているのは隆平なのだ。

美南がそう言うと、うなずくかわりに隆平はふっと息をつく。

「これでも今まで頑張ってきたんですけれど」

「はい」

「やっぱり小さな子どもには、母親がいるべきなんでしょうね」

どう答えたらいいのか返事に困る。

ただのつぶやき、相槌《あいづち》さえ求めない独り言ならさておき、隆平は真剣な眼差しで美南を見返す。今までと同じように子育ての悩みを打ち明けているような顔で、相談事を持ちかけているらしい。

元妻とよりを戻そうかという相談なら、他の人にしてほしい。縁があって結婚したふたりが一度は別れても、心機一転やり直そうというのなら、第三者に何が言えるだろう。旬太のためにも両親がそろうのは喜ばしいことだ。

「志賀さん次第じゃないですか」

口をついて出た自分の声が硬くてぶっきらぼうで、あわてて言い直す。

「もちろん奥様のお気持ちも大事ですけれど」

「そうですね」

それだけをぽつんと言い、隆平は下を向いてしまう。何を考えているのか、美南には察することも想像することもできなかった。

隆平を巡ってのマリ子と元妻の三角関係は、格好の噂話としてまたたく間に園内に広がった。どっちに軍配が上がるか、みんな言いたい放題で、日頃マリ子を快く思ってなかった人たちは面白がって目を輝かせているが、元妻にも反発を募らせるのでややこしい。マリ子を励ます人もいるが、当人は余裕を見せたいのか涼しい顔をしている。

美南のもとにも情報を求めて「探り」が入る。ポーカーフェイスでかわしていると、元妻が現れてから三日目の朝、お便り帳にぎょっとする一文があった。

今日のお迎えは旬太の母親が参りますので、よろしくお願いします。

しばらく声が出なかった。まちがいなく隆平の手書きの文字だ。

本気かと、文字に向かって問いかけた。答えは返ってくるはずもなく、あわててお便り帳を閉じると弾みで落としてしまう。拾い上げようとしてさらに他の物を次々に落とし、動揺している自分に気づいて情けなくなる。

気を取り直し片づけをすませ、午前中のカリキュラムをこなし、そのあと昼食、みんなで紙芝居ごっこをしてからお昼寝。園庭で遊ばせているときに、同僚の沙耶に打ち明けた。今日は同じく遅番なので、旬太のお迎えについては仕事上、耳に入れなくてはならない。

「どうなっちゃってるの、それ」

「私に訊かないで」

それきり子どもの世話で離ればなれになるが、ボールやシャベルの片付けが終わったタイミングでまた顔を合わせた。

「なんだか話が急すぎない？　ついこの前いきなりここにやってきて、今度は堂々とお迎え。いったい何があったんだろう」

「さあ」

「志賀さんは先週まで、変わった様子がなかったんでしょう？　ということは、特別なことがごく最近、起きたのね」

美南は半分だけうなずき、半分で首をひねりたくなった。元妻は付き合っていた男性と別れ、元夫にコンタクトを取ってきたらしい。カツミとマリ子の話を合わせるとそうなる。ほんとうだとして、一度壊れた関係がそんなに急に修復できるものだろうか。隆平は月曜日の朝に顔を合わせたとき、心なしか元気がなかった。何か言いたそうで悩んでいるように見えた。

でもそれも、復縁を考えて物思いにふけっていたのかもしれない。現に、元妻は望み通り「お迎え」に来る。隆平が許可したのだ。


その日の夕方、先だってと同じくらいの時間に旬太の母は現れた。細身のジーンズにふわりとしたチュニック、丈の短いジャケットを合わせ、アクセサリーは革紐《かわひも》に天然石をあしらったペンダント。肩にフォークロア調のバッグをかけている。

先日とはうってかわってカジュアルでラフなスタイルだが、着こなしのお手本のようにさまになっている。スーパーに寄って駆け込んできた以前の姿とは、美南の目から見ても明らかにちがった。背筋をすっと伸ばし、軽やかな足取りで、なんのためらいもなく園庭を横切る。優雅でなめらかで、まるでお気に入りの場所に遊びに来たみたいだ。穏やかな微笑みを浮かべている。

旬太は朝からそわそわと落ち着かず、延長保育が始まる頃には可哀想《かわいそう》になるくらい立ったり座ったりをくり返していた。いざ母親が顔をのぞかせると、緊張が過ぎたのか恥ずかしそうに顔を伏せている。

美南は帰る支度をさせ、手を引いて彼女の元まで連れていった。

「この前はほんとうにすみませんでした」

「いいえ、よかったね、旬太くん」

「旬ちゃん、今日はお母さんが美味《おい》しいもの、いっぱい作るね。お買い物はもうすませて、おうちに置いてあるの。一緒に帰ろう」

「おうちって？」

「旬ちゃんのおうちよ。夕飯の用意して、お父さんを待とうね」

「うん」

旬太は嬉しそうにうなずき、傍らに立つ美南を見上げた。もう一度「よかったね」と声をかける。何事もなければ、おそらく当たり前のようにくり返されたはずの光景だ。目の前の女性が迎えに来て、旬太の手を引いて帰る。夕飯を作り、隆平の帰宅を待つ。三人で食卓を囲み、一家団欒《だんらん》の時間が過ぎていく。

どこにでもあるような平凡だけど温かな日常を、一度は手放してしまったが、今また取り戻そうとしているのか。

小さな子どもには母親がいるべきかと、隆平に尋ねられたとき、美南は心の中で思った。互いにちょっとずつ我慢したり譲り合ったりできるのならば、旬太のためには両親がそろうのは喜ばしいことだ、と。

でも現実に、元妻が隆平と旬太のもとに帰っていくのを見ると、これでいいのかと問いかけたくなる。ほんとうに喜ばしいことなのだろうか。

旬太が手を振り母親が会釈して、仲むつまじく帰路につこうとしたそのとき、門のところにマリ子の姿が見えた。タイトスカートにジャケットという、いつもの颯爽《さっそう》とした出《い》で立ちで、彼女もまた堂々とやってくる。

途中で旬太たちに気がついた。内心どう思ったのかはわからないが、艶《あで》やかな笑顔で挨拶する。旬太の母親もにこやかさでは負けていない。ばったり出くわしたのがほんとうに嬉しかったように、眼を細めて白い歯をのぞかせた。

そしてごく平穏にすれちがい、マリ子が美南のもとまでやってきた。

「なんなのかしらね、あの人。私、お食事に誘われちゃった」

耳を疑う。

「ママ友ランチですか」

「まさか。そこまでとぼけてないわよ。『二人が何度もご馳走になったようなので、今度はわたしが腕をふるいます。遊びにいらしてください』だって。場所は志賀さんのお宅らしい。すごくない？　ママ友ランチよりうわてかも」

　ママ同士として仲良くランチも妙だが、マリ子の言うように元夫の家で手料理をふるまうというのもいかがなものか。それだけ聞いていれば、まるで自分が家を空けていたときに家族が世話になったので、お礼をしたいと言っているようだ。でも息子はともかく、隆平とはすでに縁が切れている。彼女がマリ子に感謝するのも恐縮するのも筋違い。

　そしてマリ子と隆平の仲については気にも留めない。何も感じないわけがないのに、わざと無視しているのか、よほど自信があるのか。自分との結びつきの強さをアピールしているようにも受け取れる。「あの人」と呼ぶのも、「遊びにいらしてください」と言うのも。

「元奥さんってどんな人かと思っていたら、要するにずいぶんしっかりしてるのね」

　皮肉っぽくマリ子が腕組みして言った。

「まだ気があるのかしら。元鞘《もとさや》なんて狙《ねら》っていたりするのかな。らしくないと思うけど」

「そうですか？」

「ああいう人は過去を振り返ったりしないのよ。優しくにっこり微笑んでいても、相当な負けず嫌い。前に前に貪欲《どんよく》に進んでいく。なんで離婚した元夫にかまうのかしら。私と張り合おうとするなんて、ほんとうに不思議。旬太くんと一緒にいたいなら、もっとちがう行動に出ると思うのよね」

なるほどとうなずき、カツミとの会話でも同じように自分がうなずいたのを思い出した。彼の話によると、元妻は恋人と別れたのか、もしくはうまくいっていない。マリ子は首を傾げるが、そうだとすると「らしくない」こともありうるのかもしれない。

部屋に戻って理斗に帰りの支度をさせ、一緒に廊下に出ると、マリ子が大げさな身振りで両手を広げた。理斗は目を輝かせ駆け寄っていく。何度見ても飽きることなく、ああよかったとほっとする光景だ。

「先生、さようなら」

「うん。また明日ね」

理斗はいつになくはしゃぎ、わざとマリ子にぶつかったり腕を引っぱったりして叱《しか》られた。一緒に遊んでいる旬太が朝からそわそわしていたので、緊張や興奮がうつったのだろうか。

ふたりともお母さんに連れられ帰っていった。理斗にとってはいつものこと。旬太にとってはほんとうに久しぶり。ふたりのきれいなお母さんとつく食卓には、どんな夕食が並ぶのだろう。

翌日の旬太は隆平に連れられ登園した。遅番の美南は隆平に会わずじまいだったが、金子先生に耳打ちされた。

「昨夜は元奥さん、泊まらず帰ったそうよ」

どうやら旬太から巧みに聞き出したらしい。

「帰ったといっても、家に入れて、台所にも立たせたのよね。志賀さん、どういうつもりかしら。旬太くんはとても喜んでいたけど。私、大人の都合でどっちつかずになるのって、いやなのよ。子どもはそのたびに、期待したりがっかりしたり不安になったりして。振り回されるだけでしょ。かわいそうよ」

これまでもそういった場面を何度となく見てきたと言う。ベテランの先生の言葉を胸に留め、旬太の表情や言動に気を配ることにした。変則的ではあるが親子三人の夕食を楽しんだなら、ともかく笑顔で聞いてあげたかった。無邪気に喜んでいたとしても、母親への思いは複雑かもしれない。

けれど昼食の頃から冴《さ》えない顔で、話しかけても生返事だ。昨夜のことをわざわざ尋ねるのも不自然でそっとしておいたところ、どうやら理斗と何かあったらしい。おやつのあと、やっと揉めている理由がわかった。八ヶ岳旅行が延期になったそうだ。

たしかに天気予報では週末は荒れ模様と言っていた。場所によってはかなりの雨が降るとのことで、レジャーは控えた方が賢明だろう。

「山に行くのは今度でいいよ。お天気が良くないと、バーベキューができないし、星が見えないもん。でも近くなら行けるよ。旬ちゃんも行くっていったじゃないか。日曜日にいっしょに映画を見て、帰りにかいてんずしを食べるの。約束したよ」

「してない」

「えっ？」

「ゆびきりしてない」

理斗の目が吊《つ》り上がるのを見て、美南は間に入った。まあまあとなだめていると、美南のシャツを絵美が引っぱる。

「あのね、旬ちゃん、ママのところに行くんだって」

「ママ？」

「ママのお誕生日なの。日曜日」

旬太を見ると笑っているような困っているような、それとも照れているような、複雑な顔をしていた。いつもだったら理斗に強く言われると押し切られてしまうが、今日は譲らない構えだ。母親のことだからだろう。不満顔の理斗も、楽しい日曜日を思い描いていたのかと思うと、いい加減な仲裁はできない。

「理斗くん、お皿に絵を描いて、回転寿司《ずし》ごっこしようよ」

「やだ。食べられないもん」

「だったら映画は？　部屋を映画館にするの」

どうやって？　と、今度は少し興味を持ったようだ。

「黒いカーテンを借りてきて、窓をふさいで暗くするのよ。そこで……そうね、紙芝居を読もうか」

とたんにブーイングもあがったが、部屋を暗くする案は多くの子どもの好奇心をくすぐったらしく、ともかくそれを試みることになった。お化け屋敷だあと喜ぶ子もいたが、理斗は映画館をまねして椅子《いす》を並べ、紙芝居に懐中電灯を当てる案を出した。理斗の機嫌も直り、旬太の顔にも笑みが戻る。保育時間はなんとか無事に過ぎていった。

お迎えの時間には、降りだした雨の中、傘をさして隆平が現れた。

「小雨のうちに帰った方がいいですね」

話しかけると傘をたたみ、隆平は空を見上げた。

「土日はどちらも雨だそうで、洗濯が困りますよ」

所帯染みたことを言う。

「お出かけもままなりませんね」

美南の言葉に、訊《き》き返すような目をする。

「週末の予定は子どもたちがいろいろ話してくれるんですよ。雨で残念がる子もいたので」

「先生は日曜日、どんなふうに過ごされるんですか」

思いがけない問いかけに答えられずにいると、隆平が口を開いた。

「本屋さんに行ったりしますか」

「そうですね。何の予定もない日は午前中のんびり過ごして、午後から本屋さんに。久しぶりに行ってみようかしら。新しく出た絵本のチェックもしなきゃ」

「どちらの書店ですか？」

畳みかけるように問われて戸惑う。訝《いぶか》しく思いながらも、馴染みの場所を口にした。

「藤沢の駅ビルに入っているお店です」

「いいですね。あの店ならときどき利用してます。日曜日はひとりなんで、行ってみようかな」

最後のひと言に今度は美南が目を丸くして尋ねた。

「ひとりですか？　でも日曜日は……」

「児童書コーナー、あそこなら充実していましたね。行ってみます。午後の時間に」

会話はそこで途切れた。遅番の先生が現れ、帰り支度を整えた旬太を連れてきた。靴を履き替え園庭におりる旬太に、美南は置き傘を渡した。それを開き、書類バッグを握る隆平の手に自分の手を重ね、「先生、さようなら」と振り返る。

隆平はいつもよりも深く丁寧に、会釈したような気がするけれど気のせいだろうか。

日曜日の午後、昼食を家ですませてから、何を着ていくか美南なりに迷わないでもなかった。マリ子も旬太の母親も、お気に入りのブランドがあるようで、流行を巧みに取り入れ、着こなしも堂にいっている。センスもいい。人の集まる中にいて、確実に目立つタイプだ。

タンスの引き出しを何度も開け閉めし、クローゼットにぶら下がった服を眺めまわし、手当たり次第、試着して鏡の前に立ち、やがて大きなため息をついた。何をどうひっくり返してもレベルの低さを思い知らされるだけだ。

「何やってるんだろう」

声に出してつぶやき、やっといつものジーンズに落ち着いた。Tシャツの上にジャケットをはおり、一時過ぎに家を出た。

駅に着いて改札口を通り抜けると、ちょうど下り電車がホームに入ってきた。乗ろうかどうしようか、一瞬ためらう。隆平は駅ビルの書店に、ほんとうに来るだろうか。なぜあんなことを言ったのだろう。まるで、そこに行けば偶然の雰囲気で顔を合わせられるようなことを。

何度となく隆平との会話を思い起こし、すっかり「その気」になっている自分がいる。でももしも、いなかったら？　きっとがっかりする。店内を探しまわってしまう。いつまでも待ってしまうかもしれない。そしてあきらめて帰るとき、とても落ち込むだろう。

会えたとして、そのときはどうしたらいいのだろう。園内ではない場所で、勤務時間ではないときに、隆平に会う。考えたこともなかった。

ためらったものの発車のベルに背中を押され、東海道線の下り電車に乗り込んだ。車内には空席があったがドアの近くに立ち、銀色の手すりを強く握りしめる。藤沢は大船からたったの一駅、乗っている時間はほんの五分だ。速まっていた呼吸を整える間にも境川を渡り、電車は減速し始めた。いやでも体に力が入る。引っぱられる感覚がブレーキのせいなのか、ぐらぐらするのが揺れている車体のせいなのか、よくわからない。

ホームに着き、他の乗客と共に下車した。階段を上がり、改札口を抜けて行き交う人々の間を縫う。駅ビルと繫《つな》がる陸橋に出ると、再び緊張で胃のあたりがひやりとした。

会えるかどうかは、行ってみなければわからない。そして会えれば、隆平に話したいことがあった。ひとつだけ、どうしても伝えたいことがある。美南にとっても大事なことだ。ここしばらくの彼の言動や表情、視線の中に浮かんでいるものを思うと、服装や髪型を気にした自分が恥ずかしい。

その気持ちだけで、陸橋を渡りビルに入った。書店はすぐ目の前だ。木目調のフロアを歩き、華々しく飾り付けられた新刊台の前を行き過ぎ、レジの角を曲がってまっすぐ奥へと向かう。

児童書コーナーに入ると通路に長身の人影があった。探すまでもない。隆平だ。グレーのジャケットを羽織り、ジーンズにスニーカー。ひとりでぽつんと立っていた。手にしている本の表紙を眺めているせいか、うつむきがちで力なく見える。

美南は声をかける前に何の本なのか目をやり、「ああ」と声をあげそうになった。同時にこみ上げてくる思いに唇を嚙《か》む。歩み寄ると隆平の方も気づいて顔を向けた。目を細め、柔らかく口元をほころばせる隆平に、美南は挨拶もそこそこに話しかけた。

「その本、かわいいですよね」

「は？」

訊き返す声をあげ、自分の手元を眺め、隆平はせっかくの笑みを引っ込めてしまった。曖昧にうなずき、平台に戻そうとする。

「志賀さん、『お母さん』にこだわりすぎちゃだめですよ」

彼が手にしているのは『こぎつねコンチ』という、とてもかわいらしい童話だった。青いズボンをはいたこぎつねの坊やが、スカートの裾をひるがえすお母さんぎつねと、野原で手を取り合いダンスを踊っている。シンプルでほのぼのしたタッチの絵柄で、表紙を見るだけで心がなごみ、やさしい気持ちになれる。

長く読み継がれている童話で、このシリーズは「子どもとお母さんのおはなし」と銘打たれていた。

「お母さんは誰にとっても大切で特別な人だと思います。でも、『実母』に限ったことではないですよね。『お母さん的役割』が果たせれば、お母さんではない人にも務まります」

「先生」

「実の母に手厚く育てられなきゃ、子どもは幸せになれないと思いますか？　そんなこと、ぜんぜんないですよ。実の親と暮らせない子どもはたくさんいます。やさしくもない、愛情のかけらもない実の母親に、育てられる子もいます。そういう子どもたちは不幸せになることが決まっているんですか。ちがうでしょう？　ちがうと私は思うんです」

隆平の目を見ながら、迷うことなくまっすぐ言った。言葉が途切れたところで彼の手から本を受け取り、表紙をまじまじと見つめる。大好きな童話だ。シリーズは三冊とも持っている。主人公はきつねに限らない。こぶたであったり、うさぎであったり。どれもこれも物語の世界に入り込んで楽しく遊び、そよそよと風の吹く木陰で昼寝をするような安らぎに包まれる。

けれど現実はそんな幸福ばかりではない。

「ここに描かれているのはユートピアです。読んでるときだけ誰でも浸ることができる。やさしくて温かな時間を過ごせる。そういう意味で、とても良い本だと思うんです」

なにも、お母さんと一緒に読まなきゃいけない本ではないのだ。お母さんがいてもいなくても、本でなければ得られないものがある。

美南はそっと平台に戻した。保育士としての考え、自分の思いをどうしても伝えたくて、いきなりぶつけてしまった。にわかに心配になる。ひょっとして出過ぎたまねだっただろうか。

「離婚が決まったとき――」

隆平がつぶやくように言う。

「ずいぶんショックでした。自分の人生に、まさかそんな出来事が待ち受けているなんて、思いもしなかった。理由はたくさんあるようで、ほんとうはひとつかふたつだったのかもしれない。離婚そのものには抵抗がありました。でも、結婚生活を続けていくのはどうしても無理だった。それは相手も同じだったんです。だから協議そのものはすんなり進み、金銭的な問題も生じなかった。ただ子どものことだけは、簡単に割り切れなくて。愛情うんぬんよりも、私はあの子がよその男を『お父さん』と呼ぶのが我慢できなかった。思い浮かべたとき、嫌でたまらなかった。たったそれだけなんです」

言葉を切って唇を結ぶ。顔を上げ書棚に目を向けているけれど、カラフルに並んだ背表紙ではないものを見ているのかもしれない。美南は黙ってその横顔を見守った。

「先生はよく知ってるでしょうが、あの子は引っ込み思案で口数が少なく、人となかなか打ち解けない。血の繋がらない父親とやっていくのはむずかしいと思いました。妻には離婚前から付き合っている相手がいたので、再婚するのは目に見えてました。だから離婚が本決まりになったとき、思い切って旬太に言いました。お母さんは家を出て行くけれど、ここでお父さんと暮らさないかと。そうしたらあの子、首を縦に振りました。お父さんがいいって。先生、ほんとうに声に出してそう言ったんですよ」

淡々と語っていた隆平の声が変わる。

「嬉《うれ》しかったです。大げさに聞こえるでしょうが、震えてしまうくらい嬉しかった。もしかしたら結婚に失敗し、それなりにへこんでいたのかもしれません。自分のすべてを否定されたような気になって、相当すさんでいた。でもあの子が私を選んでくれて、とても救われた気持ちになったんです」

隆平は立ち尽くしていた場所からゆっくり歩き出す。図鑑や音の出る絵本のコーナーを曲がり、一番奥の通路に入る。各種の絵本がぎっしり詰まった、美南の大好きな場所だ。

「引き取ると決めたからには頑張って、ちゃんとやり抜くつもりでいたんですけど、躓《つまず》くことだらけで、先生には迷惑のかけっぱなしですね」

「いいえ。そんなことないです。旬太くんは元気に伸び伸び育っていますよ」

「だといいんですけど」

隆平の腕が伸び、平台に並んだ中から『めがねうさぎ』を手にする。シンプルでユーモラスな表紙の絵に彼の口元はやわらかくゆるむ。

「花村さんのところは母親と息子の組み合わせじゃないですか。花村さんは男の子には父親がいた方がと、しきりに気にするんですが、ふたりはとても仲が良くてうまくいってる。理斗くんはお母さんに甘えたりじゃれたり、かと思うとしっかり意見したり、はきはきしてますよ。母親がいると、毎日の生活に潤《うるお》いがあって、気配りも行き届き、子どもにとって楽しいだろうなと思ったわけです。そんなときに妻——元妻から連絡があって」

隆平は絵本を戻し、手ぶらになる。その先を聞きたかったが、隆平はため息をひとつついただけだったので、美南がかわりに口を開いた。

「旬太くんもお母さんと一緒の方がいいと思ったんですか」

「彼女は付き合っていた男と別れ、誰とも再婚する気はないそうです。それがほんとうなら、私も考え直さないといけないかと」

　元妻とよりを戻すのではなく、旬太を手放すかどうかを悩んでいるのだ。復縁の気持ちがあるのなら、おそらく今日、隆平も一緒に出かけている。親子三人の時間を持とうとするはずだ。けれど最初から旬太ひとりを行かせている。

「もともとあの子を引き取ったのも、私の意地みたいなものですから」

「さっき私、言いましたよね。『お母さん的役割』はお母さんではない人にもできると。旬太くんにとって必要なのは、安心して帰れる自分の家と、そこで寝起きを共にしてくれる人の存在だと思います」

　それを得られない子どもの顔が美南の脳裏をよぎった。なさぬ仲の家族と暮らし、情緒不安定になる子どもがいる。両親が揃《そろ》っていても諍《いさか》いの絶えない家庭に疲弊する子どもや、祖父母が引っかき回してしまうケースもある。経済的な事情で住む家を失う家族もある。事故や病気は多くの不幸と嘆きを生む。

　日中、保育園で過ごした子どもが、夕方や夜になって家族に伴われ、なんの憂《うれ》いもなく笑顔で帰路につく。当たり前の光景のようでいて、ほんとうは容易でないのだ。

「今の旬太くんには家もあるし、しっかりとしたお父さんがいます。たったそれだけと言わないでください。なければ生きていけないし、あれば、幸福でも夢でも希望でも楽しみでも、旬太くん自身が自分でみつけていきますよ」

親が用意できるのはほんのいくつか。でもそれが土台だ。ひとりの人間の、これから先、長く生きていく上での土台。

隆平は我が子を気遣い、母親と別れて暮らすのは不憫《ふびん》だと思うのだろうが、しっかり繋いでいると信じていた手を離されてしまう方が、旬太を傷つけるのではないか。

美南にはそれが気になって仕方なかった。

「志賀さん」

「ダメですね。すぐふらふらしてしまう。よかれと思っての『よかれ』がわからなくなる」

「自分ひとりで結論を出さないでください。先ほどの話では、旬太くんはお父さんと一緒にいたいと意思表示したんですよね。だったら、ふたりでやっていこうと決めた、大事な約束じゃないですか。ふたりで相談してください」

「旬太と？」

意外そうに尋ねられ、つい、むきになってしまう。

「子どもは親のことをちゃんと見て、考えていますよ。旬太くんのことをもっと尊重してあげてください。このところの出来事もどう受け止めているのか、旬太くんなりの気持ちや考えがあるはずです。一方的に判断せず、丁寧に耳を傾けてあげてください。今日のことも大丈夫ですか。いきなり決めたりしてません？」

「彼女の誕生日なんですよ。ひとりぼっちは寂しいと言われると……。旬太に訊いてみたら、行きたいと言うので」

「だったらいいんですけれど」

寂しいと言われ、むげにできなかったのか。それはつまり、ほだされる部分がまだあるということではないだろうか。収まりの悪い気持ちを抱えていると、隆平もそわそわし始めた。

「ただその、旬太は私も一緒だと思っていたようです。自分だけだとわかったら驚いて、急に機嫌が悪くなって。でもこちらにしてみたら、行きたいと旬太が言ったんですよ、やっぱり母親がいいのかと、思ってしまうわけです。だから物言いがなんとなくぶっきらぼうになって、つい口うるさくなってしまう。すると向こうは向こうで、かわいげのない態度を取って、わざと私のいやがることをしでかす。おかげで昨夜はちょっとしたケンカに」

「志賀さん」

「もしかして似てるんでしょうか」

「旬太くんはお父さんと一緒に行きたかったんですね。かわいいじゃないですか」

「だったら最初に、お父さんは絶対行かないけど、おまえは行く気があるのかと、訊けばよかったんですか。『うん』と、言いづらくなるでしょう?」

「気を遣うタイプの子どもには、一歩も二歩も踏み込んで、丁寧に話さないと。お父さんはちょっと寂しいけれど、行ってもいいんだよ、とやさしく言ってあげるとか」

「やさしくですか」

さも不満げに唇を結ぶところは、旬太に似ていた。

「志賀さんの気持ちが伝わるといいなと思ったんです。母親と暮らす方が幸せなんじゃないかと、迷ったり悩んだりするのは、旬太くんを思ってのことですよね。なるべくすれちがいや誤解がなく、旬太くんに届いてほしくて」

隆平の表情がやわらぎ、神妙な面持ちになって少しうつむく。うなずいてくれたらしい。

にぎやかな声がして、おばあちゃんに連れられた幼い姉弟《きょうだい》がやってきた。本を買ってもらうらしい。場所を譲って絵本コーナーを離れ、文芸書の棚へと向かった。前を行く隆平が、翻訳書のところで足を止め、振り返る。

「少し早いですけど連絡して、迎えに行ってきます。夕飯は食べずに帰ってくる予定なので」

「そうなんですか」

「いつもの日曜日の夜にしたかったんです。明日からまた一週間が始まるので、なるべくリズムを壊さないように。でも、食べてくると言い出すかもしれませんね」

「そのときはどうされるんです？」

隆平はちらりと美南を見て、仕方がないでしょうと言いたげな顔になる。

「旬太の気持ちを尊重し、にっこりやさしく了解しますよ」

「いいんですか？」

「そうするように、今先生が言ったんじゃないですか」

確かに言った。旬太が母親との時間を楽しんでいるのであれば、夕飯も一緒にという願いを聞き届けてほしい。けれど興奮しすぎて熱でも出したら、明日の登園にさしさわる。会社を休むか、ベビーシッターを手配するか。負担が増えるのは隆平だ。

「すみません」

「あやまることはぜんぜんないです。会えて、お話ができて、やっぱりよかったです。そうですよね、話さなければだめですね。頑張ってみます」

「明日、元気に登園してくれるのを待ってます」

隆平は美南をじっと見つめ、切り上げるように会釈《えしゃく》した。

その場で隆平を見送り、ひとりになって、棚の間をぼんやり歩く。ひとつの棚にいったい何冊、本が収められているのだろう。一冊ごとに人々の出会いや別れが描かれ、誰かが泣いたり笑ったりしている。

子どもを引き取って育てるような人にはとても見えないと、いつだったか金子先生が辛辣《しんらつ》な物言いをしていた。あのとき自分もうなずいた。母親が引き取るつもりだったと聞かされたときは、意外を通り越して驚きだった。

けれど隆平は誰かに押しつけられたのではなく、気まぐれや軽はずみでもなく、自分の意志で父子家庭を選び取ったのだ。投げ出すようなまねは一度もしないで、旬太も落ち着き、今は元気よく園内を走り回っている。

明日。旬太に早く会いたい。そして隆平にも。

月曜日、旬太はいつも通り隆平に連れられて元気に登園した。昼間は揉《も》め事もなく、「お絵かき大会」の準備を順調に進めていた。けれどお昼寝のときに旬太がうなされ、そのあとのおやつに手をつけなかった。

体温を測ってみたが平熱。おやつのかぼちゃ蒸しパンは旬太の苦手なものではなく、時間をおいてすすめると今度はきれいにたいらげた。ほっとしたのもつかの間、夜になって旬太の姿が見えなくなった。遅番の美南は大慌《おおあわ》てで各部屋を見てまわり、延長保育では使われていなかった年少クラスで、押し入れの戸がほんの少し開いているのをみつけた。

声をかけながら歩み寄ると、内側からぴしゃりと閉じられた。

「そこにいるの、旬太くん？　そうだよね。どうしたの」

金子先生も一緒だったので、他の先生への報告を頼み、美南は押し入れの前でしゃがみこんだ。

「もうお迎えの時間だよ。出てきて」

わざと隙間《すきま》を作っていたのだろう。誰かにみつけてほしかったのだ。

「今日はそこにひとりでお泊まりするの？　ちがうよね。帰ろう、おうちに」

「帰らない」

「どうして？」

「お父さん、お迎えに来ないから」

硬い声と、思いがけない言葉に驚く。

「どうして？　連絡帳に何も書いてないよ。今日はお父さんが来るよ」

返事がない。膝《ひざ》でもぎゅっと抱えているのだろう。

「支度をして、待ってようよ。お父さんが、もうすぐ坂道を上がってここに来るよ」

「来なかった」

責めるような、なじるような言い方だ。いったい何があったのだろう。数日前に母親が迎えに来たことを指しているのなら、他ならぬ旬太も喜んでいたではないか。どうして今になって憤慨しているのだろう。意味がわからない。

手を伸ばし戸を開けることはできるだろうが、それでは解決にならない。かける言葉を探しあぐねていると廊下に気配がして、金子先生がひょっこり顔をのぞかせた。後ろから隆平が現れる。美南は立ち上がって歩み寄り、今のやりとりと昼間の出来事、お昼寝でうなされていたことを小声で伝えた。

「おうちで何かありましたか」

「いいえ」

「昨日の様子は？」

「特に変わったことは……。ケンカはしてませんよ。夕飯はふつうに、ありきたりのメニューですがちゃんと食べました。てっきり彼女が引き留めると思ったのですがそうではなく、旬太も帰りたがったので、近所のスーパーで買い物してから家に戻りました」

母親が引き留めなかったことと、帰りたがった、というのが気になる。料理は得意なのだから、おかずを持たせるくらいしそうなのに。

「お母さんのことは？」

「楽しかったとは言ってましたが、あまり話したがらないので、訊けませんでした。はぐらかしているようにも感じたんです。ほんとうにすごく楽しかったから父親には言いづらいのか、あるいは、楽しくなかったから触れてほしくないのか」

隆平はそう言うと、押し入れへと向かった。

「旬太、出てこいよ。お父さん、迎えに来たよ」

返事がない。

「一緒に帰ろう。お腹《なか》がぺこぺこだ。これからはずっとお父さんが迎えに来る」

「ずっと？」

怪訝《けげん》そうな声が返ってきた。

「たまにはお父さんじゃない人が来た方が喜ぶと思ったんだよ。ちがったか？」

「うん……」

「だったらちゃんと言えよ」

隆平がやさしく言葉をかけ、目を細め、押し入れに向かって笑いかけた。それに応じるようにコトンと音がする。旬太が自分から戸を開けた。

「お父さん」

「ん？」

中に隠れていた旬太が出てきて何か言いかける。見上げるのは子ども特有の無垢《むく》で澄み切った双眸《そうぼう》だ。まじまじと父親を見つめ、「ううん」と目を伏せた。隆平は旬太の頭に手を乗せ、その手を背中にまわし、自分の方に引き寄せた。スーツの足に旬太がしがみついた。

美南は小さな後ろ姿を見守りながら、おやつの時間にじっと顔を伏せていた旬太を思い出した。母親の誕生日に遊びに行って、何かあったのだろう。お父さんに言えないけれど、わかってほしい何か。

旬太にはしがみつける相手がいる。帰る場所がある。そこには恐《こわ》い夢が追いかけてこないよう、美南にできるのは祈ることだけだった。

「お絵かき大会」は土曜日の日中、園内でにぎやかに開催された。部屋ごとに影絵作り、ちぎり絵、モザイクアート、野菜スタンプ、版画、紙芝居作りとコーナーが設けられ、園庭にもスケッチコーナーのブースができた。

九時から十二時までがお絵かきタイムで、午後からは作品展示会へと早変わりする。お昼には調理室で作ったカレーがふるまわれた。

午前の部が終わり、部屋の片づけをしていると、手伝ってくれる保護者の中に隆平の姿があった。ゴミをまとめているとやってきて、「この前はありがとうございます」と話しかけられた。

「あれからなんですけど、旬太は、母親の話はしません。しばらくお迎えの時間を念押しされましたが、それも収まってきました。園での様子は？」

「元気にしてますよ。お昼寝もぐっすり。おやつの時間はちょっとだけ元気がなかったんですが、それも今では大丈夫です」

午後の作品展示会では保護者同士が顔を合わせ、そこかしこで親睦《しんぼく》の輪が生まれていた。子どもたちの間では、理斗が延期になっている八ヶ岳の話を持ち出し、絵美は羨《うらや》ましがるだけでなく、父親のシャツに飛びついて私も行きたいと訴えた。

きょとんとする絵美の父親に隆平がロッジの話をし、「それはいいですね」と盛り上がる。千夏の家族も「楽しそう」と話に加わった。

「よかったら、皆さんもいかがです？」

隆平の何気ないひと言に、絵美や千夏だけでなく理斗も旬太も目を輝かせた。父親や母親もたちまちその気になる。

「私たちもご一緒していいんですか」

「ええ。大勢の方が楽しいですよね、花村さん」

ふいに呼びかけられ、マリ子は顔を上げた。汚れてもいいようにラフなTシャツを着て、首から理斗の手作りメダルをぶら下げて、髪に絵の具の黄色がついていたけれど今日もとてもきれいだ。みるみるうちにその表情は曇り、「えーっ」という不満げな声が聞こえてきそうだったのに、隆平がもう一度「いいですよね」と笑いかけると一変する。

「ロッジに訊いてみましょう。大きいのが借りられたらみんなで行けるし、楽しそう」

お任せくださいという雰囲気でにこやかに請け合う。ほとんどノーメイクに近いけれど、パッと人目を引く笑顔を浮かべる。

「おふたりにそう言っていただけると嬉しいですよ。うちも車を出しますね。千夏ちゃんのところが一緒に乗っていけば」

「それがいいですね、私と理斗は志賀さんの車に乗せてもらいます」

「了解です。八ヶ岳のロッジで過ごす週末か。子どもたちを早く寝かせて、大人たちは一杯やりましょう」

快活に笑うお父さんとお母さんを交互に見ながら、子どもたちはとうもろこし、ソフトクリーム、花火、流れ星と口々に言い合いながらはしゃいでいた。

第五話　青い星の夜

「けっこん？」

何を言われているのかしばらくわからなかった。何度か瞬《まばた》きし、ぼやけていた目の焦点が合うようにゆるゆるとウエディングドレス姿の女性と教会の祭壇が浮かび、

「ああ」と大きな声をあげた。

とっさに口を閉じて視線を左右に走らせる。よかった。まわりには誰もいない。ほっと息をつき頬もゆるめた美南とは裏腹に、目の前に立つ男はいらいらしたように名前を呼んだ。

「小川先生」

もとが柔和とはほど遠いきつい顔立ちだ。一重まぶたの鋭い目つきに力を入れて、噛《か》みつくような面持ちで詰め寄られては、たいがいの女性は気後れするだろう。何事かと青ざめてしまうかもしれない。

でも幸か不幸か美南にとっては、もはやお馴染《なじ》みのシチュエーションだ。目に見えて気色ばむ物騒な表情ならば、たびたび見かけてきた。

「えっと、なんの話でしたっけ」

「そういう噂《うわさ》を聞いたんです。ほんとうですか」

「まさか今おっしゃった『けっこん』は、血の痕《あと》の『血痕《けっこん》』ではないですよね」

「は？」

非難がましい声を出され、美南は肩をすくめてみせた。いっそう人相の悪くなったのは志賀隆平だ。仕事帰りの「お迎え」なのでスーツ姿、手には書類バッグを提げていた。

昼間は子どもたちが元気に遊び回っていた園庭も、今は夜の闇《やみ》に飲まれ静まりかえっている。園舎には延長保育の子どもがまだ数名いるので、部屋のいくつかに煌々《こうこう》と明かりがともり、おかげで下駄《げた》箱付近にいても互いの顔がよく見える。

こんなふうに会社帰りの隆平と立ち話をするのは日常のひとこまだ。男手ひとつで子どもを育てている彼には日々疑問や悩みがあり、歯磨きの相談からおねしょの心配、買い与えるおもちゃの種類、園からのお知らせの内容など、これまでもたどたどしく尋ねられてきた。切り出しにくい内容だと怒ったような顔になるのは癖らしく、機嫌が悪いとはかぎらない。ちょっと杓子定規《しゃくしじょうぎ》で、ちょっと取っつきにくく、ちょっと不器用なだけ。

担任の保育士として園児のプライベートに足を踏み込まざるをえない、というのもあるけれど、それとは別に隆平とのやりとりは気が抜けない。何が出てくるのかわからないのだ。

今日は血痕、もとい結婚？

「どういう噂を聞いたんですか」

「小川先生が来春、結婚すると……」

語尾が小さくなり、叱《しか》られた子どもよろしく隆平の視線が泳ぐ。

「私が結婚？」

「ちがうんですか」

「他の先生に絶対言わないでくださいね。大笑いされた上に、からかわれるのが落ちです」

「ちがうんですね」

今度はあっけらかんと言う。楽しげに目尻《めじり》を下げるのを見て、なんとなくムッとした。

「申し訳ありません」

「なんで謝るんですか」

「そういう話があってもおかしくない年頃なのに、何もないもので」

つい大人げなく突っかかってしまうと、隆平は取りなしてきた。

「すみません、プライベートの問題ですよね。立ち入ったことを訊《き》いてしまいました。あ、こういうのっていわゆるセクハラですか。しまった。会社でもさんざん注意を受けているのに。もうこんなことは言ったり訊いたりしませんから——」

「いいですよ、別に。怒っているわけじゃありません。気にしないでください」

おたおたする隆平を見るのは新鮮で、機嫌が直ってしまう。

「噂の出所ならわかっていますし。近々、結婚される先生がいるんですよ。私じゃなくて」

「そうなんですか。なんだ。よかった」

よかった？　でも何が？

怒ってないと言われてほっとしているのか、それとも……。

それともなんだろう。美南は瞬きをくり返し、その場に立ち尽くした。「けっこん」がうまく漢字変換できなかったように、たった今のやりとりもするりと飲み込めない。

自分の中にぽかんと空白部分ができて、扱いに困る。

「旬太くん、どうしたんでしょうね」

無理やりにも話題を変えた。

「ですね。遅いな」

「お友だちとロボット作りをしてたんですよ。でもお父さんを見てちゃんと帰りの支度をしたんですけれども」

「また捕まったのかな」

「かもしれないですね」

そわそわと部屋を見ていると、帰宅したはずの親子連れが急ぎ足で戻ってきた。

美南の受け持ちである佐野ひかりと母親の奈保子《なほこ》だ。

「先生、落とし物の指輪って、ありませんでしたか。この子が園に持ってきたと言うんです」

「指輪？」

「持ってきて、どこかにやってしまったんですって。どうしよう、私――」

母親の声は途中から震え、こみ上げるものをこらえるように唇を結んだ。その手に繋《つな》がれた小さな女の子は、しおれた花のようにうつむいていた。

「心当たりはないんですけど、いつのことです？」

「昨日だと思います。ケースの中身が空っぽなのに今朝気づき、早引けして家の中を探しました。でも、どこにもないんです。そしたらさっき、この子が園に持っていったと」

「佐野さん、その指輪って……」

うなずくのを見て、母親の狼狽《ろうばい》がいやというほどわかり、自分まで動揺が顔に出てしまう。

「園に持ってきたのはたしかなんですか」

「みたいです。そうよね、そう言ったよね」

ひかりの腕が乱暴に揺さぶられるのを見て、あわてて手を伸ばして止める。

「小さいものなのでどこかに紛れてしまったのかも。掃除をしたときにはなかったんですけど、注意してよく見てみます」

「ひかり、ちゃんと話して。園に持ってきて、それからどうしたの。鞄《かばん》から出したのよね。出したからなくなっちゃったんでしょ？　どこで？　あれ、ママの大事な指輪なのよ」

「佐野さん」

なだめるように呼びかけると、いつの間にか部屋から出てきた旬太が言った。

「ぼく見た。ひかりちゃんの」

小さな指がかわいらしく丸の形を作る。

「いつ見たの、旬太くん」

「どこで？」

「おいシュン、ほんとうか」

みんなの視線が一斉に集まり、それに恐れをなすように旬太は口をつぐんだ。隆平の背中にまわり、あとはしがみついて離れない。ひかりはひかりでその場にしゃがみこみ、身体《からだ》を震わせ泣き始めた。

旬太のことは隆平に任せ、くれぐれも無理やり訊き出さないよう念を押してから、ひかり母娘《おやこ》を建物の中に招じ入れた。

下駄箱も廊下も部屋も見てまわったが、結局その夜、それらしいものはみつからなかった。

佐野ひかりの母親、奈保子は美南のひとつ年下、二十四歳という若さだった。高校三年の在学中に妊娠し、卒業した年の夏にひかりが生まれた。父親は同級生だったという。

結婚も出産もまわりから反対されたが、若いふたりは将来を誓い合い、子どもの誕生を楽しみにしていたそうだ。「ひかり」という名前もふたりで相談して決めた。けれど相手の親は頑《かたく》なに結婚を許さず、それに引きずられるように彼の態度も変わっていった。

子どもが生まれても一緒に暮らすことはなく、入籍はおろか認知もしてもらえない。奈保子の親が直談判《じか》に行けば待ってくれの一点張りで、翌年、なんの相談もなく海外に留学してしまった。

入籍も認知も、帰国してからと言われ、乳飲み子を抱えた奈保子は放心するばかりだったらしい。実家の親にも責められ居づらくなり、逃げるようにアパートに引っ越した。未成年だったため母親の名義で借りたそうだが、母子手当でぎりぎりの生活を始め、かえで保育園に預けるようになったのは、ひかりが二歳になる頃だ。以来、スーパーで働き、誰にも頼らず育てている。

美南は年少クラスから受け持つようになり、かれこれ一年半になる。当初の奈保子は表情も硬く、分厚い壁を作っているようにも感じられたが、意外なほど早く打ちとけてくれた。ひかりがすぐ美南になついたというのもあるが、それに加えて、話し相手に飢えていたのだろう。勤め先のスーパーでは、同年代の子はみんな独身のアルバイト。結婚しているのは年上のパートばかり。うまくやっていくには口の堅さも大切だ。うかつにものがしゃべれない。仕事帰りに寄る保育園は、ほっとできる数少ない場だったのかもしれない。

ひかりの父親からはまったく音沙汰《おとさた》がなく、帰国しているかどうかも知らないそうだ。彼女の方から連絡を取る気はないと言う。

「これ以上、失望したくなくて」

短い言葉に、受けた痛手の大きさがうかがい知れる。高校一年のクリスマスに告白されて付き合い始め、バレンタインデイに手作りのチョコレートケーキを手渡し、誕生日や夏休みの花火大会、秋の学園祭、修学旅行、体育祭、初詣《はつもうで》と、いくつものイベントを一緒に過ごした。たくさんの想《おも》い出《で》ができ、仲のいい友だちに囲まれ、温かな家庭について語り合った日もあったそうだ。

「病気や事故がほんとうにこわかった。その手のドラマを見たり漫画を読むたびに、目が痛くなるほど泣けて泣けて。離ればなれになる理由なんて他に思い浮かばなかった。まわりから理想のカップルと言われていたんですよ。先生たちにもひやかされて、何もかもがきらきらしてた。あの頃の私がこの世で一番好きだったのは、いったいどこの誰だったんだろう」

化粧っけのほとんどない彼女は実年齢よりずっと若く見え、大学生はもちろん高校生でも通りそうだ。やさしい顔立ちに、我慢強い几帳面《きちょうめん》な性格。学生時代はもっと明るく伸びやかに、笑ったりはしゃいだりしていたのかもしれない。

今はただ、自分がしっかりしなきゃと気を張る毎日のようだが、どこかでもう少し休めればいいのにと思っていたところ、指輪の話を聞いた。彼女にとっての大事な品なのだ。

けれどみつからないものはみつからず、憔悴《しょうすい》する母娘をなだめて帰し、美南は園に最後まで残って探しまわったが徒労だった。翌日は前夜にいなかった先生たちに尋ねてみたものの反応は鈍い。

園としては子どもが持参したものを紛失しても責任を負いかねる。入園時からくり返し、そう申し渡している。ひととおり探してはみるが、あとは運次第。おもちゃの間からひょっこり出てくるときもあるし、数ヶ月後に下駄箱の裏からみつかったものもあった。貴重品の管理はあくまでも各家庭の責任だ。みつかったらすぐに連絡しますと伝え、保護者に納得してもらうしかない。

美南にしても、保育時間が始まれば目の前の子どもたちの相手で精一杯だ。園庭を走りまわり、部屋で騒ぎ、歌って踊って作って壊して、元気な歓声と共に時間はたちまち過ぎていく。泣いていた母娘の姿は頭から離れないが、指輪の小ささを思うと園はあまりにも広い。

せめて、なぜ持ってきたのか、いつどこで鞄から出したのか、誰かと一緒だったのか、ひかりに訊いてみたいけれど、日頃活発な女の子がどんより沈み込んでいるのを見ては話しかけづらい。腫《は》れ物に触るような気持ちで見守っていると、ひかりは誰とも遊ばず口をきかず、園庭では砂場の縁に腰かけじっとしている。あるいは部屋の窓辺にたたずみ、ぼんやり外を眺めている。昼食にもほとんど手を付けず、昼寝の時間は布団《ふとん》をかぶって丸まっていた。

おやつの時間のあとそっと傍らに寄り添うと、美南を見るなり「せんせい」としゃくりあげた。大粒の涙をぽろぽろこぼす。それまではなんとなく美南を避けるようにしていたが、ほんとうは助けを求めていたのだろう。肩を抱いて根気よく慰めていると、日が落ちる頃からこんこんと眠ってしまった。

ひかりの落ち込みようは明らかだったので、それを見た旬太も元気がなかった。さりげなく指輪について訊いてみたが、顔を曇らせ黙り込む。気遣うようにひかりに向けられた視線からすると、旬太なりに言いづらい事情があるらしい。

お便り帳によれば、ひかりの母親もなんとか訊き出そうと根掘り葉掘り詰め寄ったらしいが、泣かれた上にやっと食べた夕飯をもどしてしまい、あきらめたと書いてあった。

「ぴりぴりしててもいいことないわよ。何も命を取られる訳じゃあるまいし。もっと大らかに構えてちょうだい」

ベテランの金子先生には音がするほど強く背中を叩《たた》かれた。ついでに肩を揉《も》まれてしまう。

「そのうちみつかるわ。そのうち。先生が深刻な顔をしていたら、子どもも暗くなるでしょ。ただでさえ逃げ場がないんだから。保育園にいるときくらい、のんびりさせてあげて」

「逃げ場？」

「母ひとり子ひとり、ここから帰ったあとは、ずっと鼻をつき合わせていなきゃならない。ストレスが溜《た》まると思うわよ」

たしかにふたりの住まいは古びた狭いアパート。他に行くあてもない。誰も訪ねてこないらしい。かつての友人の中には心配して連絡してくる子もいたそうだが、生活がちがいすぎるので会うのは気まずいと話していた。実家の両親や兄弟とも疎遠《そえん》のままだ。

「そうでした。大事な指輪だと知っているので、つい」

「だったらなおさらよ。ひかりちゃんは頭のいい子よ。お母さんの気持ちくらい、よくわかっているわ。何もわざわざ小川先生がどんよりした気分を増長させることはないの」

もっともな言葉にうなずくしかない。お迎えの時間が来ると仕事帰りの奈保子が現れた。どんな顔をしているだろうかと案じたが、彼女もまた気持ちを立て直したのか、何事もなかったかのように美南や他の先生に挨拶《あいさつ》した。

目が合ったその一瞬で、指輪がみつからなかったことは伝わったと思う。

「ご心配をかけて、ほんとうにすみませんでした。出てこなくても、もう大丈夫ですから」

「大丈夫って?」

昨日とは打って変わってさっぱりとした物言いだ。訊き返すと、奈保子は硬い笑みを浮かべた。

「私には縁がなかったんだと思います。そういうことって、あるじゃないですか。ひかりとふたりでこれまで通り、仲良く頑張ります」

「でも……」

「小さいものなので、どこかに紛れてしまったんですよね。先生も、もう気にしないでください」

まるで用意してきたセリフのようだった。表情も仕草もぎこちない。コインを積み重ね、一枚また一枚、そっと載せていくような緊張を感じさせる。いくら平静を装《よそお》っても、昨日の今日だ、気持ちはきっと揺れている。

けれど感情を押し隠し、口惜《くや》しがったり泣いたりせず、じっと耐えるのが奈保子だ。十八歳で子どもを産んでからずっと、そうやって頑張ってきた。いったいいくつあきらめ、いくつ「なかったこと」にしてきたのだろう。

「とにかくみつかったら、昨夜うかがったアドレスにすぐメールしますね」

美南もまた形だけの笑みを作った。できればちがう言葉をかけたい。けれど何があるだろう。もっと自分に正直に、などと不用意に言えないのだ。ひかりを迎えに来るのは彼女しかおらず、帰る家もひとつしかない。無理をしてでも、いいお母さんでいてほしいと思ってしまう。

「それで、ひかりは今日どうしていましたか」

「やっぱり元気がなかったです。お昼ご飯はいつもの半分も食べられませんでした。

お昼寝もできなかったようで心配しましたが、夕方からうとうとし始めて小一時間ほどぐっすり寝ました。起きてからは顔色も良くなって、おやつの残りのカップケーキを食べて。お便り帳に書いておきましたが、夕飯や寝る時間に影響があるかもしれません」

「ちゃんと食べたり寝たりしてくれたなら、よかったです。昨日はつい怒ってしまったから……。もう一度家の中を探したけどやっぱりなくて。なんで、どうしてと、ぐるぐるしちゃうんです。先生には何か言ってましたか？」

「いいえ。しょんぼりしていたので、その話には触れられませんでした。様子を見ながら明日にでも訊いてみます」

奈保子は力なくうなずいた。

「いやだったのかもしれませんね、あの指輪」

「は？」

「だって、おかしいじゃないですか。こっそり持ち出して、どこかにやってしまうなんて。私が浮かれていて、あの子は不愉快だったのかもしれません。いろいろ気を遣ったつもりだけど、知らず知らず顔や態度に出ていただろうから、そばで見ていて面白くなかったんじゃないですか」

「佐野さん」

「いいんです。縁がなかったんですから。きれいさっぱり、もうやめます」

ちょっと待ってくれと言いかけたが、部屋からひかりが出てきた。金子先生に背中を押され、それに抗《あらが》うように身をよじりながら下駄箱までやってくる。

「ぴかちゃん」

奈保子がいつもの愛称で呼びかけた。ひかりの肩がきゅっとすぼまり、おずおずと顔を上げる。

「何やってるの。ちゃんと靴に履き替えて。早くおうちに帰ろう」

にっこり微笑《ほほえ》んだ母親をまじまじと見つめると、小さな顔がくしゃりと歪《ゆが》んだ。身体がふくらんだように見えたのは緊張が和《やわ》らいだせいかもしれない。丸一日、張り詰めていたのだ。夕方の仮眠のあと、職員室の片隅で背中を丸めていた姿がふとよぎる。黙って静かに与えられたおやつを食べていた。大好物のバナナ入りカップケーキだった。いつもならひと口ごとに目を輝かせ、もったいなくて食べられないと騒ぎながら食べる。今日は無表情でひっそり口だけを動かしていた。味などわからなかったのかもしれない。

手を繋いだふたりの後ろ姿が門の向こうに消え、美南は足元へと視線を落とした。

簀《す》の子《こ》のせまい隙間《すきま》には指輪は落ちないだろうが、ここも昼間、ひっくり返して点検した。下駄箱の上にも裏にも見あたらなかった。もう気にしないでください、というきっぱりした奈保子の物言いと、おかしいじゃないですか、という感情的な声が交互に浮かぶ。どちらも奈保子の本音とはちがう気がする。心の中にあるのはもっと他の思いではないか。

「小川先生」

呼びかけられて顔を上げるとスーツ姿の隆平が立っていた。

「今そこですれちがいましたが、指輪、みつかってないんですね」

「ああ。はい……」

「ひかりちゃんでしたっけ。今日は園の中でどんな様子でしたか」

心配してくれているらしい。昨夜のやりとりを聞いていたので、隆平なりにひかり母娘のことが気になっているのだろう。

「しょんぼりしていました。砂場の縁にぼんやり座っていたり、部屋でも外ばかり眺めていたり」

「そうですか。だったら、指輪をなくしたのはやっぱり園ではないんですね」

「は？」

「昨夜、旬太に訊いてみたんですよ。どこでひかりちゃんの指輪を見たのかって。そしたら保育園じゃないと言われました。意味がわからなかったので、先生にも話しませんでしたが、旬太とひかりちゃんは保育時間外には会ってないはずです。スーパーやコンビニで偶然会ったというのも心当たりがない。だったら保育時間内で、保育園ではないところです。今の先生の話からすると、なくしたのがここでないから、ひかりちゃんも探そうとしてないのかな、と」

その通りだ。指輪をなくして大変なことをしたと思っているのなら、なんとしてでもみつけ出そうとするはずだ。じっとしていられないのがふつうではないか。けれど今日一日、ひかりはうなだれるばかりだった。

「指輪を持ってきたのが一昨日《おととい》なら、その日、どこかに出かけたんじゃないですか」

「ああ……」

思い返してすぐ浮かぶ。

「いいお天気だったので、一キロほど離れたところにある三丁目の『おひさま公園』まで足をのばしました。ひかりちゃんはそこに指輪を持っていったのでしょうか？」

子どもたちは手ぶらだったが、小さな指輪ならばズボンのポケットに入る。

「でもなんで言わないのかしら。公園なら公園と教えてくれればいいのに」

「よく行く場所ですか」

「いいえ。久しぶりですね。年中さんになってからは初めてかも」

「めったに行かず、一キロも離れているなら、子どもにとってはうんと遠いところですよ。言うのも恐《こわ》かったんじゃないですか。みつからない、というのがいよいよ決定的になる気がして」

園の中ならそのうちみつかる、どこからかきっと出てくる、励まし合うように話していたのが、逆にひかりを追い詰めてしまったのかもしれない。おひさま公園は近隣では一番大きな児童公園だ。あそこで落としたなら探すのは至難の業だと、とっさに多くの人が思う。誰より奈保子は真っ先に絶望的な思いにかられるだろう。ひかりは知られるのを恐れたのかもしれない。

「言わない、ではなく、言えなかったんですね」

「まだわかりませんよ。かもしれないという可能性です」

「交番に届け出るよう、ひかりちゃんのお母さんには話してみます。いい人が拾ってくれたら、届けているでしょうから」

隆平に気づいた旬太が今日はすぐに飛び出してきた。隆平と離婚した元妻が現れて旬太を連れて帰ったこともあったが、あれきり話を聞かない。美南としては突然現れる「また」がある気がしてならない。母親の誕生日に一緒に過ごした旬太も楽しいととばかりではなかったようで、何があったのだろう。

そしてバツイチ同士、マリ子と隆平は子どもたちの仲がよく、八ヶ岳のロッジに出かけるプランを立てていた。堂々一泊旅行かと、美南の胸は騒いだが、それを知った他の家族が合流し、以来、隆平の方は久保田絵美の父親と親しい。

ついこの前も誘い合わせて動物園に出かけていた。メンバーにマリ子が入ってないと知り、意外だった。別の家族が加わり、旬太にしてもこのところ男の子の友だちが増えている。

「こんなに暗いのに。行ってもしょうがないでしょ。みつかりっこないよ」

「すぐ帰る。ほんのちょっとだけ」

「言い出したら聞かないんだから。ひとりじゃ危ないってば」

「大丈夫。防犯ブザーも懐中電灯も持っているし、あそこ、夜は犬の散歩で賑《にぎ》わうみたいなの」

早番だった沙耶から携帯に電話が入った。園を出て、おひさま公園に向かって歩いている途中だった。休日の相談だったが、指輪の件を話すと大きなため息をつかれた。

遅番で一緒だった金子先生には内緒にしてしまった。ため息どころか腕を摑《つか》まれモノレールの駅まで引っぱって行かれそうだ。無駄足であることは百も承知していた。昼間歩いてもみつけられそうにないアスファルト道路を黙々と進み、ジョギングやウォーキングをする人たちとすれちがう。街路灯や家々の門灯だけが明るく、それらが途切れて空き地が続くと虫の音が聞こえる。目を凝らしても雑草しか見えない。通り過ぎた家からテレビの音が漏れ聞こえ、ほっとした。

寒暖の差が激しい十月の初め、ジャケットを着ていれば寒さを感じる夜ではないが、暗がりというだけで体感温度が下がる。ひかりはどんなふうに歩いていただろうか。道々思い返してみたが、これといって浮かぶものはなかった。出かけたのは美南の受け持つもり組の二十二名。他に引率の先生がふたりついていた。

九時半に園を出発し、子どものんびりとした足で歩いていったので、到着したのは十時少し前。中央の広場でふたりの先生が子どもたちを遊ばせている間、美南は遊具の置いてあるエリアに宝探しの封筒を隠した。子どもに人気のあるゲームだ。この日は真っ赤な封筒に手作りのカードをしのばせ、滑り台のてっぺんやベンチの下、植木の間にそっと置いた。

そして大歓声と共に宝探しが始まり、あっちこっちで封筒をみつけて、すべて子どもたちが見つけ終わると、あとは自由時間になった。よーいどんのかけっこや、手つなぎ鬼、だるまさんが転んだ、それにいろんな色探しをして遊んだ。

十一時半に公園を出て、園に戻ったのは十二時前だった。指輪をなくしたのが園の外だったとして、ひかりはいつどこでそれに気づいたのだろう。一昨日の昼食に目立った異変はなかった。あるとすればちょっとしたケンカがあったくらいで、ひかりではなく同じクラスの男の子ふたりが食べ物の好き嫌いをめぐっていさかいとなり、巻きこまれた女の子が押されてシチューをひっくり返した。

そのあと始末に手がかかり、他の子の様子に気が回らなかった。ひかりが給食をたくさん残した覚えはないが、機嫌良く朗らかに平らげたかどうかはわからない。

美南が単身、おひさま公園にたどり着いたのは夜の九時半近かった。照明があるので真っ暗というわけではないが、遊具の陰や植え込みの向こうに闇が濃く横たわり気味が悪い。犬を連れている人がいて安堵《あんど》するも、若い女性がひとりで入るには不自然すぎる場所だ。ぼんやり立ち尽くしていては、不審者に思われかねない。

美南は鞄の中から懐中電灯を取りだした。スイッチを入れて、ともかくひととおり歩いてみることにした。子どもたちが遊んでいた場所といっても、かけっこをやっていたような広いスペースではなく、周囲を重点的に見てまわる。

途中で思い出した。ひかりが旬太と一緒にいるところを見たような気がする。ふたりだけでなく、理斗や絵美もいた。数人の子どもが固まって、何かをのぞき込んでいるように見えた。あれがもしかして指輪？　そういえば、ひかりが中心にいたかもしれない。

記憶を頼りに子どもたちがいた場所やブランコの裏まで行ったものの、あたりには雑草が生い茂っている。とても懐中電灯ひとつではみつけられない。

「無理」

わかりきったことをつぶやいて、美南はベンチに座り込んだ。奈保子は今ごろどうしているだろう。我慢に我慢を重ね笑顔を作り、親子でテレビでも見ているだろうか。それともひかりになぜ保育園に持っていった、怒らないからほんとうのことを言ってと、くり返しているのだろうか。

空を見上げると月も星も見えない闇夜だ。

そのとき、近づく足音があった。顔を向けると――。

「志賀さん」

スーツ姿ではない隆平が、美南の座るベンチへとまっすぐ歩み寄ってくる。

「どうして、ここに？」

「先生がいらしてるんじゃないかと思って」

「旬太くんは」

振り向いて指を差す。ベンチのすぐ背後、植え込みの先に乗用車が見えた。

「寝てしまったので毛布をかけてきました。大丈夫ですよ」

いいですかと断わって、隆平がベンチのとなりに腰を下ろす。

「なくしたという指輪、そんなに特別なものですか」

「ええ、佐野さんのお誕生日が九月なんですよ」

言葉を交わしていても、夢を見ているのかと思ってしまう。タヌキにでも化かされてないならいいけれど。上着には見覚えがあった。保護者懇談会のときに着ていたような気がする。光沢のあるグレーの生地、ポケットの縁やカフス部分に黒のアクセントが入った、スタンドカラーのジャケットだ。ぼんやりと見入る。

「なるほど」

え？

「何がなるほどなんですか」

「指輪には青い宝石がついていたのでしょう？　旬太が言ってました。九月の誕生石、サファイアではないですか。佐野さんはどなたかにその指輪をもらったのでしょうね」

「それはちょっと」

「今付き合っている、男性ですか」

どうしてそれを。

「夏祭りのときに一緒にいるのを見かけました。スーパーの仕入れ担当をしている人で、園にもときどき来るそうですね。輪投げゲームを担当していた、よそのクラスのお母さんが言ってました。名前はえっと……」

「富岡さんです」

一瞬、マリ子から聞いたのかと思ったが、出所はちがうらしい。いずれにせよ噂話がまわるのは早い。イベント時に一緒にいれば、いやでも人目につき一気に広まる。奈保子の場合は隠さなくてはならない事情があるわけではない。相手の富岡は三十代半ばの独身だ。

標準よりぽっちゃりめの体格、下ぶくれのムーミン顔。風采《ふうさい》はあがらないが気さくで陽気な、なごみ系の人柄だ。奈保子と同じスーパーに勤め、園との関わりもあり、給食担当の栄養士と食材選びで丁々発止のやりとりを繰り広げている。

「佐野さん、私とひとつしか年が変わらないんですよ。高校生のときに赤ちゃんができて、卒業した年の夏にひかりちゃんが生まれて。それからずっとひとりで育ててきたそうです。私は年少クラスから受け持っているので、もう一年半。いろんな話をしてくれるんです。富岡さんのことも』

「ひかりちゃんの父親は高校のときの同級生だそうですね」

耳にした噂の中に、それもあったのだろう。

「一緒に名前を考えて、男の子でも女の子でも『ひかり』にしようって決めたそうです。結婚するつもりはあったんですよね。どうして急に心変わりしてしまったのか。相手の男性は反対する親のいいなりになって結局、彼女も子どもも捨ててしまった。ぜんぜんわかりませんよ。考えるたびに腹が立つ。私の勝手な邪推かもしれませんが、どうせ自分に子どもがいるとはおくびにも出さず、ふつうの大学生の顔をしてキャンパスライフを楽しんで、サークルやコンパにも参加していたんですよ。その間彼女は乳飲み子を抱え、朝から晩まで働いて、飲み会どころかゆっくりお茶も飲めない。おしゃれもできない。あまりにも不公平です」

凪も吹かない闇夜の静けさに乗じて、つい一気にしゃべってしまった。となりにいるのは同僚でも友だちでもなく受け持ち園児の保護者だと思い出したが、一度口にした言葉は回収できない。訂正もフォローもとっさには思いつかず、そっと傍らを窺《うかが》い、さらによけいなことを口走ってしまう。

「志賀さんはどう思います？」

他の誰でもない。隆平が今の話について何を思うか知りたかった。

「ほんとうのところはわかりませんが、それなりに想像はします」

「どんな？」

「その同級生の彼には、高卒で働き、妻子を養うという現実が選べなかったんでしょうね。現役で志望校に受かり、高校卒業後の四月から大学生になったと聞きました。授業料その他、すべて親がかり。その親の反対を押し切って結婚するというのは、退学して明日から働くことを意味している。だとしたらつまり、それができなかったんだろうなと」

「佐野さんは子育ても仕事も始めたんですよ。彼女だって大学に行きたかったと思います」

ふたりが通っていたのは名の知られた進学校だった。

「どちらも子どもの親なのに、一方に押しつけて自分は逃げてしまうなんて」

隆平はうなずいてから、おもむろに口を開いた。

「彼にとっては、四年制大学を卒業し、それなりの会社に就職する道を失うことが、恐ろしかったんじゃないですか。世間は十八歳で子持ちになる自分を落伍者《らくご》とみなす、待ち受けるのは貧困にあえぐみじめな暮らし。誰よりも、彼自身がそう思ってしまった。勝手な勘ぐりですが、そういう人間は少なからずいるので」

隆平の口から言われると、説得力のある言葉だった。離婚の際、旬太を引き取ると、社内ではたかが子どものために、人生を棒に振るのかと言い放った人がいるらしい。

「我が子を失うより恐ろしいことがあるんですか」

「子どもは母親が育てればいいという刷り込みが、大なり小なり男にはありますからね。いくらでも都合のいい言い訳は出来る」

「でも志賀さんは旬太くんを選んだじゃないですか」

「この前話したように、ただの意地です。ひかりちゃんの父親とのちがいは別にあって、私はむしろ、変わりたかったんですよ」

「変わる？」

美南に言われ、隆平はすかさず首を捻《ひね》る。

「大学を出て大手といわれる会社に入り、仕事はできた方だと思います。まわりから頼られ、そこそこのポジションに就いて、同じ会社の憧《あこが》れだった女性と結婚しました。子どもにも恵まれ、自分としてはなんの疑いも持たず、公私ともに充実している気でいました。けれど妻は不満だらけで、他の男と付き合い、離婚したいと言い出した。そうなって初めて、自分はなんの面白味もない、ひどく退屈で殺風景な人間だと思い知りました」

相槌《あいづち》を打つこともできず美南は握った拳《こぶし》を膝《ひざ》の上にそろえた。

「離婚し子どもを手放したら、独身男に逆戻りです。バツイチにはなったけれど仕事には支障がない。そのうちまた誰かと付き合い、結婚するかもしれない。身持ちの堅い女性であれば今度はうまくいくかもしれない。漠然と未来が見えたとき、心底うんざりしました。自分のことを退屈でつまらない男だと呆《あき》れていながら同じことをくり返そうとしているって。ひかりちゃんの父親がそれまで歩いてきた道を守りたかったのなら、私は逆です。ひっくり返してみたかった。彼は今、二十三、四でしょう。十年後、三十三、四になったとき、どうしているのかな。何を思い、どんな暮らしをしているのか」

いい大学を出ていい会社に入り、いい暮らしをしているのかもしれない。大学時代、あるいは入社してから知り合った人と結婚し、子どもをもうけているかもしれない。その結婚相手は、彼が十八の時に生まれた子どもの存在を知らされるのだろうか。当時の同級生の多くは知っているはずだ。隠し通せるものじゃない。

隠す——。我が子のことを隠さなければならない人生の、どこが素晴らしいのだろう。やむなく別れたのではない。自分の意志で切り捨てたのだ。

「私、佐野さん親子のことを思うと、口惜しくて腹が立ってたまらなかったんです。でも彼がいるのは人が羨《うらや》むようなところではないんですね」

気に病んでいるにしても、忘れて陽気に過ごしているにしても、救いがたい欺瞞《ぎまん》に満ちている。

「そうですよ。十年経《た》ったらひかりちゃんは中学生。佐野さんはそれからでも自分のやりたいことができる」

隆平の笑顔に、美南も微笑んで応《こた》えた。十代後半から二十代、ひとりで子どもを育てるしんどさは他と比べようもないが、失うだけでなく得るものもきっとある。

「すいません。十年後ではなく今の話をしていたんですよね。指輪を贈ったのは富岡さんでしたか」

「はい。過去のいきさつがあるので、佐野さんもすごく慎重というか、後ろ向きというか、男の人との交際はぜんぜん考えられなかったみたいです。でも職場で顔を合わせているうちに人柄や考え方に好感を持つようになって、この人はちがうと思えたそうです」

これを美南に打ち明けたとき、奈保子はおびえて見えた。とても恐ろしいものに手を伸ばすような切羽つまった緊張感を漂わせていた。かつては思いがけないものが牙《きば》を剝《む》き、彼女に襲いかかった。今度だって保証はない。自分だけでなく、悪くすればひかりも傷つけてしまう。

不安や迷いが大きかったのだろうが、彼女の中ですでに富岡への気持ちは固まっていたのだ。そして目に見えて明るくなった。

「誕生日の指輪には特別な意味があるんでしょうね」

「だと思います」

「サファイアの指輪か」

「ひかりちゃんもなついていますし、富岡さんのご両親も賛成してくれたそうです。ほんとうに、あと一歩のところまで来ているのに。大事な指輪がなくなるなんて」

奈保子は幸せが逃げていく不吉な予感に囚《とら》われ、すっかりナーバスになってしまった。ひとりで大きなものを抱えてきた彼女は、針の振れ方も激しいのかもしれない。落ちついて考える余裕がない。

「青い宝石のついた銀色の指輪は、白いひらひらのものに包まれていたそうです。どうやらレースのハンカチらしい」

「旬太くんが言っていたんですね」

「公園では、どんなことをしましたか」

鬼ごっこやかけっこ、宝探しゲーム、手遊び歌、しりとり。隆平に話すと「ああ」と短い声をあげた。

「宝探しですか」

「ほんのささやかなゲームですよ。赤い封筒の中に手作りのカードを入れて、それを探すんです」

「旬太はみつけられなかったけれど、理斗くんはみつけたらしい。封筒は先生に返すんですか？」

「特に決まっていません。表に『かえで保育園』と書いてある、ふつうの封筒ですもの。カードは返してもらいますが、封筒は返す子もいれば返さない子もいます」

「指輪は、宝物の袋に入れたんじゃないですか？　理斗くんがひかりちゃんに赤い封筒をあげたようなことを旬太が言ってました」

「ひかりちゃんの持っていた指輪は、封筒の中に？」

「レースのハンカチに包まれた指輪です。そのあと遊んでいるうちに落としてしまったんでしょう。気がついて、あわてて探したけれどみつからなかった」

封筒ならば小さくない。ひかりは心当たりを見てまわったけれど発見できず、封筒を手にしている子に訊いてみても指輪は出てこない。だから煙のように消えてしまった、もうみつからないと思ってしまったのか。公園でなくしたとはよけいに言いづらかった……。

「状況を知らずに持ち帰った子がいたとしても、ハンカチや指輪に気がつけば本人や家の人が言いますよね。何か連絡は？」

「ありません。落としたのは帰り道でもないと思います。あの日は最後尾を主任先生が歩きました。落とし物がないか気をつけながら歩くので、小さな指輪ならともかく封筒は見逃さない」

「だったらやはり、この公園のどこかに落として、それきりになっているのでは？」

隆平に言われて、美南は背筋を伸ばすと夜の公園を見渡した。静まりかえっているが、犬の散歩やジョギング途中の人たちがいた。広場では手足を大きく動かしている人たちもいて、どうやらストレッチをしているらしい。

「誰かに拾われて、どこかに持って行かれたのかしら。さっき懐中電灯でひととおり見てまわりましたが、それらしいものはなかったです」

「封筒には園の名前が書いてあるのでしょう？　この公園を管理している人や掃除の

人がみつけたら、声をかけてくれますね」

「だといいんですけれど。何度も言うようにただの封筒で、中身は他愛《たわい》もないカードですし」

「ちがいますよ。ひかりちゃんが落としたのにはカードが入ってない」

もっともな指摘に美南は瞬《まばた》きしてうなずいた。

「指輪ですよね。だったらよけいに出てこないかも。良心的な人なら警察か園に届け出ているでしょう？　連絡があるはずです。そうでない人なら盗《と》ってしまうかも」

「先生、拾った人が中身をのぞいてまず目にするのは、レースのハンカチですよ。封筒にあるのは保育園の名前。となると、『ああ、園の子どもが落としたのか』と思うでしょう。ここから帰る道すがらなら立ち寄ってくれたかもしれないが、まったくの逆方向だったらどうします？」

さあ、どうするだろう。問いかけられて、美南は黙り込んだ。隆平は何が言いたいのか。封筒の中身がハンカチならば、そのまま置いていくかもしれない。歩きまわったときに何気なく確認したが、ゴミ箱の中身はほとんどからっぽだった。公園のゴミ収集日は今日だったのだろう。

「ゴミ箱にも封筒らしきものはありませんでした」

「捨てた可能性もたしかにあります。でもほら」

彼の視線の先に、犬を連れた人がやってくる。体格も毛並みも美しいシェットランドシープドッグだ。美南たちの目の前を通りすぎ、出入り口で老夫婦の連れたコーギーとすれちがった。コーギーは公園に入ると柵《さく》に沿った植え込みの間に入りたがって、婦人にたしなめられる。

ジョギングや散歩の人なら、あんなところに立ち入ったりしない。気にせず分け入るのは子どもや犬、あるいは猫だろう。

あの日、ひかりにはみつけられなかった封筒を、散歩中の犬なら難なく発見するかもしれない。飼い主もすぐに気づき、噛《か》んだり舐《な》めたりする前に取り上げる。そして隆平の言うとおり中身をのぞきハンカチであるとわかり、かえで保育園の名前も確認する。その人はどうするだろうか。

「犬がみつけた封筒に、指輪が入っていると気がついたら、連絡をくれたかもしれませんね。でもハンカチだったら、どうするかしら。落ちていた場所に戻すってこともないでしょうが……。誰かが踏んだり、よその犬が遊んだりしないよう、目に留まりやすいところに置いてくれたのかな」

「そうですね。もうひとつ。雨に濡《ぬ》れないようにしておいてくれたのかもしれません」

「志賀さん、心当たりがあるんですか」

まるでそんな口ぶりだった。

「もしも自分だったらと考えたんです。犬の散歩中、飼い主が常備していそうなもので、気軽に使えて、あとから他の人が見たとき、『保育園の落とし物だ』とすぐ気づくような方法。それを使って封筒を安全な場所に移しておく」

「なんですか、それ」

「私だったら、透明なビニール袋に入れて、木の枝にぶら下げますよ」

あっと声を出し、美南は視線を木立へと動かした。自分は落とし物しか考えず下ばかり見ていた。

「遊具だと、それで遊ぶ近所の子どもがいたずらしそうですから、探しに来た大人向けの場所がベストです」

なくしたのは一昨日の昼間、今日を入れて三日。幸い雨は降っておらず、まだ下がっているかもしれない。

隆平は一旦《いったん》、旬太の様子を見に行ったが戻ってきて、一緒に木立の間を見てまわる。今度は懐中電灯を上に向けた。と、シーソーの奥、桜の木の枝にかさこそと音を立てるものがあった。吹き始めた風に煽《あお》られ、しぼんだ風船が揺れているように見えるが、歩み寄るなり背中がぞくぞくした。

「志賀さん、ありました！　封筒が入ってる」

隆平がほどいて美南に渡してくれた。スーパーの小さめのビニール袋だった。中から封筒を取り出すと、隆平が懐中電灯を持ってくれた。そっと大事に、震える指先で三角形の封を開く。まっ白なレースがのぞいた。慎重に引き抜き、折りたたまれた布きれを手のひらに広げる。

「あった。指輪――」

銀のリング、青く光る宝石。目にしたとたん胸がいっぱいになった。幸せは彼女の細い指からすり抜けていない。ひかりもどれだけ安堵するか。ついつい涙ぐみそうになる。

「先生」

柔らかな声に、高ぶっていた気持ちがふっと鎮《しず》まる。

「すみません、私ったら」

「いいえ。よかったですね」

「佐野さんに連絡しなきゃ。メールするって約束してるんです」

あわてて鞄から携帯電話を取りだし、公園でみつけたと短いメールを送った。電話番号も添えたので、折り返しすぐかかってきた。涙声だ。ありがとうございますと言いながら背後の誰かとしゃべっている。どうやら富岡が一緒にいるらしい。親子の様子を心配してアパートに来てくれたという。ほっとした。大きな窓が一気に開け放たれた気分だ。

「どうでした？」

「とても喜んでいました」

彼女は指輪だけでなく、幸せも失っていない。

「ひかりちゃんも今日は安心して眠れますね」

「志賀さんのおかげです。ありがとうございます」

指輪をもう一度丁寧にハンカチでくるみ、今度は封筒ではなく鞄の内ポケットにしまった。しっかりジッパーをかける。

「ビニール袋を下げてくれた人にお礼が言いたいけど……。そうだ」

こういうときには頼りになる自分の鞄だ。しゃがみこんでがさごそまさぐると、隆平が懐中電灯で照らしてくれた。ファイルの中から、丸い穴がひとつ空いた白紙のカードを引き抜く。その場で「ありがとうございます」の文字を入れ、笑った園児の顔とハンカチのイラストを添えた。短く切った紐《ひも》を通し、桜の枝にくくりつける。

「数日経ったら、回収しておきます」

「気がついてくれるといいですね」

桜の枝から離れ、さっきまで腰かけていたベンチの前を通りすぎ公園から道路に出る。

「先生、よかったら乗っていきませんか」

柵に沿ってシルバーグレーの乗用車が駐《と》まっていた。

「ここから駅まではかなりあります。女性がひとりで歩くには不用心ですよ」

「はあ……でも」

保護者の車に安易に乗るのはためらわれる。断るべき行為であることにまちがいない。不測の事態というほどでもないのだ。かといって、時計を見ればすでに十一時近かった。

「以前も遅くまで園に残ったことがありましたね。ほら、品川巧巳くんの件で」

「彼に事情を聞きに行った夜ですね。志賀さんにはお世話になってばかりです」

「あのときは送れなかった。旬太をおんぶして歩道橋の下まで歩いただけでした」

忘れもしない。物言いたげな隆平がじっと自分を見つめ、気になったけれど会釈《えしゃく》だけして背中を向けたのだ。

「志賀さん、何か言いたそうな顔をしてませんでしたか」

「してましたね。先生がうちまで来てくれれば車がある。乗せて送れると気がついたんですけど言い出せなくて」

そうか。そういうことか。自分も気になっていた落とし物をみつけたような気がした。

「今日はわざわざ取りに行かなくてもここにある。乗りませんか？　それとも保護者の車はやはりＮＧですか」

正しい返事は決まっている。気遣いだけありがたく受け取って、断るのがルールだ。相手がシングルの男親ならなおのこと、きちんと一線を引かなくてはならない。でもほんの少し眉《まゆ》を寄せ、真剣な目で返事を待つ隆平を見て、「けっこうです」とは言えなかった。

車の助手席には毛布を掛けられて旬太が眠っている。その柔らかな髪に触れたい衝動にもかられた。

「お願いしてもいいですか」

「もちろんです。自宅までお送りしますよ。大船でしたね」

ロックが外され、美南は後部座席のドアから車内に入った。隆平は運転席に収まりエンジンをかける。前と後ろで、並んで歩いていたときより距離はあるのに、今までで一番、隆平を近くに感じた。

手を伸ばし、旬太の髪と頬に触れた。寝息も規則正しく健やかな眠りについている。

「ひかりちゃんももう寝たかしら」

「先生もお疲れですね。夕飯、まだでしょう？」

「送っていただけたら、すぐですから」

車がなめらかに発車した。目印として自宅の近くにあるファミレスの名前を言うと頭の中に地図が浮かんだらしく、わかりましたと返事があった。

「でもひかりちゃん、なんで指輪を持ち出したのかな」

走り出してしばらくして、美南はぽつんとつぶやいた。ちょうど赤信号で車が止まり、隆平が半分だけ振り返った。

「先生の結婚ですよ」

「私、しませんよ」

「小川先生ではなく、他のクラスの先生で、結婚する人がいるんでしょう？　子どもたちも噂《うわさ》を聞きつけ、にわかに結婚ブームが起きているようです。両親の結婚式の写真を持ってきて見せ合ったり、どこでどういう式を挙げたか話をしたり。ハワイで挙げたお宅もあるみたいですね」

「そういえばおもちゃのピアノで結婚行進曲を弾いている子がいました」

「旬太も私たち——離婚した妻との写真を探していました。なんだろうと思って理由を訊《き》いたんですよ」

両親が別れて片親の子どもでも、結婚式の写真があれば、それを友だちに見せたいと思ったのか。大人は苦々しく眺めるが、子どもにとっては笑顔にあふれた晴れの日の両親だ。

「ウエディングドレスのお母さんはとってもきれいで、旬太くんの自慢なんでしょうね。でも、ひかりちゃんのところには写真もなくて」

当然ながら母親は式を挙げていない。エピソードも聞けない。

「それで、指輪を保育園に？」

「結婚を約束したプレゼントなら、大いばりで見せられますよね」

隆平の言葉にうなずくと同時にかわいらしい笑顔が浮かび、目の奥がツンと痛くなった。富岡からの贈り物を、ひかりはいやがっているのではないかと奈保子は案じたが、逆だろう。もうすぐお母さんは結婚する、幸せな花嫁になるのだと誇らしい気持ちで持ち出したにちがいない。

公園で理斗に見せていたシーンでも、担任としてうっすら思い当たることがあった。ひかりは理斗が好きなのだ。好きな男の子に見せたくて手のひらに乗せ、きれいだね、本物の宝物だと言われ、それにふさわしい赤い封筒をもらった。大喜びで丁寧に大事にしまったのだろう。

「みつかってよかった」

「ティッシュはそこにありますよ」

顔を上げるとバックミラー越しに、隆平と目があった。鼻を鳴らしたのが聞こえてしまったのか。あわててきょろきょろするとボックスティッシュが後部座席にあった。買ったままの箱が無造作に転がっている。かわいいカバーなどかかっていないそれを手に取り、膝に乗せ、なぜか自然に頬がほころんだ。

運転席には隆平、助手席にはすやすや眠っている旬太、そして後ろの席に自分。車は滑るように走り、車窓の向こうにあるのは見慣れたいつもの街角や交差点なのに、どこか知らない世界に運ばれているような気がしてならなかった。

翌日、朝の登園時に指輪とハンカチを奈保子に返した。ひかりは飛び跳ねるようにして喜んだのちに友だちをみつけ、園庭に駆け出した。晴れ晴れとしたいい顔をしていた。

「ほんとうにありがとうございます。金額からしたらそんなに高価なものじゃないんです。私がそういうのをお願いしたので」

「スターサファイアでしょ。とってもきれいです」

青い石の真ん中に白い輝きが見える。

「指輪がなくなって、富岡さんに合わせる顔もなくなって、昨日のお迎えのときにはもういいやって思いました。縁がなかったんだ、あきらめようって自分に言い聞かせたんです。でもアパートに帰ったら無性に哀《かな》しくて涙が止まらなくて。ああ私、一緒にいられるようになるのを楽しみにしていたんだ、失いたくないんだと気づかされました。ひかりがそれを見て、ごめんなさいと泣き出して。この指輪、お友だちに自慢したかったんですって」

「そうなんですよ。ここしばらく、子どもたちの間で結婚ブームがあったみたいです。すみません。私、気づかなくて」

「先生があやまることじゃないですよ」

目尻《めじり》を指先で拭《ぬぐ》いふふっと笑い、奈保子は肩をすくめた。

「親子で大泣きしているところに富岡さんから電話が入って、心配して来てくれたんです」

いったい何があったのかと驚きあわてた富岡は指輪の紛失を聞き、鷹揚《おうよう》になだめただろう。寄り添った三人が新しい家族になることを願わずにいられない。

「先生には浮いた話って、ないんですか」

「ないです。ぜんぜんまったく」

首を横に振っていると足音が聞こえ、振り向くと隆平たち親子だ。気持ちが浮き足立つ。固い地面にすっくと立っているのに、なぜかふわりと足の裏の感触がなくなる。よぎるのは昨夜の思いがけないドライブだ。送ってもらったことは誰にも内緒。だからここでありがとうございますとは言えない。ひかり母娘《おやこ》の話が一段落したのちに、流れていたのは美南の知らない洋楽で、もう一度聴いてみたいけれどなんというグループのアルバムなのか、訊けなかった。

車内で交わした会話はよく覚えている。先生はずっとこちらですかと訊かれ、小さい頃は保土《ほど》ヶ谷《や》にある社宅住まいだったと答えた。小学一年生の三学期に引っ越し、それ以降は大船に住んでいる。志賀さんはどちらですかと尋ねると、北関東の都市名を口にした。高校までは親元にいて大学進学を機に上京したそうだ。

話している間にも車は美南の家に近づき、交差点を抜けウィンカーを出して左折し、後部座席から身を乗り出すと「右です」「左です」と指示を出しながら、運転席の横顔に見入ってしまった。まっすぐ前を向く隆平は気づいていただろうか。ハンドルを切るなめらかな手さばきも、何もかもが遠い昔の出来事のようだ。まるで車が完全に停止したときのように、ぽっかり心に穴が空く。

旬太が「先生！」と笑顔で呼んでくれた。

「おはよう。今日も元気だね。いっぱい遊ぼうね」

「おはようございます」

隆平に声をかけられ「おはようございます」と応じたが、隆平は何もなかったように平然としている。たしかに何かあったわけではない。でも、なんでもないことだったの？　聞けないし、自分もポーカーフェイスを崩せないけれど。

隆平は身じろぎし、左右を見て誰もいないのを確かめる。かすかな目配せを受けて、美南の頬が熱くなる。送ってもらったのは夢じゃない。

彼の今日のネクタイは夜を思わせる濃紺に、青い星がひとつ瞬《またた》いていた。

第六話　発熱の午後

待ち合わせは大船駅の構内だった。日曜日の午前十一時、美南が改札口を通り抜けると、探すまでもなく紺色のジャケットをはおったカツミが手を振って近寄ってきた。東海道線のホームに下りて、東京行きの電車に乗る。

銀座で開かれている絵本作家の原画展に誘われたのは、ひと月も前のことだった。片道一時間もかからないのに、都心の繁華街は気持ちの上で遠く、返事を保留していたところ、つい三日前、サイン会の整理券が手に入ったからとカツミから連絡があった。

もとより好きな作家ではある。本人に会えてサインまでもらえる機会とあっては、乗らずにいられない。素直に楽しみだ。気軽に行くと答えたが、ふたりきりというのは想定外だった。最初に原画展の話を聞いたときは同僚の丸石沙耶や木村敦子もいて、てっきり彼女たちも一緒だと思っていた。でも整理券は二枚しか手に入らなかったそうで、再び声をかけられたのは美南だけだった。沙耶にはいいじゃないのと背中を押され、渋い顔をしてみせたものの、断るのも気が引けた。へんに意識しているみたいで。

美南からすれば、カツミはやたら人なつこくて調子がよく、見た目も爽《さわ》やかな好青年そのものだが、本人がそれを自覚も計算もしているような、イマイチ信用できない男だ。いつの間にか付き合いも長くなり、勝手に抱いている偏見をときには遠慮なくぶつけたりもする。向こうもちゃんとわかっていて、最近はかなり素をさらしているような気がする。

横浜駅で人が降り、ふたつ空いたシートに並んで座った。このところのかえで保育園はハロウィンで盛り上がっている。車中で飾り付けや工作についてカツミのアイディアを聞き、毎年恒例となっている園長先生の仮装にふたりして噴き出した。さらにこの先のイベント、クリスマスの相談をしているうちに電車は新橋駅に到着した。そこから山手線に乗り換え有楽町で降りる。昼食は数人並んでいるパスタ屋で順番を待ち、席に着いてメニューを選び、それをたいらげて食後は銀座までぶらぶら歩いた。

秋から冬へ、季節を先取りしたショーウィンドウはどれも洗練されている。ファーをあしらった冬のワンピース、タイトなレザージャケット、豹柄《ひょうがら》のパンプス、身につける機会などないだろうが、うっとり見とれてしまう。遅れがちの美南に、カツミは文句も言わず、歩く速度を合わせてくれた。

「いつもジャージとエプロンだから、ここは別世界みたい」

湘南モノレール沿線にあるかえで保育園は、キャベツ畑に隣接し、のどかな環境は乳幼児の成長には適しているだろうが、二十五歳女子がおめかしするのは入園式、卒園式といった数少ない機会しかない。

「たまに見るからいいんだよ。いつもこれなら疲れるって」

「ここまでじゃなくても、もうちょっとおしゃれな先生になりたいな」

「へえ。みーちゃんでも、そんなこと考えるんだ」

カツミはわざとらしく見開いた目をすぐに細め、涼やかな笑顔を浮かべた。似たような界隈《かいわい》に暮らしているくせに、こちらは「湘南」というブランドイメージを損なわない風貌《ふうぼう》で、銀座でも違和感なくすんなり溶け込んで見える。ちょっと憎らしい。そして羨《うらや》ましい。

「期待してるよ。面白そうだ」

「なんでそこに面白いが出てくるかな。コスプレの話じゃないのよ」

言い返しながら信号待ちをして大通りを渡り、原画展の開催されている百貨店に入った。六階の会場にはサイン会用のブースが設けられ、美南たちが到着したときにはすでに行列ができていた。あらかじめ入手していた整理券は三千五百円。カツミにその分を支払い、受付で入場チケットや図録と引き替えた。サイン会そのものに料金がかかるわけではなく、直筆サインをしてもらう図録の値段だ。

人気絵本作家だけあって整理券は事前に完売し、原画展そのものも大盛況だった。そちらはあとからゆっくり見るとしてサイン会の列に並んだ。するとカツミに気づき、歩み寄ってくる人たちがいた。出版関係者や同業者であるイラストレーターだ。にこやかに挨拶《あいさつ》を交わし、親しげに雑談する。連れである美南に気づき、「友人です」と紹介されて意味ありげに目尻《めじり》を下げる人もいれば、おどけた仕草でうなずく人もいた。

絵本作家その人もカツミとは旧知の間柄らしく、順番が来てカツミの顔を見るなり、よく来てくれたね、ありがとうと相好《そうごう》を崩した。一緒にいる美南が保育士と聞けば、子どもにどの絵本が人気かと気さくに話しかけてくる。緊張を通り越し、夢見心地のひとときとなった。

興奮覚めやらぬまま原画展を見てまわり、百貨店を出たのは夕方だった。近くの喫茶店でひと息つき、有楽町まで日暮れの銀座を歩いた。新橋駅の東海道線を待つホームで夕飯に誘われ、大船駅で生ビールの美味《おい》しい店に入った。手提げ袋には大事な宝物となった図録の他に、会場で購入した絵本やポストカード、立ち寄った文具店でみつけたスケッチブック、マーカー類が入っていた。

　アルコールが入ったこともあり、話が弾み、会場で挨拶してきた人の話からカツミの今の仕事、一年がかりで取り組んでいる企画やこれからの予定について、かなり込み入った話も聞いた。ひとりで活動しているフリーランスのイラストレーターは、絵を描くだけでなく、営業も経理も自分でこなさなければならない。将来的になんの保証もない、世知辛い稼業《かぎょう》だよとカツミは苦笑いを浮かべた。

　今のところは食べていくのに困らないだけの収入があり、仕事の幅や人脈も広がっているそうだ。人なつこくて調子のいいところも、浮き沈みの激しい業界で生き抜くためには大切な要素なのかもしれない。

「かっちゃんなら平気だよ」

　喉《のど》ごしのいいビールを何度かおかわりし、ボイルドソーセージやピザでお腹《なか》を満たし、美南は肩を叩《たた》くような気安さで口にした。一番肝心な絵の才能については認めざるをえないのだ。口惜《くや》しいが自分などとてもかなわない。今日のような会場で、何人もの関係者が挨拶にやってくることからして、業界内の評価も高いに違いない。

「ありがとう。みーちゃんに言ってもらえると嬉《うれ》しいな」

「あれ？　今日は素直だね」

「それはこっちのセリフだよ。突っかかってくるのは、だいたいみーちゃんじゃないか」

かもしれない。酔いに任せ、あははと笑った。

自宅から大船駅までは自転車で、その日も所定の駐輪場においで出かけていた。飲んでしまったので、店を出てから駅前のタクシー乗り場に向かう。

その道すがら、今日は楽しかったと上機嫌の美南に、カツミはさりげなく言った。

「これからも、ときどき会おうよ」

「いつも会ってるじゃない」

「みんなと一緒じゃなく、今日みたいにふたりでだよ。会ってしゃべって、いろんなところに遊びに行こう。おれのアパートにもおいでよ」

「は？」

「付き合おうと言っているんだ。恋人同士になるの」

誰と誰が？

「今日一日すごく楽しかった。みーちゃんとふたりだけでまた会いたい。友だちとしてではなく、これからは男として意識してほしい。冗談でも遊びでもないよ。とびきりの大真面目《おおまじめ》。本気だ」

見慣れたいつもの街角がぐにゃりと歪《ゆが》んだ気がした。店頭の片づけを始めたドラッグストアも、すでにシャッターを下ろした花屋も、煌々《こうこう》と明かりのもれるゲームセンターも、つんと取り澄ました知らない店のようだ。

「酔ってるよ、かっちゃん」

辛うじてそれだけ言った。すれちがったサラリーマンの一群が笑い声を上げ、動揺している自分を茶化しているようにも聞こえてしまう。

「ここしばらくずっと考えての上だ。みーちゃんも、いっぺんちゃんと考えてほしい」

「そんなの、おかしいって。タクシー乗り場ならひとりで行ける。私、帰るね。今日はいろいろありがとう、バイバイ」

傍らのカツミを押しのけるようにして、小走りでその場から立ち去った。

タクシーを待つ時間はもどかしいほど長かった。せいぜい十分か十五分だろうが、順番が来て後部座席に乗り込み行き先を告げるなり、茎の折れた稲穂のようにぐったりした。何も考えられずぼうっとしていると、カツミからメールが届いた。

「いきなり驚かせてごめん、でも本気だ」

膝《ひざ》の上で紙袋が乾いた音を立て、今日一日を思い出させる。メールには「いきなり」とあったが、たぶんちがう。数日前、誘ってくれたときからカツミはいつになく熱心で、待ち合わせの時間や場所を細かく決め、今日だって遅刻もせず、一日中ずっと優しかった。憎まれ口も叩かず悪ふざけもせず気まぐれも起こさず、美南の話にきちんと耳を傾け、受け答えは終始穏やかだった。服装も美南の好みであるシンプルな爽やか系。完璧《かんぺき》にエスコートしてもらい、心地よい一日だった。

それらひとつひとつを思い出すと、よけいに息苦しい。

正面切って男性から——カツミを「男性」と呼ぶには抵抗があったが——交際を申し込まれたのは初めてだった。これまでに付き合った経験はあるけれど、高校の同級生とはなんとなくそうなって、気まずい思いや不愉快な出来事がいくつかあったのち、別れてしまった。短大時代は水族館や遊園地に誘われ、一泊旅行まで出かけた人もいたが、だんだん疎遠《そえん》になり、いつの間にか自然消滅。郷里に帰って公務員になったと風の噂《うわさ》に聞いた。しげしげと振り返るまでもなく、覚えがあるのはそのふたつきりだ。

恋愛に積極的な沙耶には鼻で笑われてばかりだが、彼氏いない歴を三年、四年と更新しつつも、自分では大して悩んでもいなかった。クリスマスや誕生日といったイベントも、家族や友だちがいれば、「やだなー、寂しいー」と自虐《じぎゃく》ネタにしているうちに過ぎ去ってしまう。強烈な人恋しさにかられたことはなかった。

そのせいかカツミの申し込みは突然手渡された花火のようなものだった。すでに火がついている。驚いたり戸惑ったりしている間にも、パチパチと火花が散って炎が自分の手に近づいて来る。安易に放り投げることもできない。

数日後、再びメールで答えを催促され、美南は正直に自分の気持ちを伝えた。恋人同士にはなれない、友だちとしか思えない、と。

それに対してカツミからは、「やっぱりダメか」「ベストを尽くしたんだけどな」と、湿り気のないさばさばとした返信が届いた。美南は肺が奥底からひっくり返るくらいに深い息をついた。カツミならばそうだろう。もともと女性受けのするモテ男だ。いかにも関係がありそうな女性をこれまでも見かけてきた。真面目だの本気だの、口にすることからして似つかわしくない。

そんなふうに結論づけて、沙耶にだけは打ち明けるつもりでいたところ、その前にカツミから再び食事に誘われた。ふたりだけは避けたかったが、「驚かせたお詫《わ》びに飯をおごるよ、気まずくなるのはいやだから」とメールがあり、断りにくかった。

早番の日、「帰り道にある大船の駅ビルならば」と返信し、待ち合わせもそこにした。けれど当日になってカツミは園まで車で迎えにきた。仕事中にメールが入ったので返事をするひまもなく、次に届いたメールではすでに門の外にいるという。人目に付きたくないし、噂にもなりたくない。急遽《きゅうきょ》入った仕事を大慌《おおあわ》てで片づけ、身支度を整えて表に出ると、駐《と》まっている車のそばにふたつの人影があった。

車体にもたれかかるように立つカツミと、会社帰りの隆平だ。

いつもの早番の日ならもう少し早くにあがれるはずだったが、遅れたことがつくづく悔やまれた。こんな形で鉢合わせするなんて。美南が足早に歩み寄ると、カツミはにこやかに片手を上げた。隆平の表情は険しい。

どうしたんだろう。声をかけようとするその前に、カツミがなれなれしく隆平の肩を叩いた。まるで促されるように、隆平は車から離れる。

「志賀さん」

物言いたげな視線がちらりと向けられ、それきり美南の脇《わき》をすり抜け、園舎へと歩き出した。

「待ってください。何かあったんじゃあ……」

お迎えに来た他の保護者もいるので、追いかけるのはためらわれた。カツミが隆平と話していたのは旬太についてではないだろう。そのカツミといえばさっさと運転席に乗り込み、エンジンをかけた。

「どうなってるのよ」

「別に。これからみーちゃんと夕食だと言っただけだよ。それであんなに機嫌が悪くなるなら、相当気があるってことだよね。恐《こわ》い顔せず、もっと喜んだら？　みーちゃんが好きなのは志賀さんだろ」

思わぬ切り返しにあい、言葉をなくした。

「いいから乗りなよ。駅ビルのレストランだろ。車だから飲めなくて残念だけど、行こう」

食事どころではない。カツミにもカツミの車にも今すぐどこかへ消えてほしい。あら先生、カツミくんとデート？　いいわね、羨ましい、などと笑いかけてくるお母さんがいて、ますますいたたまれない。

「とにかく早く出して」

「デートじゃなくて残念だな。でもおれたち、やっぱりお似合いなんだよ」

「かっちゃん、わざわざ車で来たのはもしかしていやがらせ？」

美南を助手席に乗せ、カツミは楽しげに車を発進させた。

「悪あがきはしないけど、腹いせはしたいんだな、おれとしては」

「なんなのそれ。やめて。私、モノレールの駅で降りる」

「大きな声、出すなよ。夕飯はほんとうにお詫びと仕切り直しで誘ったんだよ。美味しいものを食べて、水に流そう。志賀さんにはちょっとばかし焼き餅《もち》を焼いてもらっても、いいじゃないか、ちょっとだよ」

人騒がせなことは金輪際やめてほしい。カツミが「志賀さん」と口にするたびに心臓が高鳴って体に悪い。脂汗《あぶらあせ》もにじむではないか。何を言われても怯《ひる》まず動じず、釘《くぎ》を何本も刺しておかなくては。

美南はけろりとしたカツミの横顔を睨《にら》みつけ、食事のあとはデザートも頼んでやろうと心に誓った。

翌朝、美南は遅番のため、旬太を預けにきた隆平とは会わずじまいだった。昨日の誤解をなんとかしたいが、ままならない。モノレールの西鎌倉駅で下車し、歩道橋を渡る頃には気持ちを切り替え、園に向かう坂道を歩いた。

真正面から、理斗を預けたマリ子が下りてくる。いつもなら挨拶ひとつですれ違うところを、マリ子の足がぴたりと止まった。ブランド物らしいトレンチコートの裾《すそ》がそれに合わせて翻《ひるがえ》る。美南の脳裏に銀座のショーウィンドウがよぎった。

「おはようございます」

「先生、ちょうどよかった。こんなところでなんですけど、うかがいたいことがあるんですよ。この頃、うちの理斗と旬太くんってどんなです？」

なんの話だろう。

「ふつうに仲良くしてると思いますけど、どうかしました？」

「あんまり遊んでないみたいで、ケンカでもしたのかと思ったら、そうではないと言うんです。理斗は吉本《よしもと》健太郎くんと遊んでいて、旬太くんは篠田《しのだ》光一くんや久保田絵美ちゃんと仲がいいみたい」

ワンテンポ遅れてうなずく。

「たしかに、この頃はそうですね」

子どもの仲良しは変わるものだ。どちらか一方が別の友だちを作り、片方が拗《す》ねたりしょげたりしているのでもない。大柄で外遊びが大好きな健太郎と理斗は意気投合し、戦隊ヒーローごっこに夢中だ。旬太は手先が器用でパズルの得意な光一が気になって、最近いつもくっついている。

「いいことだと思いますよ。ひとりずつ個性があって、お友だちがたくさんできて、成長していく時期ですし」

「旬太くんとはときどきでも遊んでいます？　まったくの別行動というわけではないのかしら」

「ええ。おやつの時間やお昼寝ではよく一緒にいます」

マリ子はそれを聞き、ほんの数秒考え込んだのち、不服ながらも納得したようで、「お引き留めしてごめんなさい」としおらしいことを言い、颯爽《さっそう》と坂道を下っていった。変わり身の早さは彼女の逞《たくま》しさでもある。

今、理斗が一番仲良くしている、健太郎については訊《き》かれなかった。大柄で活発な子なので粗暴に見られがちだが、気の優しい子だ。理斗の言動が多少荒っぽくなっても大目に見てほしいと、どうせなら伝えたかった。でもマリ子が気にしているのは理斗と旬太の仲だ。それはおそらく旬太が隆平の息子だから。

園に向かって歩き出したものの、美南の足取りはマリ子とちがって重くなった。理斗の父親はすでに再婚し、子どもも生まれていると聞く。理斗とはほとんど会ってないらしい。マリ子は離婚をきっかけに男性不信に陥っていたようだが、隆平に出会って一変した。新しい家庭を築くパートナーとして彼を望み、持ち前のパワーで急接近している。でも理斗はどう思っているのだろう。

その日はどうしても旬太と理斗に目がいった。おやつは一緒に食べていたが、遊びの時間はそれぞれ別の相手だ。楽しそうにしているので、担任としては見守るだけだ。ハロウィンのシーズンなので、粘土でかぼちゃを作り、シーツをかぶっておばけごっこをした。

日が暮れて延長保育の時間に入ると、旬太が『はなのすきなうし』という絵本を持ってきた。それを見るなり数日前のやりとりを思い出す。隆平が旬太とテレビを観《み》ていると、花屋の店頭で若い女性がにっこり笑うコマーシャルが流れ、「この人、美南先生に似てるね」と隆平が言い出し、旬太も負けずに「似てる似てる」とテレビの前で飛び跳ねたらしい。

どんなコマーシャルかと気になっていたところ、ついに昨夜それらしきものを美南自身が目にした。

「ねえ旬太くん、この前話していたコマーシャルって、ヨーグルトドリンクのじゃなかった？」

白い小さな容器のそれを飲むと一日元気に働けるという、ありがちな内容だった。

美南の言葉に旬太は容器を口にあてがい飲むまねをする。当たりらしい。

「似てるかな？　先生、あそこに出ている人みたいにかわいくないよ。恥ずかしくなっちゃった」

「似てるよ。エプロンしてたでしょ？」

エプロンは似ているかもしれないが、向こうはモデルか女優で、顔立ちもスタイルも人並み以上に美しい。

「お父さんも似てるって言ってた」

「そうかなあ」

「あ、ちがうちがう。先生の方がかわいいって言ってたんだ」

旬太の言葉に、美南はかたまってしまう。びっくりしては、まるで真に受けているかのようだ。たわいない冗談だとわかっているのに、胸の動悸《どうき》はなかなか鎮《しず》まらない。

いったいどんな顔で「かわいい」なんて言ったのだろう。旬太と自宅でくつろいでいるときに、隆平が自分のことを少しでも思い出したなら、それを想像するだけでなぜか焦《あせ》ってしまう。

旬太の持ってきた絵本を読み終わると、題名にちなんで好きな花を聞いてみる。

「チューリップ！　あとはねえ、タンポポ」

「そうか。先生はコスモス。スイートピィも」

「あ、ひまわり」

自分にもたれかかる旬太の重みとぬくもりを受け止めながら、美南は退屈そうにしている子を呼び寄せ、ひとりずつ、好きな花を尋ねた。

お迎えの時間、園庭に現れた隆平に気づき旬太と共に廊下に出たが、旬太は忘れ物をしたと部屋に戻ってしまった。

「すみません。さっきまで作っていたカードかしら。入れたと思ったんですけど」

美南が部屋をのぞきながら言うと、隆平はどことなく素っ気ない。

「あとで見てあげてください。とってもかっこいいカードができたんですよ。簡単なものですけど、飛び出す仕掛けになっているんです」

「そうですか」

棒読みの言い方だ。目があっても、そらされてしまった。機嫌が悪いらしい。でも美南の頭には「先生の方がかわいい」というセリフが浮かんで顔がゆるむ。

「思い出し笑いですか。楽しそうですね」

「ちがいます。そんなんじゃないんです」

あわてて否定していると旬太がやってきた。「絵本、ちゃんとしまってきた」と言いながら、旬太もまた思い出したらしい。

「お父さん、先生ね、あのコマーシャル見たんだって。似てるよね。エプロンしてにこにこ笑っているお姉さん」

「コマーシャル？」

怪訝《けげん》そうな声を聞き、美南の方から言った。

「昨日の夜、家族がたまたまつけていたテレビで流れたんですよ。花屋さんの店先で、女の子がにっこり笑うヨーグルトドリンクのコマーシャル」

「先生の方がかわいいって、お父さん、言ってたよね」

ぎょっと目を剝《む》いた隆平が美南を見る。

「似てませんよね。それに私の方はぜんぜんかわいくないですし。いいんです、よけいな気を遣わないでください。お世辞を言われると、かえってへこみますから」

「昨日の夜、ご家族とテレビを観ていたんですか」

「母が十時からのドラマのファンで。コマーシャルはその前に流れてました。エプロン姿がさまになっていて、たしかにかわいい子ですよね。あ、起用されているモデルさんか女優さんか、コマーシャルの人のことですよ」

念を押すまでもなかったのだが、隆平はにこりともせず手にしていた鞄《かばん》を持ち替えた。そして旬太に、ブランコで遊んでいるよう背中を押した。すでに真っ暗な園庭だが、外灯に照らされてブランコの辺りだけほんのり明るい。

「どうかしましたか？」

「昨日、カツミくんが車で来てましたよね」

「ああ、そうでした」

コマーシャルの話に気を取られていた。隆平に会ったら真っ先に釈明したかったのだ。なんの釈明かはさておいても。

「昨日はちょっと用事があって、大船の駅ビルで食事したんです。車に乗せてもらったのはそこまでですよ。あとはいつも通り、自転車で帰りました」

まるで夜遊びを咎《とが》められた高校生のようだと思ったが、じっさいやましいことはしていない。隆平はしばらくためらってから、コートのポケットをまさぐり小さなかたまりを取り出した。くしゃくしゃのそれを広げると、どうやら紙切れのようで、美南に差し出す。

「カツミくんは昨日、先生をここに誘うと言いました。私にも割引券をくれたんです」

受け取って、なんなのか気づくまで時間がかかった。街角で配られているポケットティッシュに、こういうデザインの紙が挟まっているのを見たことがある。赤い地色に黒の文字が印刷され、いかがわしい雰囲気だけはいやというほど伝わる。休憩いくら、お泊まりいくら、という文字を見て美南は青ざめた。ラブホテルの割引券だった。

「信じられない！　ひどすぎる！」

「わかった。わかったから、そう興奮しないで」

「今興奮しないで、いつするの！　それに興奮じゃなくて、ぶち切れだから」

ドスをきかせると、沙耶は両手を広げてやれやれというポーズを取った。

子どもたちをすべて帰し、戸締まりを終えて、残ったのが沙耶と自分のふたりだった。罵詈雑言《ばりぞうごん》に遠慮がない。一緒になって腹を立ててほしいのに、沙耶は妙に冷静だ。

「もっとちゃんと怒ってよ。やり口が汚いでしょ。サイテー。こんなやつだと思わなかった」

「っていうか、子どもっぽいね。いい年した大人が何やってるのって感じ」

「それだけ？」

「どういうつもりなんだろう。かっちゃんらしくないとは思うよ」

原画展の帰り、カツミから交際を申し込まれたのは近々話すつもりだったが、この流れで打ち明けた。沙耶は薄々察していたようで、時折り冴《さ》えない合いの手を入れるだけだった。

「私も少し責任を感じてるんだ。けしかけていたというか、ついこの前も、指輪がなくなった事件があったでしょ。あの夜、みーちゃんが公園に寄ってくって言うから、私、かっちゃんに電話したのよ」

初耳だ。

「かっちゃんはすぐ行くと言ってたけど、結局、みーちゃんには会えずじまいだったみたいね」

あの場にカツミもいたのだろうか。

「次の日、原画展の話をされたの。みーちゃんになんて言ったのかは知らないけど、私にはふたりで行きたいと言ってたよ」

「サイン会の整理券が二枚しか手に入らなかったからって」

「デートに誘う一番ポピュラーな手じゃない」

鈍いなあという目をされ、いつもだったら少しは言い返すが、今は分が悪い。夜の公園で隆平と会い、送ってもらったのは、園長先生にも沙耶にも話していなかった。保育士が特定の保護者と親密な間柄になるのは規則に反する。車で送ってもらうのもNGだ。相手が女性であっても咎められる。男性とあらばなおさら窮地に立たされるだろう。

カツミが公園で美南と隆平を目撃していたとしても、沙耶には明かしていないようだ。沙耶だけではない。マリ子を含めた保護者や他の先生の態度も変わってないところからすると、おそらく口外してない。

そう思うと、怒り心頭で握りしめていた拳《こぶし》のやり場に困った。ひどい、あんまりだと騒いだが、ほんとうにひどいことをカツミはもっと的確に陰険に、しでかすこともできたのだ。

その夜のうちにカツミにメールを送った。微妙にトーンダウンしていたのはカツミの真意を図りかねたからだ。隆平にいかがわしい想像をさせたのかと思うと、恥ずかしさもあって頭に血が上るが、百歩譲って単純ないやがらせと考えられないこともない。だとしたら子どもっぽいだけだ。

週末、美南は新しくできたばかりのショッピングモールにカツミを呼び出した。鎌倉でも大船でも藤沢でも、どこで誰に見られないとも限らない。土日の飲食店は混んでいるので、知らず知らず園の関係者に見られ、話を聞かれる恐れもある。自分に覚えがなくとも、他のクラスの保護者や親類縁者で「先生の顔」を知っている人もいる。席を選べないファミレスやレストラン、通路の狭い駅ビルなどの近場は避けたかった。

辻堂《つじどう》駅近くに新設されたショッピングモールへはJRに乗って出かけ、広々とした施設内の書店前で待つことにした。カツミは約束の時間より十分遅れでやってきて、美南をみつけるなり無邪気な笑みを浮かべた。

ろくに挨拶もせず、美南はむすっとした顔で歩き出し、一階、二階と見下ろすことのできる通路へと移動した。賑《にぎ》やかに行き来する買い物客に背を向け、手すりにもたれかかって吹き抜け広場を見下ろす。

カツミも遅れてとなりに並び、同じように手すりを摑《つか》んだ。

「どういうつもりなの。この前車で来た日、志賀さんになんて言った？　私には夕飯のことしか言わなかったよね。あれ、嘘《うそ》だったの？」

返事がないのでちらりとうかがうと、カツミは何食わぬ顔で明るい店内を眺めている。

「かっちゃん、ラブホの割引券って何」

「意外と早くばれたね」

「ここから突き落としてもいい？」

怒りを込めて言うと、カツミの体が震えた。笑っているらしい。

「ひどいよ。これでも信用してたのに」

「ごめんごめん。でも言ったろ。腹いせしたいって。おれより七歳も年上でバツイチで子持ちで、自分からはなにひとつ動いてないのに、みーちゃんをその気にさせて、おれを蹴《け》らせたんだ。ちょっとは慌てさせたり、落ちこませたくもなるよ」

「志賀さんは関係ない。巻きこまないで」

きつく抗議するつもりが、お願いになってしまう。

「そんな顔するなよ。みーちゃんをいじめたいんじゃなく、志賀さんにジタバタしてほしかっただけなんだから」

「そういうのはやめて」

「ジタバタしないなら、志賀さんには引っこんでほしいな。どっちかだろ？　志賀さんはちゃんとわかっているよ、おれの方がふさわしいって。年も近いし未婚だし、絵という共通の趣味もある。おれの場合は仕事だけどね。負けてるのは年収と先々の安定性かな。それだって、みーちゃんが気にしないなら問題ない。ほらやっぱり、おれと付き合うべきだよ」

にっこり微笑《ほほえ》むカツミに、なんと言い返せばいいのか。美南は言葉を探しあぐねた。

車で迎えに来た日より、今日は人が悪い。銀座の街角を歩いたときとは雲泥《うんでい》の差だ。冷ややかで毒気があってきつい。陽気で人当たりのいい、いつものカツミとちがう。

「私と付き合うって、どこから出てきたの。本気じゃないでしょ」

「本気だよ。これでもすごく考えた。夜の公園で、みーちゃんが志賀さんの車に乗り込むのを見たときからね」

やはり見られていたか……。手すりに寄りかかっていたカツミが体を起こし、少し歩こうと促す。通路にはハロウィン用のグッズを載せたワゴンが出ていた。お菓子や小物をこぼれんばかりに詰め込み、とんがり帽子をかぶったお兄さんが道行く人に声をかけている。男の子も女の子も吸い寄せられ、親たちも華やかな飾り付けに目を奪われていた。

雑貨店の入り口では風船を配っている人もいた。仮装したキャラクターと写真が撮れるイベントも行われていて、長い行列ができている。

「鳶《とんび》に油揚げをさらわれる、って諺《ことわざ》を持ち出したら怒るだろうけど。あのとき初めて、このままだとみーちゃんを志賀さんに持っていかれるかもしれないと、リアルに思った」

ひどい喩《たと》えだがわかりやすい。

「それで考えた。じっくりいろいろと。ふたりがどうなるのか、外野でのんびり眺めるか、そうでないか。後者の場合、自分がみーちゃんの相手として名乗り出る手がある。今までみたいに友だちの間柄じゃなく、恋人同士になるってことだ。付き合って結婚する」

エレベーターで二階まで下りた。屋内に設けられたウッドデッキの上に空いたベンチをみつけ、並んで腰かけた。前後左右にゆったりスペースがあるので話を聞かれる恐れもない。

「このおれが結婚なんて、自分でも驚きだ。これまた初めて具体的に想像してみた。たとえば逗子《ずし》マリーナの海に面したガラス張りのチャペル。ベタだけど、やっぱりきれいだよね。式を挙げて、友だちをいっぱい呼んでビュッフェパーティやって。住まいは今よりひと部屋多いところに移り住んで共稼ぎで。家事ならちゃんとするよ。料理も作るし、掃除洗濯もできる。子どもが生まれたら保育園に預けて、休日はワゴン車でどこかに出かけよう。贅沢《ぜいたく》は無理でもお気に入りのTシャツにジーパン、サンダルに海、そういう生活が送れるさ。みーちゃんとなら」

言葉を切ってカツミは美南をまっすぐ見つめた。

「いい加減な気持ちじゃない。ふたりで作る家庭を本気で想像して、告白した。今からでも遅くない。もう一度、考え直さない？」

美南は顔を伏せ、ウッドデッキの木目を見つめた。館内放送のにぎやかなＢＧＭにつられて視線を上げると、風船を持った女の子が目の前を行きすぎた。かぼちゃの形をしたオレンジ色の風船だ。三角の目とぎざぎざの口がちょっぴり意地悪く美南に笑いかけた。

「黙ってないで、なんか言えよ。せっかく熱く語ったのに」

「かっちゃんの想像した結婚生活に、私は合格したってことかな。お眼鏡にかなったっていうやつ？　それについてありがとうって言わなきゃいけない？　言わないけど」

「なんだそれ」

「油揚げの喩え、的を射てると思う。誰かに取られると思ったら惜しくなった。いろいろシミュレーションして、自分が妥協できるラインを考えて、ぎりぎり下回りそうもないと思ったから、交際を申し込んだ。ちがう？　それって全部、かっちゃんの都合じゃない。うまく当てはまるなら、私でなくてもいいんでしょう？」

カツミは小首を傾《かし》げ目を見開いた。驚いたらしい。

話に出た逗子マリーナのレストランウエディングは美南にとっても憧《あこが》れのひとつだ。

真っ青な海と空、緑の芝生、白いチャペル、友人たちからの祝福を夢見る気持ちはある。賃貸のアパート暮らしもかまわない。ふたりで働いて明るく和気藹々《わきあいあい》と食卓を囲み、家事を分担し、子どもができたら手を繋《つな》いで海岸道路を歩く。すんなり浮かぶ幸福な光景だ。

でも、その中にいるのはほんとうに自分だろうか。ふさわしい服を着てふさわしい笑みをこぼせば、自分でなくてもピタッとおさまる。手招きされても、まるで映画のセットのようだ。あてがわれた役割をうまく演じるのと、何がどうちがう。

「もし逆に私がそう言ったら受け容《い》れられる？　いろんな条件を挙げて、まああの合格点だから付き合いたいと言われたら、かっちゃんは嬉しい？」

「すべてひっくるめてその人だろ。期待されるのなら応《こた》えたい。相手がちがうビジョンを持っているなら、すり合わせればいいだけのことだ。いずれにしろ、おれはみーちゃんとならやっていけると思う。そっちはどうなの？　志賀さんとのこれからを考えてる？」

「私は……」

「彼の二番目の妻になり、旬太くんの継母《ままはは》になるのが望み？　あの人を好きというのは、そういうことだよ。ほんとうにみーちゃん、後妻でいいの？」

言葉が石つぶてのように痛かった。唇を噛《か》み、下を向いてしまう。

「おれは現実を言ってるだけだよ。いつまでプラトニックのかわいらしい夢の中にいるつもり？　逃げずにちゃんと目の前のものを見ろよ」

「かっちゃんの言う現実って何？　私は保育士だから、志賀さんとは顔を合わせるのもたまにで、口をきく時間も少し。携帯の番号やアドレスは尋ねてもいけない。この前みたいに車に乗るのもダメ。できないことだらけ。でも今まで、いろんなやりとりを積み重ねてきたの。言葉を交わして気づいたこともあるし、思ったこともある。それが今の私の現実よ」

「これからどうするのかって訊いているんだ」

「いつか、ちゃんと自分の気持ちを伝える。志賀さんの気持ちも知りたい。いつかっていうのは、たぶん、旬太くんが卒園したあと」

「それまで待てるの？　彼がフリーでいられると思う？」

あきれたように言われ、マリ子の顔がちらついた。旬太の実の母である元妻の顔もよぎる。ふたりに限らず、他のお母さん、あるいは会社の同僚など隆平の相手はいくらでも考えられた。

「しかたがないよ」

「訊いてみればいい。一年数ヶ月後ではなく、今すぐ。脈があるかないかはわかるだろう？」

「なければ、今ここであきらめろと言うの」

笑ったつもりなのに、口元を歪めただけになった。精一杯の強がりもままならない。

カツミはそんな美南を一瞥《いちべつ》し、ベンチの背もたれに体を預けた。長く細い指先で無造作に髪をかき上げ、「そうか」と呟《つぶや》く。

「あきらめられない、ってのが先にあるのか。白黒はっきりさせちゃいけないんだね。NOという返事は困る。だから曖昧《あいまい》なままにしておきたい。ふーん、なるほどね」

なんて小憎《こにく》らしい。かねがね食えないやつと思っていたが、ここまでとは。

「かっちゃんはすぐにあきらめられるんだね。たとえば私のこと」

「まあね。悪あがきしないと言ったのはそれだ。みーちゃんには振られたけど、おれにとっても君は彼女や結婚相手として考えられない人になった。合う相手を別に探すよ。みつからなきゃ無理して結婚しなくてもいい」

本心だろう。カツミにとって自分は代わりの利《き》く人間だ。面倒なことをぐずぐず言う女に断られて、カツミはかえって幸いかもしれない。彼の思い描くビジョンに、喜んで乗れない者は失格なのだ。

一方で、羨ましいと思った。ひとりだけに執着しない性格、ひとつのものごとに搦《から》め捕られない生き方。自分もそうだったなら、ため息も眠れない夜もきっと減る。たくさんの人々から祝福されての結婚式や、好きな人と手を繋いで歩く砂浜だって、夢ではない。ついさっき投げかけられた「二番目の妻」も「継母」も、二十数年生きてきて一度も想像しなかったことだ。

親は驚き、嘆くだろう。顔色を変え、反対するかもしれない。喜んでもらえない。

何か食べようと言ってカツミが立ち上がった。振り向いた顔にはもう突き放すような冷たい表情も、毒を含んだ眼差《まなざ》しも見あたらなかった。園で無駄口を叩いているときの暢気《のんき》さで、ウッドデッキから下りる。美南もあとに続いた。

カフェを探して歩いていると、小さな男の子が通路でうろうろしていた。落とし物でもしたらしい。受け持っている年中児と同じ年頃だ。気になって足を止めると、観葉植物の陰にプラスチックの丸いケースが見えた。もしやと思い手にとって声をかけると、男の子のしょげた顔がパッと変わった。にっこり笑って美南の手から受け取る。

「ここには誰と来たの？　おうちの人はどこにいるのかな」

美南に訊かれ、二軒先にある靴屋さんを指さす。そこにいるらしい。気をつけてねと言って後ろ姿を見送った。

「どうかした？　知ってる子？」

「ううん。ぜんぜん。なんていう名前なのかな。いくつだろう。今、手に持っているものが大事な宝物らしいの。他には何が大事かな。あの子は何に喜んで、何に悲しむのかな」

「なんだよ、急に」

「少しずつどんな子なのかわかって、それが面白いの。やりとりして初めて『へえ』って気づくことがある。わくわくするし、どきどきもする。発見が増えて、知らないときより好きになってる。小さな子どもだけでなく、相手が大人でも、当てはまるんじゃないかな」

隆平は離婚後、旬太をひとりで育てるようになり、毎日顔を合わせるようになった。子育てに自信がないせいか、迷ってばかりだ。意外にもくよくよ引きずる。意外にも熱いところがある。意外にもやさしい。

そういうひとつひとつが胸に残り、いつの間にか目が離せない人になっていた。選んで好きになったわけじゃない。好きになる相手は選べない。幸福な未来図を描いてから歩み寄るのではなく、気がつけば歩み寄っていた。その場所の先に、未来はあるんじゃないだろうか。

「さっきも言ってたね。いろんなものを積み重ねてきたって。発見もあるのか。もしも、みーちゃんがおれのことを好きになってくれたら、おれの知らないおれをみつけてくれたのかな」

返事の代わりにふふふと笑った。そんなものをカツミは欲するだろうか。自分のことを一心に見つめる子がいたら、途中まではかわいいと思っても、いずれ重く感じるのではないか。

彼の軽やかさは、さまざまな物事を削《そ》ぎ落としても揺るがない、彼なりの強さと共にある。

週明けの月曜日から冷たい雨の日が続き、秋が一気に深まった。色づいた木々の葉が落ち、拾い集めて画用紙に貼《は》り付けたり、すすきの穂でフクロウ作りなどもしたが、子どもに一番人気があるのはどんぐりだ。ころころした茶色の実に名前を付けて物語を語る子もいれば、大きさを比べてどんぐりの王様だと宣言する子もいた。

毎年恒例の芋掘りも行われた。徒歩圏内の農家が持っている芋畑に出かけ、軍手をはめて土を掘り起こす。根っこを引っぱる歓声があちこちであがる。平日の昼間だが都合の付く保護者も参加し、子どもの世話や芋の収穫を手伝ってもらう。持ち帰るのは大人も子どもも二、三本ずつ。あとは給食のメニューに加えられ、うま煮やポタージュスープ、おやつのスイートポテトや大学芋になった。

風邪の流行が懸念《けねん》される時期となり、園でもうがいや手洗いが徹底されていた。朝昼晩の生活リズムを壊さないよう、とりわけ睡眠をきちんと取り、バランスの良い食事を心がけるよう、保護者向けのプリントが配られた。子どもの病気は働く保護者にとって、一番の悩みの種だ。体調不良を隠して子どもを預けたり、発熱による呼び出しに応えず、お迎えに駆けつけない親もいる。それぞれの職場によってはやむを得ない事情もあるだろうが、容体の急変も考えられ、おだやかな応対ばかりしていられない。

「すぐ来てください」「すぐは無理」「熱がありました」「これくらいで呼びつけないで」という攻防戦はしばしばだ。

子どもに病気は「つきもの」だが、健康でいてくれれば保護者も園も助かるので、自然と予防には熱が入った。美南のクラスでも咳《せ》き込んだり、鼻水を垂らしている子どもが見受けられ、食事や昼寝の様子などにいつも以上に気を配っていた。すると引っかかってきたのは理斗の異変だ。

風邪らしき症状は出てないが、食事の時間に悪ふざけをしてほとんど食べなかったり、昼寝がいやだと部屋から出て行くこともあった。おもちゃを取り合って珍しく女の子を泣かせ、クレヨンで他の子の絵に落書きをした。ただの落書きではなく、乱暴な線の殴り書きだ。どうしたのと訊いても「べつに」とはぐらかす。それとなく旬太との仲を注意して見ていたが、トラブルは起きていないようだ。いっしょにいる時間はさらに減り、最近のお気に入りの健太郎と少々乱暴に遊んでいる。

目に余るほどでもないのでしばらく様子を見ることにしていると、木曜日の夕方、マスク姿の隆平がやってきた。いつもより三、四時間早い。訊けば発熱して早引けしたそうだ。

「風邪なんてここ数年引いていなかったのに不覚ですよ」

「お医者さんには？」

「会社のクリニックに寄って、薬をもらってきました」

低くこもった鼻声で、寒気がするらしく背中を丸めている。思えばこういう隆平を見るのは初めてだった。

「どなたか看病に来てくださる方は？」

「子どもじゃないんで大丈夫です。食べ物や水もいくらか買い置きがあります。それより旬太にうつらないかと心配ですよ」

「タオルやコップは使い分けてくださいね」

急遽帰り支度を整えた旬太には、おうちで静かに遊ぶよう言い聞かせ、思いついて色紙やシールを渡した。

「明日はどうされます？」

「たぶん休むと思います。会社にもそう言ってきました。旬太の送り迎えが大変なので」

子どもを預けた方がゆっくり休めるだろうが、園まで連れてくるのが負担になってしまう。片親で、近隣に親類縁者がいないと、こういうとき不便だ。今日の夕食もどうするのだろう。

「なんとかなりますよ。旬太も赤ちゃんじゃないし。なあ」

「旬太くん、お父さんを助けてあげてね」

「うん」

「お大事に」

それしか言えないのはもどかしかったが、今に始まったことではない。隆平と自分の間には越えられない一線が引かれている。園から出てしまえばどうしているか知る術《すべ》もない。プライベートにはほとんど関われない。

ふたりを見送って部屋に戻ると、いつもより早く帰宅した旬太のことはクラスのみんなも気になるらしく、お父さんが熱を出して早退したと説明すると、神妙な顔でうなずいた。自分が病気になった話を身振り手振りで話しだす子もいれば、おじいちゃんが入院した顚末《てんまつ》を話す子もいる。薬の苦さや注射でみんな顔をしかめ、咳止めシロップの独特の甘さに好き嫌いが分かれた。

翌日、やはり旬太は欠席した。電話を受けたのは美南ではなく、隆平からの伝言は通り一遍のものだった。熱が下がったのかどうかもわからない。食べ物の買い置きは「いくらかある」と言っていたが、十分ではないということではないか。旬太は伏せっている父親とどうしているのか。

仕事しながら、ときどき思い出していると、光一を迎えに来た母親の瑞恵《みずえ》に声をかけられた。経理事務のパートに出ている瑞恵は九時から五時までの勤務で、園に現れるのは六時前後だ。日暮れの早い時期なのであたりはもう真っ暗だった。

「旬太くんのお父さんが熱を出したって、昨日、コウから聞いたんですよ。今日はお休みでしょう？　昼間、うちの人が様子を見に行ったんですよ」

「志賀さんのお宅に？」

瑞恵はにっこり笑ってうなずいた。

「うちの人、営業の外回りなんでわりと自由がきくんです。昨夜のうちに電話して、今日はちゃんと志賀さんが起きているときを見計らって寄ったんですって。差し入れってほどじゃないけど、お粥《かゆ》のレトルトやヨーグルトを買っていくよう、私からも言っておきました。コンビニで調達したらしいんで、たいしたものじゃないでしょうけど、志賀さん、喜んでくれたみたい」

「具合はどうでした？」

「解熱《げねつ》剤が効いてる間は熱も下がって楽になったけど、切れたらまた熱が上がって大変だったみたい。この週末はしっかり休んで治さなきゃ」

「旬太くんは元気にしてます？」

「今のところお父さんの風邪もうつらず元気。となると、子どもは退屈でしょう？　それで明日はうちに遊びに来ることになりました。さっきコウに言ったら大喜びで、大丈夫だと思います」

親同士の付き合いについてはあずかり知らないことが多い。休みの日に子どもが遊ぶほど親しかったのかと意外な気持ちで聞いた。それを察したらしく瑞恵は肩をすくめて笑った。

「親兄弟がそばにいなくて、志賀さん、ひとりで旬太くんを見てるでしょ。病気になったらどうするのかなと前から心配していたんです。うちの人も同じことを考えてたらしくて、珍しく気を利かせたみたい。旬太くんを預かる約束をするなんて、びっくり。男は男同士で助け合い精神があるのかしら」

隆平はお母さんたちに人気があると聞いていたが、お父さんたちも気にかけていたのか。手のかかる子どもがいるのは同じなので、「よくひとりで育てているな」と感心しているのかもしれない。

「日中ゆっくり休めたら、志賀さんも助かりますね。旬太くんもひとりでお父さんの心配をするのは可哀想《かわいそう》ですし」

「熱を出して一日中寝てるって、奥さんがいたら当たり前のことなのにね」

隆平にとっては難題だ。そして奥さんと聞き、ほんの二ヶ月前に園庭で会ったきれいな女性を思い出した。隆平が寝込み、旬太が手持ちぶさたとなれば、旬太の母親が現れて世話を焼くのが自然な気もするが。

でも隆平はクラスメイトの保護者に頼むらしい。旬太もあれ以来、お母さんの話はしない。父親が病気で伏せって心細いときも、お母さんに来てほしいとは思わないのだろうか。

「教えていただいてありがとうございます。気になっていたので、様子がわかってほっとしました」

「ううん。うちの人に、先生に伝えるよう言われたんです。うちの人は志賀さんに頼まれたんですって。小川先生が心配してるだろうから、大丈夫だと伝えてほしいって」

「志賀さんが？」

とっさに顔を思い浮かべようとした。風邪を引いているつらそうな顔なのか、それともいつもの仏頂面《ぶっちょうづら》なのか。

光一たち親子を見送った後、意味ありげな声で「先生」と話しかけてきたのはマリ子だった。

「ぜんぜん知らなかった。志賀さん、熱で寝込んでるってほんとうですか」

険のある言い方と不機嫌そうな顔に、気づかぬ振りで「はい」とうなずいた。

「旬太くんも今日はお休みでした。送り迎えが大変なようで」

「理斗ったら、なんにも言わないんだもの。今、健太郎くんのお母さんに聞いたの。わかっていたらお見舞いに行ったのに」

「理斗くん、忘れちゃったのかもしれませんね。昨日の夕方、早めにお迎えに来てすぐ帰ってしまったので」

マリ子は憮然《ぶぜん》とした面持ちで顎《あご》をしゃくった。

「忘れるわけないでしょう。健太郎くんだってお母さんに話していたんです。どうして言わないのかしら。光一くんのお父さんが昼間、様子を見に行ったというのは聞きました？」

「ええ、まあ」

「例の、元奥さんはどうしているのかしら。先生、何か聞いてます？」

美南は口を結んで首をひねった。何か言葉を添える前に、運動靴に履き替えた理斗がやってきた。早く帰ろうとマリ子の腕を揺さぶる。お腹《なか》が空《す》いたし、観たいテレビが始まってしまうそうだ。

「ダメよ、これから旬太くんちに寄ってくんだから」

「えー、なんで」

「旬太くんのパパが病気ならお見舞いに行かなくちゃ。テレビなら旬太くんちで観ればいいわ。夕飯の支度も旬太くんちでしましょう。ケーキでもアイスでもたくさんお土産に持って」

素敵な提案というふうにマリ子はにっこり笑い、理斗をぎゅっと抱きよせた。小さな口元をとがらせ、理斗は抵抗するように体を捻《ひね》ったが、「さあ、行きましょう」との掛け声と共に引きずられていった。

「それで？」

仕事を終えての帰り道、ふくれっ面の沙耶に言われた。

「一年と数ヶ月、これから悶々《もんもん》とし続けるの？　私なら無理。付き合えない。第一、それってほんとうに保育士としてのルールを守っているのかな」

問われるまま、マリ子が隆平の家に寄るかもしれないと話したところ、沙耶はヘビのおもちゃを踏んだときと同じように顔を歪《ゆが》め、腹を立て始めた。

「特定の保護者と親密な関係になるのは職務規定違反よね。でもそれを守るために、気になるのに気にしないふりをし続け、ちっちゃなことでもぐらぐらそわそわ。今だって志賀さんの容体が心配なんでしょ？　けど自分じゃ何もできず、マリ子ママの言葉に振り回され、情けない顔になるだけ。やめてよ、いつか注意力散漫で大きなミスをしちゃうよ。そっちの方がずっと問題だって」

言い返せず、美南は道路を渡る歩道橋の上で、隆平親子の住むマンションの方角に目を向けた。

自分ではちゃんと切り替えているつもりだ。子どものひとりひとりをしっかり見て、保育に集中している。ただでさえ目の離せない年頃なのだ。でも勤務時間中、隆平のことを考えなかったといえば嘘になる。熱で伏せっているのが心配で、彼のそばにかいがいしく世話をする女性がいるのではと気を揉《も》んでいる。

「私だってくよくよ悩むことはあるよ。ハルくんとの結婚話、進んでいるんだけれど向こうのお姉さんが感じ悪くてさ。これから面倒くさいことがいっぱいありそう。ときどき止《や》めちゃおうかって猛烈に思うんだ。でも園にいて子どもと一緒にいると、気持ちが切り替わる。区別するところは区別して、ここでは保育士としてちゃんとしなきゃ。みーちゃんも早くそうなって。そうならなきゃダメ。志賀さんはもうすでに、みーちゃんのプライベートなんだよ。私にとってのハルくんとおんなじ」

土曜日は一日考えた。日曜日の朝、美南はカツミにメールを送った。熱を出して早退した隆平の様子が知りたい、自分のアドレスを彼に伝えてほしいと。カツミは以前、隆平とアドレスを交換していた。園としては、緊急の連絡手段として、保護者の携帯電話番号やアドレスを把握しているが、職員は個人的には知らない。

「どういう風の吹き回し？」

昼近くになって、カツミから電話があった。明け方近くに寝て、ついさっき起きたばかりだそうだ。

「気になることがあって。プライベートの時間だけど、連絡を取りたくなったの」

しばらく間が空いて「へえ」と、からかうような声が返ってきた。

「そいつは大した心境の変化だ。気の変わらないうちに直接電話すれば？　志賀さんのアドレスや番号、今言おうか」

「ううん、いいの。保育時間外に私とやりとりする気があるのなら、向こうから連絡をくれるだろうし、そうでなかったら……」

「そうでなかったら？」

言いよどむそばから、復唱された。

「あきらめることもちゃんと考える」

「ほう」

保育士としてではなく、小川美南として伝えたい気持ちがある。

「志賀さんにはメールをしておくよ。割引券のことも謝りたかったから、ちょうどいいや。あとのことはそうだな、健闘を祈る。頑張れよ」

「ありがとう。それと、志賀さんの車に私が乗ってたこと、誰にも言わないでくれて、ありがとう」

電話を切ってからは携帯から目が離せなくなった。母親からスーパーへの買い物を頼まれたが、それどころではない。出かける用事があると言って家を出た。自転車に跨《また》がっても携帯を手放せず、大船駅の駐輪場に駐《と》めたところで着信があった。メールではなく電話だ。

「もしもし」

「小川先生ですか」

受話器越しの声ならこれまでも聞いていた。でもそれはこちらからの急な呼び出し電話がほとんどで、隆平の勤務時間中だった。手短に用件だけ伝え、相手から聞こえるのはため息まじりのがっかりした声だった。今はちがう。ちがうと思いたい。

「すみません、昼前から眠り込んでいて、たった今、カツミくんからのメールを見ました」

携帯を握りしめ、じっと耳を澄ます。

「電話してもよかったんですか？　今、どうされてます？」

「大船に出てきたところです」

「外なんですね。話してもかまわない場所ですか」

「大丈夫です。風邪の具合はいかがですか？」

思えばたったこれだけを訊《き》くために踏み出した一歩だ。

「熱は引きました」

「そうですか。よかった」

泣くつもりなどないのに勝手に目が潤《うる》み、涙がこみ上げてきた。

「先生、どうかしましたか？　何かあったんですか？」

「いいえ、何にも」

「でも声がその……」

「電話、ありがとうございます。私、志賀さんのことが気になって」

洟《はな》をすすって顔を上げると桜の枝の間から空が見えた。折り重なった雲のところどころに水色がのぞいていた。遥《はる》か高みにあって不確かな儚《はかな》い色。自分の未来もこんな空模様なのかもしれない。風が吹いて雲はうつろう。あっという間に光を隠す。たとえそうであっても、これから何度でも顔を上げ、今このときの水色を探そう。空一面を黒い雲が覆《おお》っても、きっとその先に明るい空がみつかるはずだ。

「先生のことを、私も考えていました。こんなことを言える資格があるかどうかわからないんですけれど」

聞き取れないほど低くなった隆平の声が、次の瞬間、ふっと和らぐ。

「また電話してもいいですか。メールしてもいいですか」

「はい」

「会いたいです、先生。会って、もっとちゃんと話がしたいです」

「私も会いたいです、園の外で」

自分でも信じられないようなことを口にしている。足が、モノレール乗り場へと向かう。

「会いましょう、会ってください。——でも旬太が」

「旬太くんのお昼、どうしました？　そばにいるんですか」

「います。付録の付いた雑誌を昨日、光一くんと一緒に買ってもらい、今日は作る約束です。昼は……ああ、ラーメンだな。わかったわかった、作るよ。ちょっと待ってなさい。こら、チョコはあと。ああ、いいや、ひとつな。今、大事な電話してるから」

言いながら場所を移動したらしく、ばたんとドアの閉まる音がした。

「ラーメン、作ってあげてください」

「作りますよ、野菜も卵も入れて。でもせっかく先生と電話してるんで」

「かけ直します」

美南は笑いながら言った。たどたどしいかもしれないが、ちゃんと笑えているつもりだ。

「志賀さんのメールアドレス、送ってください。ラーメンのあとでかまいません。待ってます」

電話を切ったあとも体が勝手に弾んで、ついには駆け出してしまった。駅ビルの中に入ってうろうろしていると隆平からのメールが届いた。何度も読み返し、四階まで上がっていたのに、モノレール乗り場と連絡している二階までエスカレーターで下りた。

押しかけるつもりなどなかった。隆平は自宅で休んでいる。旬太とくつろいでいる最中だ。玄関先まで行くのも迷惑だろう。そこまで思ってマリ子を思い出した。彼女のお見舞いや差し入れを受けたのだろうか。

訊きたいことだらけだ。だからダメだ。今日はとても会えない。会っちゃいけない。なのにモノレールに乗り込む自分は何をしているのだろう。隆平からは出来上がったラーメンの写真が送られてきた。今ごろ親子で仲良く食べているのだろうか。美味しそうですねと絵文字入りで返信した。

湘南江の島行きのモノレールが大船駅のホームから離れる。いつもの通勤電車だが、まったくちがう乗り心地で右に左に揺れた。蛇行したレールから下がった車体は、道路の上を進み、家々の屋根の高さとほぼ同じになる。車窓から眺める風景も昨日までとは異なって映る。

道行く人にも目を凝らし、赤いパーカーを羽織った小さな男の子に、ふと吸い寄せられた。

とぼとぼと歩道を歩いている。連れは見あたらない。ひとりだ。美南は窓ガラスに張り付いて見下ろし、立ち上がってドアまで移動した。

「理斗くん……？」

まさか。そんなはずはない。湘南深沢駅から発車してほんの数分。美南は西側の座席に座っていた。そこから見えた道路は、手広《てびろ》の交差点から長谷《はせ》に抜ける県道だ。男の子は手広方面から歩いてきた。

戸惑っている間にもモノレールは次の西鎌倉駅に到着した。かえで保育園の最寄り駅であり、隆平のマンションもここにある。車両から降りたものの、改札口に向かう人々の流れには乗らず、ホームの反対側に停まっていた大船行きに飛び乗った。

すぐに扉が閉まり発車する。西側のドアに張り付き、騒ぐ胸を落ち着かせようとした。東西に延びる県道をまたぐのはほんの一瞬だ。上から見下ろし、ここだと思ったところには、男の子の姿はもうなかった。反対の東側のドアに急ぐも、赤い服が見えたような、見えないような。理斗の自宅はもっと海に近い片瀬山の向こうだ。男の子の歩いていた場所とは、少なくとも子どもの足では相当離れている。

マリ子はどうしているのだろう。近くにいるだろうか。

美南は湘南深沢駅で降り、ホームから地上に出た。徒歩でさっきの県道まで急ぐ。

そして登録したばかりの隆平の携帯へと電話をかけた。

最終話　青空に広がる

電話に出た隆平の声は明るく弾んでいた。ついさっきまでの、ほのぼのとした幸福感が思い起こされ、かえって不安や焦《あせ》りが深まった。

「志賀さん」

美南の発したひと言に、隆平の声のトーンが変わる。

「どうかしました？」

「私たった今、理斗くんみたいな男の子を見かけたんです。ひとりで歩いてました」

驚くような気配がした。

「どこで？　今、先生はどこにいるんです？」

「湘南深沢駅の近くです。モノレールに乗っていたんですけれど、ちょうど県道の上を横切るときに、歩道を歩いている男の子が見えました。一瞬のことなので、見まちがいかもしれません。でも気になって西鎌倉駅から引き返して、深沢駅で降りたところです。県道まで来ても今はもう、男の子の姿はなくて……」

「理斗くんなら、今日は藤沢だと思います。戦隊ヒーローものの屋外ショーがあるそうで、旬太も誘われました。三人で行くので、ゆっくり休んでくださいと言われたんですが、旬太も今日は家にいると言うので断ったんです。理斗くんは行ったはずですよ。花村さんは一緒じゃなかったんですか？」

理斗の母親、マリ子のことだ。

「近くには誰もいませんでした。ひとりきり、とぼとぼと歩いていたんです」

「深沢か」

隆平の中であわただしく地図が広がっているのだろう。美南も同じだ。藤沢駅と今いる深沢は距離にして三キロほど。近くはないが、ぎりぎり子どもにも歩ける距離だ。

「花村さんに訊《き》いた方がいいですね。携帯番号は知ってますか？」

「いいえ」

「だったら今すぐ電話します。場合によっては、先生の番号を花村さんに教えてもかまいませんか？」

「お任せします。よろしくお願いします」

騒ぐ胸を押さえ、美南は通話を切った。小さい子どもを持つ保護者や保育者ならではの共通認識だ。子どもはときに突拍子もない行動に出る。思いがけない危険にさらされる。無事が確認できるまで、けっして楽観はできない。「なーんだ」ですむのなら、あとからいくらでも笑えばいい。

折り返しの連絡を待ちながら美南は歩道を進み、ときどき足を止めて周囲を見まわした。県道は数百メートル先まで見通しが利《き》くが、いくら目を凝らしても赤いパーカーらしきものは見えない。向かい側の歩道にも子どもの姿はなかった。どこに行ってしまったのだろう。

美容室や喫茶店、レストラン、農協、駐車場。通りすぎてきた店舗や建物に、子どもが寄るような場所はあっただろうか。歩いているうちに細い脇道《わきみち》が見えてきた。曲がってきょろきょろうかがうも、人影ひとつ見えない。途方に暮れていると携帯が振動した。登録したばかりの隆平からの電話ではない。

「もしもし」

「ああ、小川先生？　花村です。理斗を見かけたってほんとうですか」

「そうなんです。でもほんの一瞬で……」

「モノレールの、湘南深沢駅と聞きました」

「駅のそばの、県道三二号線です。まちがいだったらすみません。花村さんは今どちらに？」

「藤沢駅です。理斗とは一時間以上も前にはぐれてしまって。今まで、方々を探しまわっていました」

息が弾んでいるのは電話越しにも伝わってきた。言葉遣いはいつもの彼女らしくきちんとしているが、声には訴えかける力がこもっている。

「私が見かけた子は赤い上着をはおっていました。理斗くんは？」

「着てました。鮮やかな赤い色のパーカー。それ、きっと理斗です」

「待ってください。はっきり見たわけではないので」

人違いだったら、かえって迷惑をかけてしまう。

「どういう状況で迷子になったんですか。誰か、他の人と一緒でしたか」

「駅で私とケンカしたんです。勝手にしなさいと言ったら、ほんとうにどこかに行ってしまいました。先生、そこにいてください。車なのですぐです」

マリ子は一方的にまくし立て、慌《あわ》ただしく電話が切れた。藤沢駅にいたとすれば、手広方面から歩いてきたのとぴったり合う。服装も先ほどの子どもと一致する。もうひとつ、駅に背を向け、そこから遠ざかるように歩いていた理由も、母親との揉《も》め事と聞けば腑《ふ》に落ちる気がした。うつむきがちではあったが、迷子になって困っているような足取りではなかった。

美南は路地から三二号線に戻り、再び歩き始めた。この近くに、あるいはこの先に、彼の目指す場所があったのだろうか。どこに行きたかったのだろう。

脳裏をよぎるのはこのところの不安定な理斗だ。他の子の作ったブロックを壊したり、太鼓をめちゃくちゃに叩《たた》いたり、バケツの水を滑り台に流したり……。女の子の髪飾りを泥の中にねじこんだこともあった。美南はきつく叱《しか》らず、時間を作って園庭のベンチに並んで腰かけた。理斗は足をぶらぶらさせ、口を尖《とが》らせて空を仰ぎ、「エルマーみたいに竜を探しに行きたい」と言った。

子どもに人気のある児童書の主人公だ。誰もが一度は空想したことがあるだろう。エルマーのようにハラハラどきどきする愉快な冒険の旅に出たい、ライオンのたてがみを三つ編みにして、ワニのしっぽにキャンデーをくりつけたい、翼のある竜と友だちになりたいと。

でもそのときの理斗を見て、美南は微笑《ほほえ》ましく思うことができなかった。お話の中にのめり込み、今いるところから遠くへ逃げてしまいたいと、本気で願っているように感じられたのだ。手を差し伸べても届かないところで、理斗は美南の知らない風景を見ていたのかもしれない。

三二号線で、バス停をみつけた。そのとなりは広い駐車スペースを持つカーギャラリーのような場所だ。休業中らしく、看板の名前ははぎ取られていた。ガラス張りの建物の中はからっぽだ。敷地の周辺には雑草が生い茂っていた。

その片隅の街路灯の足元に赤いものが見えた。灰色のアスファルトと茶色の枯れ草の間にあって、ひときわ鮮やかな、トマトのような赤い色。

もしやと思い駆け寄ると、街路灯のポールにもたれかかり、膝《ひざ》をかかえるようにした小さな人影がある。美南の気配に気づいたらしく、はっとした様子で振り向いた。

「理斗くん」

全身から力が抜け、足がもつれそうになる。

「どうしたの、こんなところで」

理斗もさぞかし驚いただろう。保育園の先生が、保育園の外なのにいきなり現れたのだから。けれど間髪を入れずに答えた。

「迷子になっちゃった」

あらかじめ用意していた言葉だと、美南は瞬時に悟った。理斗は怯《おび》えた子猫のように肩をそびやかしている。

「そうか。先生ね、モノレールに乗ってたの。そしたら理斗くんが見えて、ちょっと心配になってここまで来ちゃった」

「モノレール？」

美南が少し無理して笑いかけると、理斗は探るような顔で訊き返す。口元はあどけない。目も鼻も耳も小さい。でも、さまざまな感情が生まれて揺れ動く心がある。外から摑《つか》めず取り出せず本人にもコントロールできないのかもしれない。

「こんなところにひとりでいたら、お母さん、心配するよ。理斗くんのこと、一生懸命探しているよ」

「ママ……」

「ん？」

「他の子がいいんだ」

小さな顔がくしゃりと歪《ゆが》む。

「旬くんと仲が良くて、もっといっぱい遊べる子」

美南は手を伸ばし、理斗の肩を包みこんだ。そうせずにいられなかった。

「今日はアートレンジャーが藤沢にやってきたんだ。ずっと前から健太郎くんと約束してた。でもママは旬くんのとこにおみまいに行くって。そんなのぜったいイヤだから、行かないって言った。ママはすごく怒って……」

小さな肩が波打つように震えた。

「もう怒ってないよ。理斗くんのことを心配してる」

「ぼく、旬くんと遊んでるよ。ちゃんと仲良く。でも、アートレンジャーは今日じゃなきゃ会えないんだ」

戦隊ヒーローものはほとんどの男の子が好きで、楽しげにテレビを観《み》ているが、大好きと、まあまあ好きという微妙な温度差はある。旬太は誘われてもその気にならなかったのだろうが、理斗にとっては指折り数えて待ちわびる大事な日だったのだ。他のものでは穴埋めできない。

自分の気持ちがわかってもらえず、歯痒《はがゆ》かっただろうか。腹が立っただろうか。それとも寂しかっただろうか。

しゃくりあげる理斗の背中をなだめるようにやさしく叩いていると、がらんとした駐車場に一台の乗用車が入ってきた。建物の手前で急停止し、エンジンが切られる。運転席のドアが開き、すらりとしたワンピース姿の女性が出てきた。

「理斗！」

美南まで思わず身構えてしまった。つかつかと歩み寄る彼女は今にも飛びかかってくるような猛々《たけだけ》しさだ。美人なだけに迫力がある。唖然《あぜん》としている間にも歩み寄り、すっかり腰の引けた理斗の手を摑む。その場に両膝をつき、固く抱きしめた。

無事にみつかったこと、自分の腕の中に取り戻したこと、その安堵《あんど》と喜びを彼女らしい率直さで表す。理斗は泣き出し、マリ子も目をつぶる。どちらからともなく「ごめんなさい」「ごめんね」をくり返した。理斗の迷子はささやかな反逆で、母親に心配をかけたと自覚している。マリ子にもその理由がわかるのだろう。

なかなか泣き止《や》まない理斗の頰を両手ではさみ、話しかけるようにうなずいてから、マリ子は立ち上がった。

「先生」

美南に呼びかけながら、自分の目元も拭《ぬぐ》う。

「ほんとうにありがとうございました」

「いいえ。通りすがりに、見かけただけですから」

「私、やっと踏ん切りが付きました。もっと前からそうすべきだったのに、私としたことが。バカみたい」

マリ子は腰を屈《かが》め、乱れた理斗の髪の毛を直してから、その手を背中にまわした。帰ろうねと話しかけ、車へと歩き出す。助手席のドアを開け、理斗を座らせ、鞄《かばん》から取り出したペットボトルを渡す。ちょっと待っててねと耳打ちし、ドアを閉めた。美南の方にくるりと向き直る。

「志賀さんは先生の携帯番号を知っているんですね。そして、先生も」

「いえ、それはですね、今日、初めてなんです」

「今日？」

「志賀さん、熱を出して会社を休まれていましたよね。どうなったのか気になって、かっちゃんに訊いたんです。かっちゃんの番号は知っていたので。それで、志賀さんの携帯を教えてもらいました。今日の今日まで知りませんでした」

「そう」

あたふたする美南をよそに、マリ子は落ちつき払っている。

「ほんとうはずっと前から気づいていたの。志賀さんにとって私は、我が子に初めてできた同性の友だちの、お母さん。それ以上でも、以下でもないって。最初はそれでよかったわ。理斗と旬太くんとが仲良しになれば、ちょうどいいきっかけになる。親同士も親しくなって、少しずつ進展していけばいいって。めでたしめでたしのハッピーエンドを夢見ていたのよ。うまく行く自信もあった。でもダメね。何かがちがった。なんだったのかしら」

くすりと笑ってマリ子は美南を見た。どんな顔をしていいのかわからない。「すっかりできているふたりの関係」をみんな噂《うわさ》していた。マリ子のそぶりも拍車をかけた。夕飯を互いの家でとり、休日を一緒に過ごし、泊まりがけの旅行の相談をする。特別の仲であることを、いつもまわりに印象づけていた。

「志賀さんと花村さんは……」

「先生はどう思っていたの？」

そうだ。自分は何を思っていただろう。受け持ち園児の父親である隆平のことがいつの頃からか気になって、その隆平に積極的に近づくマリ子にいつもやきもきさせられた。夕食も休日も自由に誘える彼女が、羨《うらや》ましくてたまらなかった。一夜を共にするふたりの姿を思い浮かべたこともある。

そのくせ隆平に会うと、黒々とした嫉妬《しっと》や想像はかすんでしまい、目の前で交わしている会話や表情がすべてだった。あの人に限ってと、信じていたわけではない。マリ子は同性の目から見ても魅力的だ。落ちない男はいないと言われれば、うなずいてしまう。けれどそれとは別の次元で、隆平は隆平だった。

無理して引き取った旬太のことで、いつも余裕がない。不器用で頑固で融通が利かない。それがそっくり、誠実なやさしさにもつながる。旬太が、母親ではなく父親を選んだのも、今ならよくわかる。自分も彼を選ぶ。彼と暮らす日々を、できることなら選び取りたい。

「結局のところ、初めからすれ違っていたのかもしれないわ。合いそうで、合わない。進展のしようもない。そう思うと嘘《うそ》みたいに肩の力が抜ける。もう頑張らない。頑張らなくていいのよ。それですまされないのは理斗だけ。私にとって、すれ違いや溝を作りたくないのは理斗だけなの」

マリ子は軽やかに振り返り、自動車へと目を向けた。助手席に座った理斗はペットボトルを手に、心配そうにこちらをうかがっている。マリ子は笑顔で片手を挙げる。ごめんね、もうちょっと、という仕草だ。

「今日のことは、ほんとうにありがとう。先生のおかげで理斗がみつけられた。感謝してます。だから、お礼の気持ちを込めてほんとうのことを教えてあげたの。これでも先生のことは警戒してたのよ。志賀さんの顔を見れば、あやしいことくらいわかるもの。いろいろ牽制《けんせい》したのにな」

「花村さん」

呼びかけて、そのあとの言葉をたどたどしく探していると美南の携帯が振動した。隆平からだ。マリ子が大げさに息をついた。

「よろしく言っといて、先生」

「きっと心配してるんだと思います。あれきり私からは連絡してないので」

「理斗のことは感謝しているわ。心から。でも先生のことは送ってあげない。彼のマンションに」

わざとらしく一語ずつ区切りながら言って、眉《まゆ》をくいっと上げた。言い返せず携帯を握りしめる美南をその場に残し、マリ子は颯爽《さっそう》と踵《きびす》を返す。

助手席の理斗と目が合うと不安そうな顔をしていたので、微笑んで手を振った。

お母さんは君のことをとても大事に思っているよ。それはまちがいないからね。他の誰でもなく、この世でたったひとりの、君のこと。明日の月曜日、元気で園に来てね。

小さなクラクションを鳴らし車が走り去ってから、美南は駐車場の隅に寄り、リダイアルした。すぐにつながり隆平の声がする。理斗がみつかったこと、マリ子と合流できたこと、たった今、親子仲良く車で帰ったことを報告した。

それはよかった、安心した、という声を聞きながら、美南は思い切って口にした。

「花村さんには、志賀さんと私が携帯でやりとりしている間柄だと思われてしまいました」

「そういうのはまずいんでしたね。花村さんには伏せておいてくれるよう、頼んでおきます」

「いえ、ちがうんです。やりとりしている間柄だと思われたことについて、志賀さんはいいのかなと思って」

「いい？」

「ですからその、こうやって個人的な会話をしていることを誰かに知られても、志賀さんはかまわないですか」

沈黙が数秒続き、落ち着いた声が返ってきた。

「ぜんぜんかまわないです。先生のご迷惑になるとしたら申し訳ないですけれど。会って直《じか》に話したいです」

車の行き交う県道沿いに出ていたため片耳をふさぎ、もう一方の耳に意識を集中していた。隆平が続ける。

「ほんとうに困ったとき、どうしていいかわからないとき、話がしたかったのはいつも先生です。藤沢の本屋で会えたときは嬉《うれ》しかった。頼ってばかりではなく、先生が困っているときは力になりたいと思った。でも何もできなくてもどかしいです」

「ひかりちゃんが指輪をなくしたときは、夜の公園まで来てくれましたね」

「あれは……」

「志賀さんからもらったヒントで指輪がみつかりました」

「たまたまですよ」

「家まで送ってくれました」

「そりゃ、私の方がそうしたかったので」

隆平の声はぶっきらぼうだったが、美南はくすぐったい気持ちで微笑んだ。ひかりの指輪だけではない。村上千夏とその母親が行方不明になったときも、会社の休憩時間に本屋に行き、絵本の手がかりを探してくれた。突然現れた卒園生をめぐるトラブルにも付き合ってくれた。海辺の店で、美南の描いたひよこをみつけたのも隆平だ。

「小川先生？」

なぜ自分なのだろう。何度目になるかわからない疑問がまた浮かぶ。女性らしい魅力を備えているのは、誰が見てもマリ子や元妻の方だろう。卑下するつもりも、自惚《うぬぼ》れるつもりもなく、素朴に単純に人の縁の不思議を思った。旬太がかえで保育園に入らなければ、都会のオフィスで働く隆平とはなんの接点もなかった。

でも保育園があったから、いやでも顔をつきあわせた。隆平にとっては子どもを預けるところ。美南にとっては職場。そして子どもにとっては、自宅ではない、もうひとつの家だ。

ただの器ではない。子どもが健やかに育つための場所、心を配る人のいる、家庭だ。そこをかけがえのない場所だと思うからこそ、自分と隆平は繫《つな》がってきた。

「それで、それっきりっていうのはどういうことよ」

「メールと電話はときどきしてる。仕方ないの。職務規定なんだから」

「恋愛禁止なんて、今どきのアイドルだけよ」

仕事帰り、沙耶とふたりで立ち寄った大船の居酒屋で、カウンターに並んで座った。何を言われても、美南としては苦笑いを浮かべるしかない。そしてビールを飲みながらも、忘れることなく左右に注意を払った。いつどこで保護者に聞かれていないとも限らない。ビールだろうがチューハイだろうが焼き鳥だろうが、勤務時間外ならばもちろん自由だ。でも会話の内容によっては四方八方に気を遣う。

まわりにいるのは仲間内で盛り上がっている若者と、赤ら顔でプロ野球の話に興じているサラリーマンたちだ。大丈夫だろう。サラダや生春巻き、季節のてんぷら盛り合わせを注文する。

「相変わらず会うのは園の送り迎えのときだけ、なんて、信じられない」

「会って話したいとは言われているのよ。私もそうしたい。でも……」

「もしかして、いざとなると迷う？　子持ちの三十男と付き合っていいかどうか」

「やめてよ」

ここぞとばかり、沙耶の腕を肘《ひじ》で小突いた。

「だって、こっそりだったら、園に知られないでしょうし、マリ子ママやかっちゃんを刺激することもないでしょ」

「あのふたりはいろいろ肝《きも》が据《す》わっているから、大丈夫だと思う」

隆平の携帯番号を教えてもらったあと、カツミは「あきらめのいい人間なんだ」と自ら言って、けろりとしている。ただ、今までのように気安く話しかけられることもなくなり、徐々に距離を置かれているのは感じる。隆平や美南に気を遣ってというより、彼なりの割り切り方だろう。自分を選ばない人間に、思いは残さない。

マリ子の方も変わらず、自他共に認めるいい女っぷりで元気に園にやってくる。息子との仲は修復されたらしく、理斗も目に見えて生き生きしてきた。

「だったらなんで会わないの？」

「さっきも言ったように、保護者と付き合うのは違反よ。簡単にはいかないんだって」

「勤務時間外なら、いくらでもやりようがあるでしょ。子どもじゃあるまいし」

「その子どもがいるの。志賀さんと会うときは必ず旬太くんがそばにいる。ふたりきりなんて無理。朝も夜もお休みの日も、家の中でも外でも」

舞茸《まいたけ》のてんぷらに抹茶塩をつけ、美南は大きな口を開けた。

「ふたりきりで会いたいの？」

「まあね。会えればいいなって思う。会いたい。でも、無理ならしょうがないでしょ」

「旬太くんが一緒でもいいじゃない」

「ダメ」

「なんで。どうして。仲間はずれみたいで、旬太くんが可哀想《かわいそう》」

「は？」

詰め寄る沙耶を美南は両手で押し戻した。

「自分のお父さんと先生が付き合っていて、先生がこっそり家に遊びに来たり、お休みの日に一緒にドライブに出かけたりしてるのに、それを誰にも言っちゃダメ、秘密にしてねと口止めされたら、どんな気持ちになると思う？　黙っていられる？　大人だってむずかしいよ。ついつい、口が滑ってしまうかもしれない。仲のいい子にほんのちょっと話してしまうかもしれない。そこから噂が広まって、あることないことささやかれたら、園長先生を始め、職員や保護者みんなの耳に入って、私は園にいられなくなるかもしれない。そうなったら旬太くんは傷つくよ。敏感な子だもん。隠し事を無理強いするところからして負担だよ。可哀想じゃない」

旬太が卒園するまで一年と数ヶ月ある。小さな体に大きな秘密を抱えることになる。ただでさえ、父と息子のふたり暮らしに自分が加わることで、変化が生じるのだ。今のバランスが崩れてしまう。

「そういうことか」

「わかってくれる？」

「わかるけどすごく窮屈。不自然で、不自由だな」

「しょうがないよ」

力なく美南が言うと、沙耶はわざとらしく両足をぶらぶらさせた。

「あのさあ、私たち、これまでさんざん親の離婚や再婚で、子どもが不安定になるのを見てきたよね。大人たちの間でいろんなことが決まって、子どもは蚊帳《かや》の外。一方的に押しつけられて振りまわされる。もっと子どものことを考えてよと思ってきた。もっと大人が我慢して、もっと子どもを優先して、子どもの気持ちを大事にして。もっともっとちゃんと。しっかり。きちんとしてあげてって。保護者に面と向かって言えない分、溜《た》め込んできた。だから、融通が利かないのかもよ」

「融通？」

「なんて言うかさ。考え過ぎちゃうのよ。不安にさせちゃいけない、悲しませちゃいけない、傷つけちゃいけない。みーちゃん、そればっかりになってない？　ぴりぴりしてて、ちっとも楽しそうじゃない。志賀さんのこと、好きなんだよね？　交際を申し込まれて嬉しいんでしょう？　旬太くんのこともかわいいなら、もっと幸せそうな顔をしてよ」

でもと言いかけて、美南は唇を嚙《か》んだ。

「ねえ、みーちゃん、これから先、どうせいろんなことがあるんだよ。大人も子どもも、滑ったり転んだりするんだってば。みーちゃんが旬太くんを大事に思う気持ちは、いざってときに大きな力となるかもしれない。でも、完璧《かんぺき》な親――というか、保護者には最初からなれないの」

「失敗するのが決まっているみたいね」

「それでいいんだって。パーフェクトな保護者がいつもそばにいたら、子どもだって強くなれないし、他の人を必要としなくなっちゃうでしょ」

保育士として子どもと接していて、たびたび無力感に苛《さいな》まれた。自分がしてやれることは限られている。とても少なくて、短い期間だ。力不足を思い知らされてきたけれど、それは立場が変わっても続くのかもしれない。

「頑張っても失敗かあ。なんだか膨らんでいた気持ちに穴が空いて、ぷしゅーっとしぼんでいく感じ」

傍らで沙耶があははと笑った。

「張り切りすぎなんだって。ちょっとはゆるめなよ。こっちまで窮屈でたまらない」

「私、志賀さんに相談してみようかな。気になっていることや、どうしていいかわからないこと」

「それだよ、みーちゃん！　足りないのはそれ！」

肩を叩かれ、丸まっていた背中が伸びる。吸い込んだ空気がしぼみきった気持ちにまで届き、息苦しさが和らいでくるようだった。

待ち合わせたのは桜木町にあるランドマークタワーの中だった。十二月とあって、館内はいたるところにツリーやリースが飾られ、通路も天井もエスカレーターもキラキラしている。約束の時間は十一時半。美南が着いてしばらくして隆平が現れた。まったくのふたりでというのは藤沢の書店以来だ。

あのとき旬太は元妻の家に出かけていた。今日は隆平の母親が横浜駅まで迎えに来てくれたそうで、宇都宮にある実家に遊びに行った。旬太からすれば祖父母の家だが、父親が同行しないのは初めてらしい。様子を訊くと、大丈夫と応《こた》えながら隆平は実家の話をしてくれた。

大学進学と同時に上京し、就職先も東京で、帰省するのは年に一度か二度。性格の異なる、明るくひょうきん者の弟が父親の経営する会計事務所で働き、いずれ跡を継ぐという。

「弟は昔からまわりの受けが良くて、祖父母はもちろん、親戚《しんせき》や隣近所の人たちからもかわいがられてました。私はかたくて気むずかしい父親にうり二つだそうです」

笑うつもりはなかったが、気がついたら笑っていた。すみませんと美南は口元を押さえ、隆平は「いえ」と言いながら苦笑いした。

「そっちはそっちでうまくやってるならいい、いつもそんな感じでした。気楽でよかったんですよ。東京で就職し、結婚し、マンションを買って、子どもが生まれ――そのつど喜んではくれました。弟が先に結婚してたので、旬太は初孫ではなかったんですが」

何もかも初めて聞く話で新鮮だ。それに、隆平がこんなに率直にあれこれ話してくれるのも意外だった。

そもそも肩を並べて歩くことさえ初めてだ。ランドマークタワーの長い通路を嬉しく思うのも今日が初めて。美南の歩調に合わせ、隆平はときどき隣をうかがう。薄手のニットにツイードのジャケットを羽織り、下はジーンズにスニーカー。ビジネススーツもいいが、カジュアルな格好の方が似合うと思うのは贔屓目《ひいきめ》だろうか。

華やぐ飾り付けに囲まれ、すれちがう人たちにも笑顔が多い。クリスマスソングが心だけでなく足取りも軽くする。吹き抜け広場に巨大なツリーが見えてきた。

「そのまま何もなければよかったんですが、結局離婚することになりました。その前に一度、旬太だけを連れて正月に帰省したんですよ。おかしいとは思っていたみたいですね。報告の電話をかけたら、長いため息をつかれました。旬太を引き取ると言ったらため息どころじゃなくて、泡吹いて倒れそう、ってやつです」

「びっくりされたんですね。思いがけなくて」

「途中から父親が電話口に出てきて大げんかです。一方的におれ――」

ちらりと美南を見る。今までどこかよそよそしく「私」だったが、「おれ」に変わる。

「おれが悪いと決めつけ、昔からそういうやつだったと、一番腹の立つことを言う。母親や弟は離婚を思い留まらせようと上京してくるし。みんながみんな、おまえには子育ては絶対無理だと断言するのが口惜《くや》しかったんですよね」

美南は曖昧《あいまい》に微笑んだ。もしも自分がその場にいても同じことを言っていた気がする。

「宇都宮だと何かあったときすぐ行ってあげられないので、心配だったんじゃないですか」

「まあ、そうですね。最初からそんなのわかってましたよ。ひとりでなんとかするつもりだった。たぶんそういうのが、かわいげない、ってことなんでしょうね、昔から」

またしても笑ってしまった。かたくて気むずかしいというより、言い出したらきかない頑固者なのかもしれない。

「今度のことで、初めて旬太を預かってほしいと頼みました。ゆっくり話をしたい相手ができたから、ふたりきりになれる時間を作りたいって」

「言ったんですか」

「いけなかったですか」

「いえ、そうではなくて」

「どうしてって向こうが訊いてくるので、そこは正直に」

胸を張るように口にしてから、隆平は首を傾《かし》げ、照れたように肩をすくめた。

「これからはなるべく言葉にして、自分の気持ちや考えが相手に伝わるように話そうって思ったんです。そういうのは苦手でした。でも『苦手』のひと言で片づけ、結局は逃げてただけです。相手のことを考えてなかったんですよ。花村さんに対しても失礼なことをしてしまいました。おかしな噂が広まっているのに気づいていながら、そのうち鎮《しず》まるだろうとほったらかしにした。別れた妻についても……」

「よく話し合えば、離婚は避けられたと？」

「それはちがいます。結婚前のことです。彼女の思いや望んでいることをわかってなかった。ちょっとしたズレを感じても、なんとかなると高をくくってしまった。ほんとうは大きな食い違いだったのに。後悔というより、自分の非に思い当たりました。だから改めなくてはと思ったわけです。先生――」

長い通路を抜けた先にはガラスの扉がある。押し開けると、目の前には下りのエスカレーター。それに乗って、二階の屋外広場に降りた。中央には高さ十七メートルという巨大な金属製モニュメントがある。ジェットコースターのように銀色の曲線が絡《から》み合い、冬の日差しに白く輝いていた。

目線を動かすと、拓《ひら》けた方角に観覧車が見える。足元にたゆたうのは海だ。寄せては返す鈍色《にびいろ》の水面《みなも》にさざ波が立ち、潮風が吹き込む。

どちらからともなく奥まった柵《さく》のところへ歩み寄り、紅葉した木々を眺めた。風は冷たかったが日差しは温かい。

「この前は電話だったので、今日は会って直に話したいと思っていました。先生、付き合ってもらえませんか。三十四歳のバツイチで子持ちで、条件はぜんぜん良くないんですけども」

電話のときもあっという間に胸の鼓動が速くなったが、二度目でも少しも慣れずに動揺し、美南はすがるように手すりを摑んだ。視線の先に小さな遊園地がある。赤、黄、緑、ピンク。カラフルに色付けされた遊具がくるくるまわり、風に乗って歓声が聞こえてきた。

「先生？」

「はい」

「あの……返事は？」

嬉しさよりも、どきどきしすぎて苦しい。ここにこうやって並んでいるのが何よりの返事だと思うのだけれど、ちがうのだろうか。隆平は注意深くのぞき込むような仕草をするので、あわてて首を縦に振った。

「旬太の母親に、なってもらえますか?」

今度は「はい」と声を出した。

「でも旬太くんが望んでくれれば、ですよ。私がお母さんでいいか、旬太くんの気持ちを確かめないと」

「旬太は先生のことが大好きですから、大丈夫ですよ」

「ほんとうですか。私、頑張らなきゃ」

「先生、あまり力まず、今のままでいてください」

今のままでいいのだろうか。でも大事なものを守るために、まずは自分らしく生きるのが一番なのかもしれない。

「ここしばらく考えていたんです。志賀さんとのことを園長先生に話そうかと」

「いいんですか」

「いくら隠しても、気づいたり耳に入ったりすると思うんです。だったらちゃんと話して、次の春から旬太くんの担任を外してもらった方がいいかと」

隆平が「え?」と訊《き》き返す。

「先生が受け持ちでなくなるんですか」

　年中クラスの担任がそのまま年長へと持ち上がるのはよくあることだ。変わらないと思い込んでいたのだろう。そうでなくとも隆平にとって、保育園の先生といえば美南。離婚する前の担任は覚えてないのかもしれない。

「いつかは変わるんですよ。卒園したら今度は小学校の先生が担任です」

「そうか。そうですよね。小学校の後は中学校、高校」

「どんなに長くても数年ずつです」

「でも、小川先生はずっと一緒ですね」

　くったくのない笑みで言われ、頬が熱くなる。悩んだ末の決心で、とても真剣に話していたのに、なんだか調子が狂う。けれどそれでいいのかもしれない。

「もし園長先生が重く受け止めて他の園を勧めるのなら、それにも従おうと思います」

「かえで保育園を辞めるってことですか？」

「大丈夫です。いまどきは保育士の求人ってけっこうあるんですよ。なんとでもなります。それより、今の園にいるとしたら、旬太くんにも他の園児や保護者にも、私たちが付き合っていることは内緒にしなきゃいけなくて。旬太くんが卒園するまでの、あと一年三ヶ月」

電話でも、子どもに秘密を強いるのは酷だと話してあった。だから今日は実家が預かってくれるよう、隆平の方から段取りをつけてくれたのだ。

「たしかにそうですね。あの子にしたら、先生が父親と付き合うなんて一大事ですよ。園でもそわそわするに決まってる。驚かせるのは楽しみにとっておきます。一年なんてすぐですよ」

まぶしそうに海を眺め、潮の匂《にお》いのする風に髪を揺らしてから片手を上げた。

「先生、昼飯を食べたら、あれに乗りませんか？」

観覧車だ。直径百メートル、ゴンドラの数は六十と聞いた。遠くからでも目立つ、みなとみらいのシンボル。動いているんだろうかと首を傾げたくなるほどのスピードで、青い空に大きな弧を描いている。

美南は笑顔で応じたのだけれども――。

「あれって何人乗りかな。せっかくだから、ふたりきりにしてほしいな」

隆平は身を乗り出してゴンドラを凝視するので、美南はその腕を掴み、はがすように引っぱった。

腕を絡ませ歩き出す。ぴったり寄り添った姿を、誰かに見られたらどうしよう。休日の横浜なら園の関係者がいてもおかしくない。付き合っていることが一目でばれてしまう。でも、そのときはそのときだと心を決めていた。

なるべく知られないよう気をつける。努力する。その上で失敗したら、ペナルティを受けよう。頑張って、努力して、これからの一年数ヶ月、隆平ともちゃんと会おう。こんなに会いたいと思うのだから。

スピーカーから賑《にぎ》やかなクリスマスソングが聞こえていた。紙袋を提げた親子連れとすれちがう。ベビーカーを押す若い夫婦を追い越す。ふざけてじゃれ合う兄弟がお母さんに叱られている。大きなぬいぐるみを抱えた女の子がいる。おばあちゃんらしき老婦人が赤ちゃんに話しかけている。

トナカイやサンタクロース、ケーキ、ろうそく、雪だるま。クリスマスグッズが山積みになったワゴンの前で、美南は立ち止まった。あとで旬太にお土産を選ぼう。来年は無理でも、再来年ならばここへも一緒に来られる。そのとき旬太は一年生だ。何色のランドセルを背負っているだろう。

＊

かえで保育園の主な屋内行事は、プレイルームと呼ばれる大きめの部屋で行われる。板張りのがらんとしたフリースペースを、いつもは体育館代わりに使っているが、今日のために数日前から立ち入り禁止にして飾り付けが始まった。

厳《おごそ》かな雰囲気を醸《かも》し出すために暗幕を引き、そこに平仮名で「そつえん　おめでとう」と一文字ずつ貼《は》ってある。在園児はきょうだい以外出席しないが、思い思いにこしらえたお祝い飾りを担任の先生と一緒にちりばめていた。折り紙の動物あり、自動車の絵あり、色紙で作った輪っかあり。紅白の薄紙で作った花飾りも定番だ。

昨日のうちに式典用の舞台を倉庫から運んで設《しつら》え、子どもの椅子《いす》の後ろに保護者用のパイプ椅子を並べてある。今朝は「第十九回　かえで保育園　卒園式」という立て看板を門柱にくくりつけた。

幼稚園とちがい制服がないので、子どもたちは思い思いのおめかしした服装で現れた。たいていがほんの数日後に開かれる小学校の入学式にも着ていく服だ。働いている保護者の多い保育園では、巣立ちの式典も三月下旬に催される。翌日も園にやってきて、ぎりぎりの三月末日まで通う子どももいる。

今年の卒園児はやま組の二十名。保護者と一緒に登園し、建物の中で分かれて、子どもたちはいつもの部屋で先生のお話を聞く。そして準備万端整ったところで卒園式会場へと移動してくる。

会場では今年も大人用の椅子が足りず、立ち見の保護者がずらりと並んでいた。会場係を振り当てられた美南は、入り口の暗幕に手をかけ、司会役の金子先生に目配せした。

「おまたせしました。これより卒園生が入場です。皆さま、温かな拍手でお迎えください」

暗幕を開けると、先頭で入ってくるのはフォーマルなスーツをまとった担任だ。この役目は自分だったのかもしれないと、ふと思う。

園長先生に隆平との交際を打ち明けると、すでに気づいていたようで、ため息はつかれたが辞職を迫られることはなかった。相談してくるくらいなら、気持ちが固まっているのでしょうと言われてうなずくと、いろいろ注意を受けた。そして翌年の春、美南は乳幼児クラスの受け持ちにかわった。

年長クラスの担任になったのは、今入場してきた「あっこちゃん」こと木村敦子だ。受け持った子どもの卒園式は初めてのことで、前日から顔が強張《こわば》っていた。かちかちの先生をよそに、よそいき姿の子どもたちは父親や母親をみつけて手を振ったり、照れたりしながら、笑顔で入場し、予行演習通りに着席した。

「それではこれから第十九回、かえで保育園、卒園式を執り行います」

金子先生の言葉に合わせ、ピアノ係の沙耶が「園の歌」の前奏に入る。大きな口を開けて元気いっぱいの合唱があり、園長先生のお話に続いて、卒園生ひとりひとりが名前を呼ばれる。卒園メダルの授与式に入る。

長い子では赤ちゃんの頃から六年間、雨の日も風の日も雪の日も、保育園に通い続けた。春夏秋冬の四季を何度もくり返し、食事、おやつ、遊び、お昼寝の時間をここで過ごしてきた。目が覚めてからのほとんどの時間ここにいて、夕方になると保護者に連れられ家路につく。

今日を限りに巣立つことを、当の子どもたちはどれほど理解しているだろう。もうひとつの我が家はいつまでも自分の居場所であると、思っていやしないか。

大人たちはどうしても感慨深くなる。

あんなに小さかったのに。あんなに泣いていたのに。いたずらしたのに。ケンカしてお友だちをつきとばしたのに。おもらししたのに。

今は何もなかったように笑っている。ちょっぴり照れてふざけている。

担任の先生から名前を呼ばれ、子どもたちは元気よく「はい」と返事をして立ち上がる。壇上で待ち構えるのは園長先生。その手から首にメダルをかけてもらう。金や銀のいろがみはもとより、リボンやレースでコラージュした特製メダルだ。もうひとつ贈られるものがある。給食や事務の先生を含めたすべての職員が言葉を寄せた色紙だ。

受け取ると大きな拍手が起きた。卒園生は背筋を伸ばし、みんなにむかってお辞儀をしてから、保護者の元に駆けていく。首に下げたメダルはそのままで、色紙は保護者に渡される。

そこにあるのは、巣立つ園児に向け、先生たちが寄せる思い出話であり、これからを思う励ましのメッセージだ。子どもたちがここで過ごした証《あかし》でもあり、最後の活動報告だ。こんな言葉をもらったよ、こんなふうに思われていたよ、こんなにたくさんの人たちに見守られてきたんだよ。

ひとりめの卒園生は女の子で、色紙を受け取ったのは母親だった。涙をぬぐうのを見て、たちまちまわりに伝染した。目を赤くする父親、洟《はな》をすする祖父や祖母。

「何度も出席してるのに必ず泣けちまうんだから、卒園式ってすごいよねえ」

代々木さんはその日の朝、美南の顔を見るなりそう言った。いつもは年季の入った割烹着《かっぽうぎ》にサンダルをつっかけやってくるが、今日は紫色のセーターに真珠のネックレスをさげている。

そのとなりで、千鳥格子《ちどりごうし》のワンピースを着ているのは村上千夏の母親だ。夫婦で働いても生活が苦しく、一度は娘と家を出てしまったが、あれから夫はまあまあ真面目《まじめ》に働いているらしい。彼女はこのごろ洋裁に目覚め、今日も母娘《おやこ》でおそろいの服を着ていた。余った布で作ってもらったのか、夫もセーターの上にチョッキを着込んでいる。

髪飾りがママとおそろいなのは佐野ひかり母娘だ。ひかりは何度も振り返り、かわいらしく手を振る。母親は生後二ヶ月になる赤ちゃんを抱っこしていた。男の子だそうだ。隣には入籍して一年になる新しい――ひかりにとっては初めてのパパがいる。赤ちゃんは現在、かえで保育園の待機児童リストに入っているので、空きができ次第、預かることになるだろう。

美南はこの一年、同じ園の中で乳幼児の世話をしながら、かつての受け持ち園児たちの成長を見守った。今までのように近所の公園に出かけたり、水族館や植物園といった園外学習に同行することはできなかったが、園庭で元気に遊んでいるところや新しく覚える歌の練習風景を見聞きしてきた。朝晩の挨拶《あいさつ》をかわすだけでも楽しいものだ。

それを「らしいね」と笑っていたカツミは今日、この場にいない。彼は去年の秋からイタリアに滞在している。目をかけてくれる画家の先生に招かれ出かけていった。湘南の海も風も似合っていた彼だ。イタリアの町並みにもすんなり溶け込んでいるにちがいない。小粋《こいき》なスケッチ画の絵葉書が園に届いた。

次に呼ばれたのは旬太だった。「はい」と声をあげ、壇上へと向かう。美南は舞台の袖《そで》からじっと見入った。

紺色のブレザーを着た旬太は、いつものあどけなさはなく、すっきり整った男の子っぽさがのぞく。年下の子に絵本を読んであげたり、遊びのアイディアを出したりと、年長さんになってからの成長ぶりは頼もしかった。美南のもとにもときどきやってきては、赤ちゃんをあやす手伝いをしてくれた。

今日参列しているのは隆平だけだ。祖父母も来たがったそうだが、春休みに遊びに行くので、向こうで卒園と入学のお祝いをしてくれるらしい。

「卒園おめでとうございます」と園長先生に言われ、旬太の首にメダルが下がる。続いて色紙を手渡され、おじぎをして、みんなと同じように駆け出した。両手を広げた隆平に飛びつく。隆平は白い歯をのぞかせた。ダークスーツ姿で硬すぎない。

日がすっかり暮れた夕方、ムスッとした顔で現れる隆平の姿を美南は思い出した。

どんな絵本が好きでした？

先生にそう尋ねられたとき、世界が反転するような気持ちになりました。

自分にも小さいときがあったんですね。

忘れていました。そして、思い出しました。

あるとき隆平が口にした言葉だ。立ち話していると少し肌寒い、おそらく十月の初め頃。離婚をきっかけにたびたび言葉を交わすようになり、半年は過ぎていた。

隆平はこんなふうに続けた。

「それ以来、旬太との生活がなんとなく楽になったんですよ」

「志賀さんが思い出したのは、どんな絵本です？」

　好奇心のままに、美南は尋ねた。

「ありきたりなものばかりですよ。一寸法師や桃太郎、長靴をはいた猫に、はだかの王様。カブトムシの飼い方や、蟻《あり》の巣の図解も大好きでした。ああそうだ、版画みたいな地味な絵の本も気に入ってました。木々の間を男の子が歩いていくとライオンに出会って、何かしゃべって、ライオンもいっしょに歩いていくことになり、次に出会うのはゾウだっけな。どの動物も何か持っているんです。クマはピーナッツとジャム。蜂蜜《はちみつ》でなくなぜかジャム。子ども心に、その瓶詰めに憧《あこが》れたな」

「わかりました」

　いくぶん自慢げに答えた。

「それはたぶん、『もりのなか』という本です。カンガルーやサルも出てきませんでしたか？」

「かもしれません。みんなで遊んで、おやつを食べるんですよ。そのピーナッツやジャムを」

「まちがいないです。作者はエッツ。有名な絵本ですよ。残念ながら今かえで保育園にはないですけれど、本屋さんにはあるはずです。探してみてください」

「はい」

感心したような声を隆平は上げ、無邪気に相好《そうごう》を崩した。この人でもこんな顔ができるのかと思った。ささやかな驚きに気をよくし、美南は頭の中に絵本のページを思い浮かべた。『もりのなか』は、少年が森の中を散歩していくうちにさまざまな動物と出会い、みんなで仲良く遊ぶというシンプルなストーリーだ。

終盤ではかくれんぼうの最中、動物たちが見えなくなり、かわりにお父さんが現れる。男の子を迎えに来たのだ。何をしてたんだい、と尋ね、短いやりとりの後、ふたりは家に帰って行く。

この絵本を懐《なつ》かしく思い出すくらいに気に入っていた隆平は、大人になって息子を迎えにやってくるようになった。不思議な偶然だと思った。絵本に出てくるお父さんは、動物と遊んでいたという我が子に「きっと、またこんどまで まってて くれるよ」と、ウィットに富んだ言葉を返す。長く読み継がれ、多くの人に愛される名作の所以《ゆえん》がそこにある。

「志賀さん、『もりのなか』には続編があるんですよ。お読みになってますか？」

「続編？ 知らなかった。二十数年経《た》って、続きが読めるんですね」

笑顔でうなずいて、その日も美南は隆平親子を見送った。夜空の下、ゆっくり遠ざかっていく後ろ姿は絵本の光景さながら、ほっとすると同時に複雑な思いにかられた。それは薄らぐことなく次第に強くなっていった。見送るだけでは物足りなかった。もう、その日々に別れを告げようとしている。

メダルと色紙の授与式がつつがなく終了し、来賓の祝辞や祝電の披露ののち、沙耶のピアノに合わせて思い出の歌を何曲か歌った。最後は子どもたちが立ち上がり、くるりと向きを変え、お父さん、お母さん、おじいちゃん、おばあちゃん、おじさん、おばさん、先生、ありがとうございましたと、声をそろえて式典を締めくくった。

「先生、いろいろお世話になりました」

一同は園庭に移動し、記念写真の撮影が始まる。会場係としてプレイルームに最後まで残っているとマリ子が挨拶に来た。

「こちらこそ、ありがとうございました。今日はほんとうにおめでとうございます」

マリ子はグレーのパンツスーツを颯爽と着こなし、胸元に一粒ダイヤをさげていた。大きな瞳《ひとみ》を潤《うる》ませ鼻の頭を赤くしているのも、彼女の率直な人柄を表している。いつも以上に美しく輝いて見える。

「おめでとうなら、先生にも言わなくちゃ。これで晴れて解禁ですね」

「いいえ、私はここに残るので解禁も何も……」

声をひそめて言うと、くすりと笑われた。

「何を言われても堂々としてればいいんですよ。でも、堂々としすぎるとかわいげがなくなるので、そこだけはお気をつけて」

「かわいげ？」

「今度、ゆっくり飲みましょうね。先生と保護者ではなく、女同士として」

ウインクするような目配せにどぎまぎしていると、彼女の一番の想《おも》い人、理斗がやってきた。ぬいぐるみや花束を抱えている。女の子からのプレゼントらしい。保育園児でも、隅に置けない。

「モテモテだね、理斗くん」

「そりゃあ私の息子ですもの」

「ママ、早く。小川先生も」

急《せ》かされて庭に出るとすでに撮影大会が始まっていた。子どもたちだけ、あるいは母親と一緒、父親と一緒、先生と一緒、いろんな写真がにぎやかに撮られる。

その中に隆平と旬太の姿もあった。隆平は父親同士の集合写真に参加している。千夏やひかりのパパたちが肩を並べている。

「いい式だったね」

沙耶が近寄ってきて、美南を小突いた。

「みーちゃんもよく頑張った。一年数ヶ月、乗り切ったじゃないの」

「気がついても、黙っててくれた人が多かったから」

「赤ちゃんクラスを任されて、しっかりやってたから、辞められたら困ると、多くの人が思ったのよ」

「相変わらず身も蓋《ふた》もない言い方だなあ」

「結婚しても続けるんでしょ？」

そう尋ねる沙耶も、半年前から新婚家庭の主婦と保育士を掛け持ちしている。

「そのつもり。毎年新しい子が入ってきて、毎年新しい発見があるでしょ。まだまだこれからよ」

「そうだね。私は四月から年長クラス。次の卒園式ではあっこちゃん以上に泣いちゃうかも」

「それはまずいでしょ」

ふたりの向ける視線の先には、大きなタオルを広げてさめざめ泣いている敦子がいる。

まわりを取り囲む子どもたちは笑っていて、美南と沙耶に気づくと「先生!」と大きな声で手招きされる。保護者をまじえた輪の中にたちまち吸い込まれた。

子どもたちに言葉をかけ、頭を撫《な》でる。肩を叩《たた》く。抱きよせる。笑いかける。ほっぺたをつまむ。写真をせがまれポーズを取る。

いつの間にか美南の手を旬太が握っていた。今日、何度目だろう。胸いっぱいに熱いものが広がる。自分を見上げる眼差《まなざ》しはひたむきだ。

「先生」

「ん?」

あのねと言って目尻《めじり》が下がり、にっこり笑う。なんだろう。式典で見かけた凜々《りり》しさはどこへやら。無邪気な笑顔のかわいらしいこと。

「ふたりとも、ほらこっち向いて。撮るよ」

隆平から声がかかった。見ればカメラを構えている。美南は腰を屈《かが》め、旬太の頭に自分の頭をくっつけた。シャッターが切られる。そこに他の子たちも加わる。理斗、千夏、安奈、絵美、ひかり、健太郎、光一。

賑やかな歓声と、子どもの名前を呼ぶ母親たちの声とたくさんの笑顔が、よく晴れた青い空へと広がっていく。

解説

てぃ先生

――旬太くん、自分の気持ちをわかってくれる人ができて、よかったね。

これが、『ふたつめの庭』を読み終えて、まず思ったことでした。旬太くんは、保育士の立場から言うと、とても心配になる子です。大人の様子を敏感に感じ取って、気を遣ったり我慢したり。自分の思いよりも周りの状況を優先してしまって、気持ちを表に出すことをあまりしない子だと感じました。だからこそ、美南さんという、自分の心を感じ取ってくれる人がこれから傍《そば》にいてくれたら、もっとリラックスして過ごせるだろうな、と。

旬太くんの父親・隆平さんは離婚して、当時三歳だった旬太くんを男手ひとつで育てることを決めました。一流企業のエリートサラリーマンだった隆平は、それまではいわゆる「イクメン」ではなかった様子。そんな隆平が、いきなり家事・育児と仕事を両立させながら生活していくのは、並大抵のことではなかったと思います。例えば、子どもが〇歳や一歳のときから父子家庭で暮らしていくとしたら、とても大変ですが、赤ちゃんのときから一緒に過ごす時間を積み重ねていくことができる。でも、三歳や四歳で突然父子ふたりきりになってしまうと、お互いに手さぐりの状況ではないかと思います。旬太くんが何かに悩んでいたとしても、どうやって気持ちを引き出してあげたらいいのか、わからない。そんな難しさを感じました。旬太くんの思いに自然に寄り添うことができる美南は、大切な存在です。

……と、いきなり語り出してしまいましたが、簡単に自己紹介を。僕は関東のとある保育園で働く、二〇代後半の男性保育士です。美南よりも数年、保育士歴は長いです。園児たちの思わず笑ってしまうような言動をツイッターでつぶやいていたところ、それをまとめた書籍（『ほぉ…、ここがちきゅうのほいくえんか』）を出すことになり、漫画化（『てぃ先生』）までしていただきました。

本書のなかでも、園児の行動に「ああ〜、あるある！」と笑った場面がありました。第四話の「日曜日の童話」で、週末にお母さんの誕生日を一緒に過ごした旬太くんが、翌日の月曜日、押し入れに閉じこもってしまいます。ほんの少しだけ開いている押し入れの戸を見て、ここにいるに違いないと思った美南は旬太くんに呼びかけます。

こういうとき、子どもってわざと少しだけ開けておくんですよね。閉じこもりたいけれど、放っておかれたくはない。気づいてほしいし、声をかけてほしい。あるな〜、わかるな〜と思いました。僕も似たような経験をしたことがあって、そのときのことをこんなふうにツイッターに書きました。

お友達とケンカをした女の子（4歳）が物陰に隠れていじけていたから、「先生にお話し聞かせて？　出ておいで」と言ったら「やだ」と言うので、「わかった。あっちで待ってるね」と言ったら「まって。あと3かい『でておいで』っていったら　でるかもしれないよ」って。何だそれ。可愛《かわい》すぎるだろ。

また、笑っちゃうような、笑えないような、何とも言えない気持ちになった場面も。同じ「日曜日の童話」で、旬太くんのお母さん（隆平の元妻）と、隆平に想いを寄せるマリ子が顔を合わせてしまうところです。旬太くんのお母さんが、隆平のことをそれまでは「あの人」と呼んでいたのに、マリ子に対しては「夫も、――元夫も、ご迷惑をかけてなければいいのですけれど」と言っていて、完全に「私の方が近しい関係ですよ」とアピールしてる！と震えました。ここに立ち会っている美南の気持ちを想像すると、いたたまれなくなります……。

親権がないほうの親が、子どもに会いたくていきなり園に来てしまう、というのはありうることなのですが、保育士の立場からすると、ちょっと辛《つら》いです。美南が「小さな旬太くんにはびっくりが大きすぎます」と言う通り、子どもを混乱させてしまう。せっかく家庭環境の変化を自分なりに受け止めて、元気に過ごしていたのに……と思ってしまいます。

保育士は、単に保育園で子どもと一緒に過ごすだけの存在ではなくて、保護者の方と二人三脚で子どもに接していくものだと考えています。「保育園での顔」「家庭での顔」などと表現されることがありますが、両方合わせてその子の姿なんだと思います。例えば、すごく言葉遣いの荒い子がいたとして、保育園で「そんな言葉遣い、格好悪いよ〜」と話してみても、家で「てめえ」「超〜」なんて言葉が飛び交っていたら、その子もきっと変われない。ベースとなる方針をご家庭と話し合って、協力し合っていくことが大切です。

園児の様子を見ていて、なんだか元気がないな、お家で何かあったのかな、と思い、保護者の方に「今日、○○くん保育園でぜんぜん元気がなくて……。お家で何かありましたか？」と尋ねたとします。そのとき、「やだ、なんか詮索《せんさく》されてる」と警戒されるのではなく、「そうなんです、実は……」と気軽にお話ししてくれるような関係を、普段から築いておかなくてはいけないと思います。この作品に登場する保護者の方々も、美南や園長先生、他の先生方に家庭の事情などをざっくばらんにお話しされています。これは、信頼関係を積み重ねてきているからこそできることだなと感じました。

隆平も、美南が親身になってくれるからこそ、心を開いていったのだと思います。保育士と園児の保護者が恋愛関係に発展するというのは、僕としては「ええっ⁉」と思ってしまうのですが、日々のやりとりのなかで、隆平にとって美南がとても頼りになる、かけがえのない存在になっていったのだろうな、ということは、想像できます。

ラストは卒園式の場面。やっぱり卒園式は寂しいものです。一年間、持ち上がりなら二年間、毎日八時間以上一緒に過ごした子たちと、明日から会えなくなってしまうのですから。でも一方で、保育士としてやれるだけのことはやった、どうかこのままいい子に育ってくれよ！という達成感もあります。時折、卒園児がランドセルを背負って遊びに来てくれることも。身体は見違えるほど大きくなっていても、しゃべり方や笑った顔がまったく変わっていなかったりして、嬉《うれ》しくなります。

美南が「毎年新しい子が入ってきて、毎年新しい発見がある」と言っているように、子どもは日々変化してゆきます。新卒で保育士になった当初は、子どもは大人に養われて、注意されて、守られて育っていくものだと思っていました。でも実は、子どもは自分で育つものなんですね。逞《たくま》しく、生き生きと。だから、何かを押し付けたり、「教育する」というスタンスではなく、一緒に何かを体験することを大事にしていきたい。子どもが自分で感じて考えたことを生かせるような保育士でいたいな、といつも思っています。

（平成二十七年八月、保育士）

この作品は平成二十五年五月新潮社より刊行された。

新潮文庫最新刊

神永学著
クロノス
—天命探偵 Next Gear—
毒舌イケメンの天才すぎる作戦家・黒野武人登場。死の予知夢を解析する〈クロノスシステム〉で、運命を変えることができるのか。

田中啓文著
アケルダマ
キリストの復活を阻止せよ。その身に超能力を秘めた女子高生と血に飢える使徒が激突。伝奇ジュヴナイルの熱気と興奮がいま甦る！

大崎梢著
ふたつめの庭
25歳の保育士・美南は、園での不思議な事件に振り回される日々。解決すべく奮闘するうち、シングルファーザーの隆平に心惹かれて。

立川談四楼著
談志が死んだ
「小説はおまえに任せる」。談志にそう言わしめた古弟子が、この不世出の落語家の光と影を虚実皮膜の間に描き尽す傑作長篇小説。

村上春樹著
村上春樹雑文集
デビュー小説『風の歌を聴け』受賞の言葉から伝説のエルサレム賞スピーチ「壁と卵」まで、全篇書下ろし序文付きの69編、保存版！

阿川佐和子著
娘の味
—残るは食欲—
父の好物オックステールシチュー。母のレシピを元に作ってみたら、うん、美味しい。食欲優先、自制心を失う日々を綴る食エッセイ。

ふたつめの庭《にわ》

新潮文庫　お－93－1

平成二十七年十一月一日発行

著者　大《おお》崎《さき》梢《こずえ》

発行者　佐藤隆信

発行所　株式会社新潮社

郵便番号　一六二―八七一一
東京都新宿区矢来町七一
電話 編集部(〇三)三二六六―五四四〇
読者係(〇三)三二六六―五一一一
http://www.shinchosha.co.jp

価格はカバーに表示してあります。

乱丁・落丁本は、ご面倒ですが小社読者係宛ご送付ください。送料小社負担にてお取替えいたします。

印刷・大日本印刷株式会社　製本・憲専堂製本株式会社

ISBN978-4-10-120181-8 C0193